掌中文庫

艺夺天工

叶志明 著

凤凰出版社

总　序

范小青

我从小在苏州长大,刚懂一点事,刚用眼睛看世界的时候,看到的就是苏州,而在苏州的几十年中,大部分时间都生活在吴中,住在吴中,吃在吴中,行走在吴中。虽然不敢说已遍历吴中山水,尽观吴中风物,但那青山绿水以及悠久而深厚的历史文化气息,就像阳光雨露那样滋润着我。许多年来,无论我身在何处,眼前总会浮现出一幅幅引人入胜的画面:春天光福的梅花,夏天太湖的碧波,秋天陆巷的落叶,冬天灵岩的风雪,还有那水巷橹声,粉墙黛瓦,小桥流水,太湖三白,石家十菜,乃至农家小院里的吴侬软语……既让我沉醉,更让我怀想,让我遐思。吴中不仅是典型的江南鱼米之乡,不仅集天下山水之秀,集天下工艺之精,集天下饮食之美,更是文化丰厚,人物鼎盛,人文历史源远流长,并且形成了风雅、秀慧、细腻、柔和的文化特征。

追溯吴中历史,当秦始皇统一中国之前,就置吴县,为会稽郡首县,千百年来都与苏州郡城同城而治。因为吴县是春秋吴国的中心,迟在汉初就别称"吴中",后来的苏州,甚至以苏州为中心的更大范围,也别称"吴中"。直到 2001 年,分吴县(市)设吴中区,一个流芳千古的地方别称,正式成为地名。

吴中文明的曙光,出现在远古时期。三山岛遗址是长江下游惟一发现的旧石器时代文化遗址,它将长江下游特别是太湖流域的人类历史推至一万年前。张林遗址、陈湖遗址发现了崧泽文化、良渚文化的大量典型器物。近年木渎境内春秋古城遗址的发掘,被列为 2010 年中国十大考古发现,它对"吴大城"的研究提供了颠覆性的最新资料。迄至于今,吴中区下辖七个镇中,有三个中国历史文化名镇,两个江苏省历史文化名镇,五个中国历史文化名村,六个中国传统保护村落;区级以上文物保护单位一百二十四处,其中全国重点文物保护单位七处,江苏省文物保护单位十九处。就非物质文化遗产来说,总有五十项,其中联合国教科文组织一项,国家级四项,江苏省级五项。在一个七百四十余平方公里的区域内,拥有如此众多、如此丰富、如此厚重的文化积淀,实属罕见。

崇文重教,人文化洽,这是吴中代代相传的优秀传统。进入二十一世纪的今天,更应该将前人留下的物质和精神财富传承下去。中共吴中区委、区政府审时度势，作出了编辑历史文化丛书《吴中文库》的决定，并由我来主持此事。这让我十分惶恐，深感力有不逮。但吴中区委、区政府对文化传承的那份热情和真诚，让我深受感动，更何况我自己深受吴中大地恩泽，能够为吴中文化的传承和推广作一点自己的努力，也是一种荣幸。说起《吴中文库》的编辑，不能不提到我的故交，吴中区委书记俞杏楠先生。他生于斯，长于斯，踏上工作岗位以来，从未离开过他深爱着的这方故土。经年累月，他对文化尤其是吴中文化有了自己独特的体会和感悟。文化是有生命的，需要呵护和打理，吴中文化与灿烂的中华文明是一脉相承的，它不仅属于吴中，属于苏州，也是炎黄子孙乃至全人类的共同财富。在他看来，发掘、整理并用文字和图片来记述吴中的优秀文化遗产，既是对历史的负责和尊重，也是我们这一代人的使命和责任。

近年来，吴中区着力打造"山水苏州，人文吴中"品牌，以"文旅融合"、"惠民富民"为抓手的文化旅游服务业蓬勃发展。光福、舟山的玉雕、核雕，甪直的水乡服饰，洞庭两山的碧螺春、红橘、杨梅、枇杷，无不饮誉海内外；西山、东山、光福、木渎、甪直等地，逐渐成为长三角地区的经典旅游景区；香山工坊、中国工艺文化城等载体的构筑，再度张显吴中工艺大观，使全国业界精英的目光向吴中聚焦。吴中文化既是吴中人民的智慧结晶，也是吴中人民的精神家园。将文化打造成产业，铸造成品牌，在保护中利用，在传承中弘扬，让文化惠及民生，走出了一条"保护发展两相宜"的文化创新发展新路，在传承和创新中续写吴中文化的现代篇章。

《吴中文库》凡二十种二十四册，涵盖了吴中的历代人物、名胜古迹、风物特产、民风习俗、工艺文物以及诗文等地方历史文献，无论是涉及的广度，还是深度，都堪称吴中历史文化的集大成者，可读性、观赏性、史料性并存。作为一名文学写作者，我还深切地感受到，吴中清丽的山水和璀璨的文化，也是文艺创作取之不尽、用之不竭的源泉和宝库。

在《吴中文库》即将付梓之际，请允许我代表编委会，向所有作者和摄影者，向凤凰出版社和编辑者、装帧者，表示由衷的感谢和深深的敬意。

2014 年 10 月 18 日

目 录

引言 :开门见山忆勾吴

我多次写过香山,但都是一种边缘的描述。

在中国谈工艺美术,香山是永远的话题。历史上的香山,很是婉约,它真的与“香”有着纠缠 ;历史上的香山,很是豪放,它真的与“山”有着纠缠。

香山,今为香山街道办事处,在苏州太湖国家旅游度假区中心区 ,东临胥口镇,南临金庭镇,西临太湖,北与光福镇交界,总面积二十五点三七平方公里,辖蒋墩、中心、长沙、小横山四个社区居委会和梅舍、郁舍、香山、舟山四个行政村,常住人口二万四千二百余人。

一直以来,香气与美色、佳肴一样,是直接诉诸于感官的好东西。

人类对香的喜好,乃是与生俱来的天性。香,在馨悦之中调动心智的灵性,于有形

吴县沿湖水口图 《太湖备考》卷首

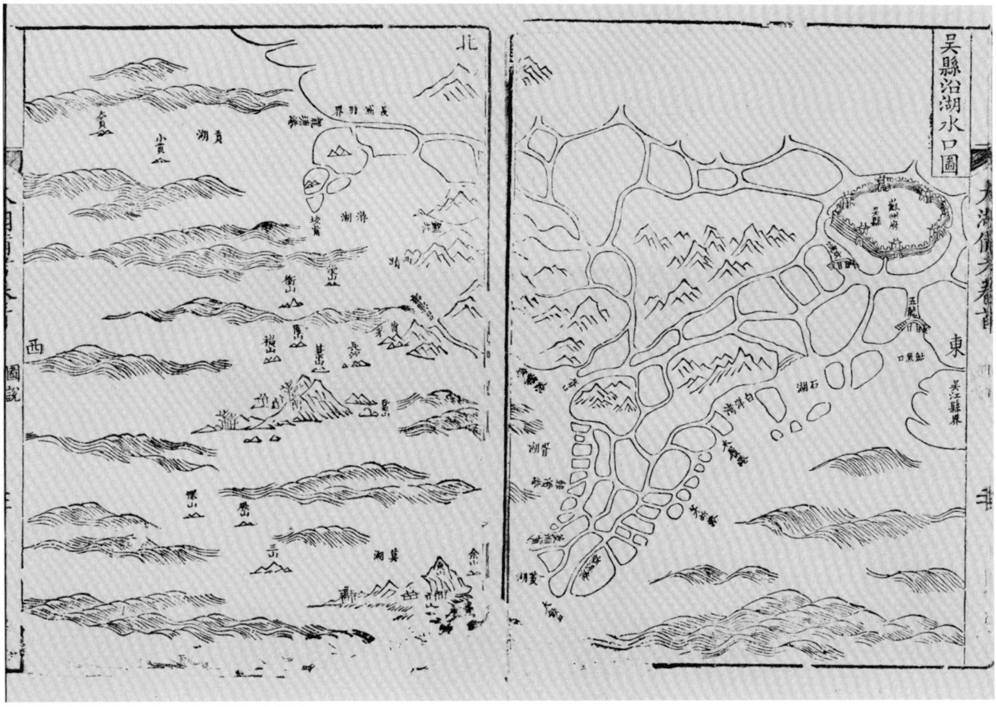

从穹窿山远眺香山及太湖

无形之间调息、通鼻、开窍、调和身心，妙用无穷。《尚书·君陈》所谓“至治馨香，感于神明”，将袅袅香气视为与神明沟通的途径。

张郁文《木渎小志》卷一记道：“香山与穹窿毗连，址近太湖为胥口。昔吴王种香草于此，遣西施及美人采之，故名。”香山之名，由来如此，面对这座流芳千年的小山，绕开

各种香囊

浩如烟海的英雄美人故事，我们把营造、冶炼、造船等为一个个切入口，从中重辟另一个路径来走进香山，将历史记忆长河中的那些碎片打捞，重新拼接和打磨，来还原一件件具体的事件，然后不断地深入，再深入，试图探索出这座小山的历史脉络。

在水一方，山不在高。香山，山在，但香草何在？

香草本指含有香味的草。胥口、善人桥一带的老人说，香山的香草是香茅草，不但有香味，还可作造纸原料，又可入药。也有的说，香草其实是绶草，方言称“盘龙参”。然而，木渎、金山一带的百姓却说，香山的香草叫“鸭跖草”，草开蓝紫色花，形如蝴蝶，叶片奇特，胜似仙草，可治百病。

我猜想，香山的香草很可能就是葛草。葛草，属豆科藤本植物，有块根，复叶，顶小呈菱形，夏季开花。葛草用途广泛，茎叶可作牧草，块根含有淀粉，可食用，中医可入药，有退热的功效，花可解酒毒。更为重要的是，葛草的茎皮是天然野生植物纤维，是织葛布和造纸的原料。吴王种葛草，主要是为了织布，“采香”则是衍生出来的副业。遥想当年，茂密的葛草，从幽静的山谷里一直蔓延到山坡，风轻轻撩拨着紫红色的花冠，就像飞舞的蝴蝶，时闪时隐。

香山的地理位置及地貌特征为种植葛草提供了可能，葛草是春秋时期纺织原料的储备。而民间西施浣纱的传说，也说明浣纱与葛草的关系。这位来自越国的美女，带来丰富的浣纱、纺织经验，与葛草的种植是有直接关联的。

现在的香山，虽然已无葛草或其他香草可供采撷，但“木香”仍可闻到。

春秋后期，吴王阖闾、夫差大兴土木，越国贡献的木材太多，“积木塞渎”，而营造出了一个园林城池——木渎，现为中国历史文化名镇。其中最著名的亭台楼阁是馆娃宫

《仕女册·吴西施》 清佚名绘

《历朝贤后故事册·葛覃亲采》 清焦秉贞绘

和姑苏台，“三年聚财，五年乃成”，其浩大的工程，皆为香山工匠操办。

木香使香山再次有缘识香，檀香木、香樟（樟树）、香楠（楠木）、沉香木、香木（蜜香树）、丁香木、南柏、黄花梨、松木、冷杉等木材的香味，盖过了草本的香草。从此，在地理上不为山的“香山”，永远留名在了历史文化中，令人神往。

在这个貌似原始的农耕区里，孕育出了香山先人的艺术基因——营造和工艺，它们是当今吴地的两个宝贝，并列录入了中国与世界艺术史上的文明记载，一是明代皇宫和皇家园林、陵园，二是私家园林以及由此孵化出的近百种工艺美术品种。

如果说营造是一次外拓的远行，那么工艺可谓是一种内敛的守成了。一个山坞，一

紫禁城鸟瞰

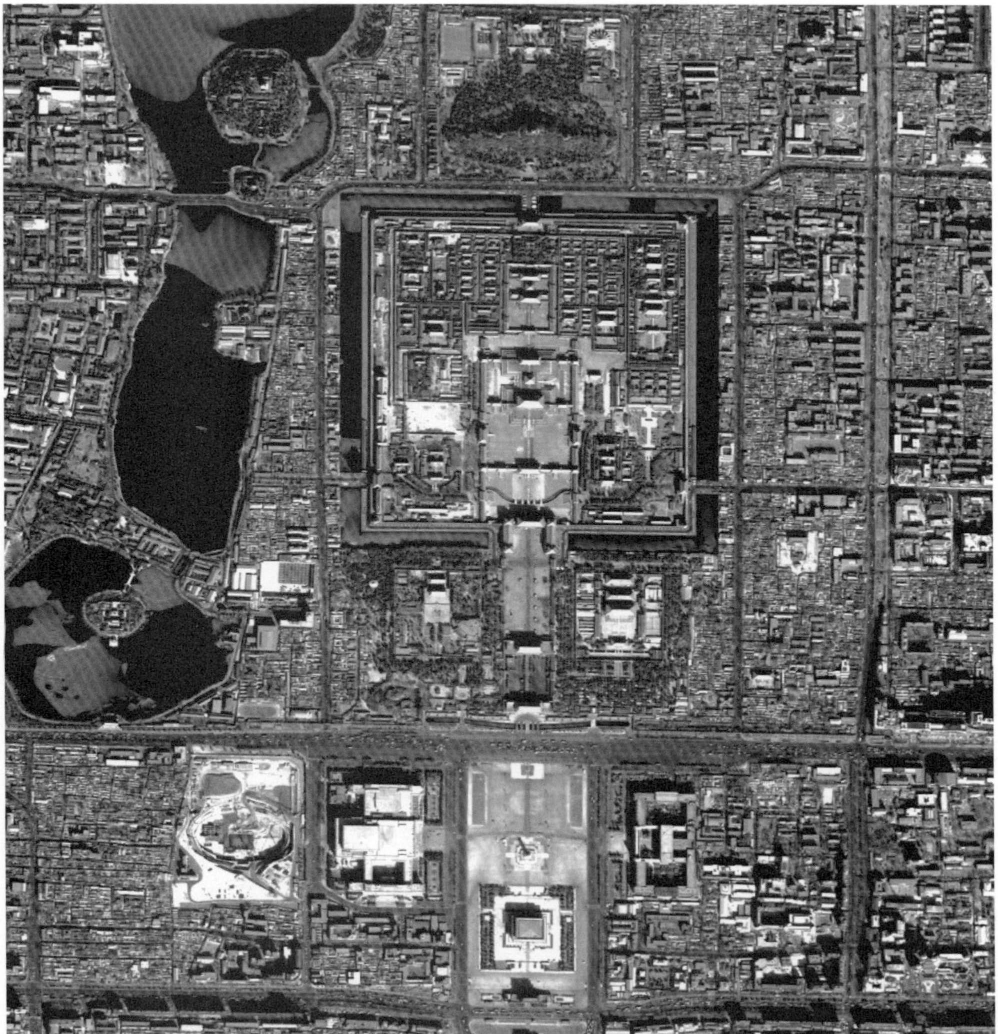

个村落，一个乡邦。由史观景，由景及人，我们不得不感佩“香山帮”的执着，历代香山人以他们独有的方式创造和凝铸了一座艺术丰碑：苏州“香山帮”传统建筑营造技艺，成为被列入联合国教科文组织《人类非物质文化遗产代表作名录》和中国非遗代表作名录的遗产项目。

在历史文化的时空里，每一次运动，于香山都是一次开发、拓展和提升的机遇，也是对“香山帮”这个概念的锤炼。

勾吴，是一种营造，它是物质的，显性的，有宫阙遗址和吴戈实物；香山，是一种技艺，它是非物质的，隐性的，有大木筑与小木作的榫卯守约。但无论是显性还是隐性，他们都是客观的存在。香山就如一把斧子，斫削出了各种营造，及“香山帮”的传说，正是在这一次次的锤炼中，使平地上的香山长高了，形象越来越鲜明了。

花开香山，馨香中国。

青铜时代的辉煌

吴中最早的工艺辉煌，是青铜器的冶铸。

早在春秋战国时期，勾吴的青铜冶炼技术已开始成熟，在太湖之畔，彻夜冶炼的炉火及锻造的喧嚣，惊散了周围的水鸟。吴地先人不但制造生产生活器具，还制造兵器。勾吴制造的青铜剑、戈、矛，既锋利又精美，因为工匠们掌握了材料学中的金属材料热处理、复合材料和高分子材料的加工工艺。苏州博物馆所藏吴国兵器中，刻槽的错金及鎏金技艺，无疑是春秋时期中国铸造技术的高峰。

生熟炼铁　选自《天工开物》

2014 年 5 月 5 日，苏州博物馆耗巨资四千二百五十万元，入藏了青铜兵器共五十八件（组），种类包括剑二十四件，戈二十件，矛六件，其余八件；时代上至商代，下到汉代，以春秋战国兵器为主，尤其是四件吴越时期的有铭铜剑，是极为难得的文物精品。其中的“吴王夫差剑”是目前国内外同类剑中品相最完好的一件，堪称国宝。从此，最精美“吴王夫差剑”终于回归故里了，圆了苏州人重睹祖先宝剑的夙愿。

“吴王夫差剑”的主人吴王夫差，是吴国从鼎盛走向灭亡的末代国君。这柄宝剑通长五十八点三厘米，身宽五厘米，格宽五点五厘米，茎长九点四厘米；剑身覆有蓝色薄锈，中起脊线，近锋处明显收狭，双刃呈弧曲形，刃锋极犀利；剑格作倒凹字形，饰兽面纹；圆茎实心，有缠缑痕迹，茎上两道凸箍，箍上有纤细的凹槽，遗存少量绿松石；圆盘形首，铸有多圈精致峻深的同心圆凸棱，剑首系以不同成份合金青铜分铸后再衔接剑茎而成，无不显示出铸剑匠师的卓越技艺。青铜剑身近格处铸有铭文两行十字：“攻敔（吴）王夫差自乍（作）其元用。”清晰的铭文证明着主人的身份。吴王剑作为国君自用并留下铭文的兵器，更是一件体现了国家意志和技术的利器；同时，国君也会以其作为联姻信物或礼品送给诸国，或作为赏赐给军功卓著的将士作为褒奖。

虎丘剑池

吴王夫差剑

吴王夫差剑铭文

夫差为王时的吴国，一度西破强楚，北震齐晋，南败越国，成为长江下游的一个强国，其青铜冶铸技术已超过了中原地区，特别是以剑、戈、矛为代表的青铜兵器，驰名列国，当年就是千金难求之物。《战国策·赵策》记道 ："夫吴干之剑，肉试则断牛马，金试则截盘匜。" 传说 "吴中第一名胜" 虎丘山下的剑池内，藏有三千把名为 "鱼肠"、"扁诸" 的宝剑，秦始皇曾动用军队前来探寻。

苏州博物馆馆藏的吴王诸樊剑、吴王光剑、吴王夫差剑，皆历经二千四百余年而不朽 ；经 X 射线、荧光非真空检测分析，剑刃表面有一层十微米的铬盐氧化物，从而使剑刃锋锷薄而锋利。现珍藏于北京、上海、南京、台北等各地博物馆的吴国青铜兵器，尚有二十余件。

"男儿何不带吴钩？" 在诗人的吟咏中，吴钩已经不止于一种兵器，而是搏战的精神。苏州人更是以此为自豪，以 "干将" 与 "莫邪" 命名两条纵横全城的主干道。

繁荣的青铜时代，孵育了青铜时代的升级版，铁器横空出世了。铁器一经出现，就改变了历史的进程。《论语·卫灵公》说 ："工欲善其事，必先利其器。" 从青铜发展到冶铁，虽说是战争倒逼了科学技术的发展，但金属工具同时助推了生产力的大幅度递进。铁制工具使木作工匠如虎添翼，支撑了木筑技艺的发展和船舶制造的异军突起，最终导致了手工业从农业中分离出来。

随着商品经济的进一步发展，香山人也就开始忙忙碌碌了，逐渐形成了 "香山帮"。

春秋，吴地木器时代

春秋时期，始于周平王东迁，得名于鲁史《春秋》，是中国历史上社会经济急剧变化，政治局面错综复杂，军事斗争层出不穷，学术文化异彩纷呈的一个变革时期，是中华古代文明逐渐递嬗为中世纪文明的过渡时期。

吴国，就是那变革时期和过渡时期的一个缩影。

那时的吴国水泽湖泊交错，全没有“小桥流水人家”的优雅，更谈不上“人间天堂”的富庶，而是水患频仍。所以，在中原人眼中，吴地是南方的一片萧索蛮荒所在，无意涉足。远古时期便聚居于此的吴人，则在这里开始了一段与水为伍、与船相伴的传奇。

以船为车，以楫为马，这种特殊地理环境，诱发了勾吴小国造船业与航海业的发展。

木器时代最大的成就便是船。

春秋，是一个大国图发展、小国求生存、以武力为话语权的时代。战船与水军，史称“舟师”，便成了吴国防御和攻击必不可少的军事力量。雄心勃勃的吴王夫差，为了率舟师北进争霸，遂于周敬王三十四年（前 486）开凿邗沟，南引长江水入今淮安，北入淮河以通漕运，并贯通长江与太湖的胥溪，为吴国以“舟楫为舆马”和“巨海为夷庚”奠定了战略基础。而吴国从海上进攻齐国，谱写了中国历史上第一场海战，被后世视为中国海军的起源。

吴国无疑是最早诞生水军的国度。

大国争霸，战争频频，为了集结兵力，运输粮草、货物等活动，使船舶的种类、数量比前大为增加，并使商船和战船彻底分离，出现了专门的战船建造基地，以及与造船业相配的水战兵器业。

吴国的造船基地、兵工基地，就在香山附近的舟山村，其规模及制作水平堪称一流。

如果说战争是技术进步的最大动力，那么吴国的战船及兵器无疑代表了木器时代的最高制造水准。

吴人与船的故事，开始于水中漂浮的一块块木头。

他们曾骑在圆木上顺水漂流，从而躲过一场又一场洪水的浩劫。后来有人抓住一块木片向前划行，渐渐演变成了桨。随着时间的推移，人们把圆木掏空，人坐其中，还可随身携带物品，这就是吴人最早的水上交通工具——独木舟。

那么，吴地造船的历史，究竟最早可以追溯到什么时期？

位于江苏常州的淹城遗址，是二千五百年前的吴国城池，有三道环城水系包围，形成了固若金汤的军事堡垒。1958年的一次考古发掘，人们在内城的河道中发现了三条独木舟，轰动了中国考古界。其中最大的一条独木舟为整段楠木火烤斧凿而成，长十一米、宽零点九米、深零点四五米，据考证是西周时期遗物，距今已有二千八百年，被学界誉为“天下第一舟”。

古淹城独木舟的出土，昭示着早在西周时期，吴人已经把船作为重要的交通工具。

从木筏和独木舟，到桨船和帆船，人类在造船技术上表现出强大的创造力和高超的工艺水平。

春秋时期的吴人是一群骁勇善战、忘死轻生的尚武之士。在阖闾、夫差时期，吴国的军事势力一度达到鼎盛，北进中原的野心和目空一切的霸气，让此时的吴国成了一部超级战争机器。他们西破强楚，北威齐晋，南服越人，称霸一方。在一次次的征战中，吴国训练出了一支强大的水军，无人能够与之争锋。

吴国的战船类型，主要有大翼、中翼、小翼，其船型瘦长，桨手众多，速度飞快。

《文选》卷三十五张协《七命》：“浮三翼，戏中沚。”李善注：“《越绝书》，伍子胥水战兵法内经曰：大翼一艘长十丈，中翼一艘长九丈六尺，小翼一艘长九丈。”依照当时每尺接近现在二十厘米计，估算大翼长约二十米，宽约三米，可乘载战士二十六人，桨手五十人，操长戈矛斧者四人，弓箭手二人，驾驶人员若干等共九十名水军。战船上的人员分

吴国大翼战船模型

工明确：一是操舟者，即航行保障人员；二为作战水兵；三为“舰长”等指挥人员。航行人员与战斗人员各司其责。

除了大翼、中翼、小翼等“战列舰”之外，在水战中，还需要其他战船的配合，主要有：

突冒：相当于陆战中的冲车，这种船装有坚硬的铁尖，在水战中用来冲撞敌船。

下濑船：宜行于浅水急流中的平底小型船只。

戈船：隐藏在大船下的小船，主要是防御水底的进攻，相当于当下的“潜艇”。在吴越水战中，双方水军都曾潜水攻击对方舟船以出奇制胜。

太白船：属于小规格的战船。

艅艎船：船型庞大，是吴国最典型的船只，相当于现在的“旗舰”，为指挥舰。

桥舡：是一种行动轻便的舢舨，疾如快马，在水战中适合快攻、偷袭和快捷运送士兵。

楼船：“楼船者，船上施楼也”，是一种大型、多层的船舰，可登高瞭望，观察敌情，战时可居高临下实施攻击。

如此复杂的战船种类，如此激烈的水上搏击，如此庞大的造船规模……

勾吴战船，作为一种可由人力控制、具有承载用途的大型机械，为以后江南文明的行程，划下了最初的轨迹。而机械背后的主宰，是木作的技术水平。

只要看一看“机械”两个字，两个都是“木”字旁，就可以把木作的重要性诠释得淋漓尽致了。

战舰的威猛背后，最为繁重、繁忙、繁杂，夜以继日的，是后方的造船匠师。

造舟木材来自森林，漂泊至舟山的基地，经过匠师的营造，化为舟船，携带着大山的

太湖渔船

灵性，蕴藏着太湖的气度，奔向江海，去经历惊涛骇浪的洗礼，显示吴地木作的本色和气场。

随着吴国的覆灭，“造舟之所”不复存在，但是留下了“舟山”这个名字，留下了造舟的技艺，留下了香山人好“雕”善“刻”的地域文化传统。

木器时代最大的成就就是船。

勾吴时期最大的成功也是船。

《香山小志》说：“香山梓人，巧者居十之五六。又有雕工，专将竹根、竹节、黄杨、紫檀，以及象牙、牛角、桃核、橄榄核，刻山水人物、花卉鸟兽等玩品，精巧有致，雅俗称赏。”

感谢春秋，造就了吴地的木器时代！感谢“造舟之所”，培训出一大批具有军事化素质的技艺高超的木作匠人。

勾吴、吴县、吴中，这处在山色湖光中的美丽土地，由最初的一柄斧斤，斫出了雕刻的故乡。勾栏舟车、建筑桁架，无不结构奇巧；花窗檐角、雕梁挂落，无不琢饰精致。

“香山帮”，是典型苏作工艺的代表，细腻精微中处处流溢出清秀与文雅。这在精巧的构思中呈现出的精致工艺，被称为“大木筑”与“小木作”，前者归宿于建筑营造，后者归宿于工艺美术，两者并驾齐驱，驰名中外。

铁木相生

在漫长的农耕时代，木匠一直是最受人们尊敬的职业之一。

木匠几乎就是技艺的代名词。

“公输子削竹木以为鹊，成而飞之，三日不下。”

这是《墨子》中关于鲁班的一则文字，说他制作的木鸟，能乘风力飞上高空，三天不降落。在这段神乎其神的描述中，墨子肯定是在神化鲁班。而在现实中，人物被神化，说明此人具有过人的本领，而社会正需要此人的本领。鲁班这名称，代表着一切古代木匠的发明创造，是勤劳智慧木匠的象征。

飞天只是古人的一种理想，而风车与水车，如同一对孪生兄弟，则是中国农耕文明进程中的一次革命。通过这两种机械，可以利用大自然的动能来替代人力，给人类带来实实在在的好处。如此伟大的机械，奠定了木匠在工程技术中的重要位置，并被载入史册。

还有用于冶铸业的鼓风器。

鼓风器至迟发明于商、周之际。洛阳出土的西周铸铜炉壁残块上已发现通风口。依时代不同，鼓风器的部件结构也不尽相同。早期是用牛皮或马皮制成的一种皮囊，古时称之为橐，外接风管，利用皮囊的胀缩来实现鼓风；初时是单橐作业，后出现了多橐并

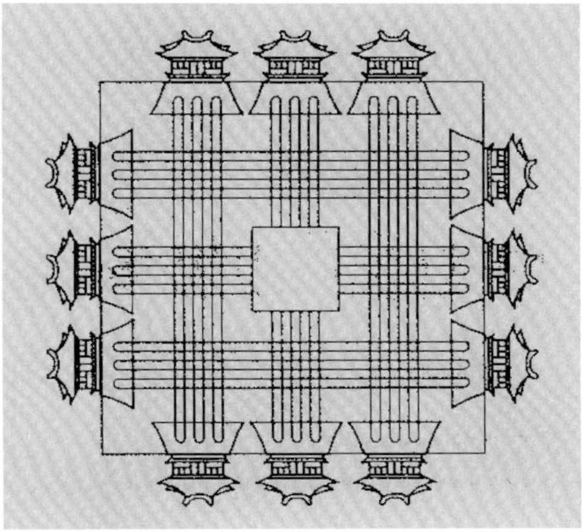

据《考工记》绘制的王城图

联或串联的装置，名为“橐槖”，汉代又称之为“排橐”。从山东滕县出土的汉朝冶铁画像石看，图中的橐已有三个木环、两块圆板，外敷皮革而成。拉开皮橐，空气通过进气阀而入橐；压缩皮橐，橐内的空气通过排气阀而进入到输风管，最后再进入冶炼炉炉中。

以兽皮制作的鼓风皮囊，囊的两端分设风管和由操作者手控的进风口，成为简陋而风力强大的鼓风器。直至今日，在苏州的传统金属手工艺中，仍然被保留使用。在此基础上形成的中国风箱，堪称中国古代最伟大的木作机器。

这个完美的机器虽然完全是木制的，却导致了铁器时代的来临。

如果没有风箱，人们就无法将火的温度提高到铁的熔点，铁矿石就无法变成铁。反过来说，如果没有好的钢刃，人们也难以研制得心应手的木作工具。所以说，铁器时代与木器时代是相生的，缺一不可。

如果两者之间一定要排序的话，笔者认为，是风箱的发明促进了冶铁工艺的成熟；而大量铁制木作工具的应运而生，使中国的木器时代得以向纵深发展。风车、水车及一系列木作器械的发明和使用，使人类的肢体得到了无限延伸和拓展。

在木器时代与铁器时代，勾吴应该就是古代中国的一个实验场。虽然目前还没有冶炼方面的考古凭据来证明此一说，但史载的吴国水上战事：五湖之战、夫椒之战、长江

《鲁班经》书影　明刻本

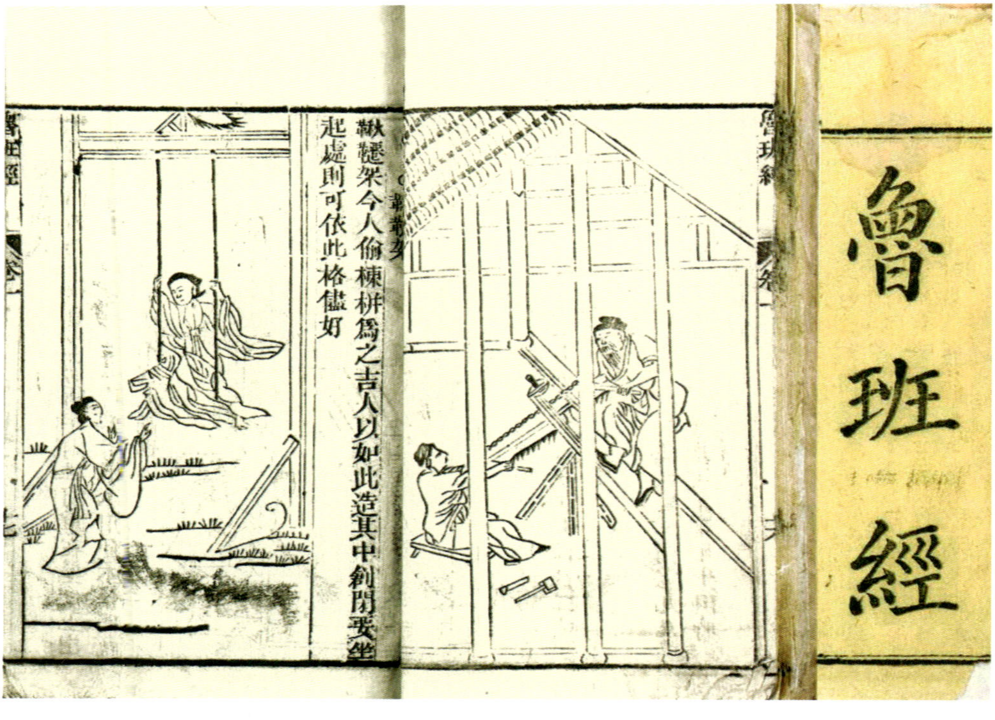

风车和踏车　选自《天工开物》

铸鼎和铸钟　选自《天工开物》

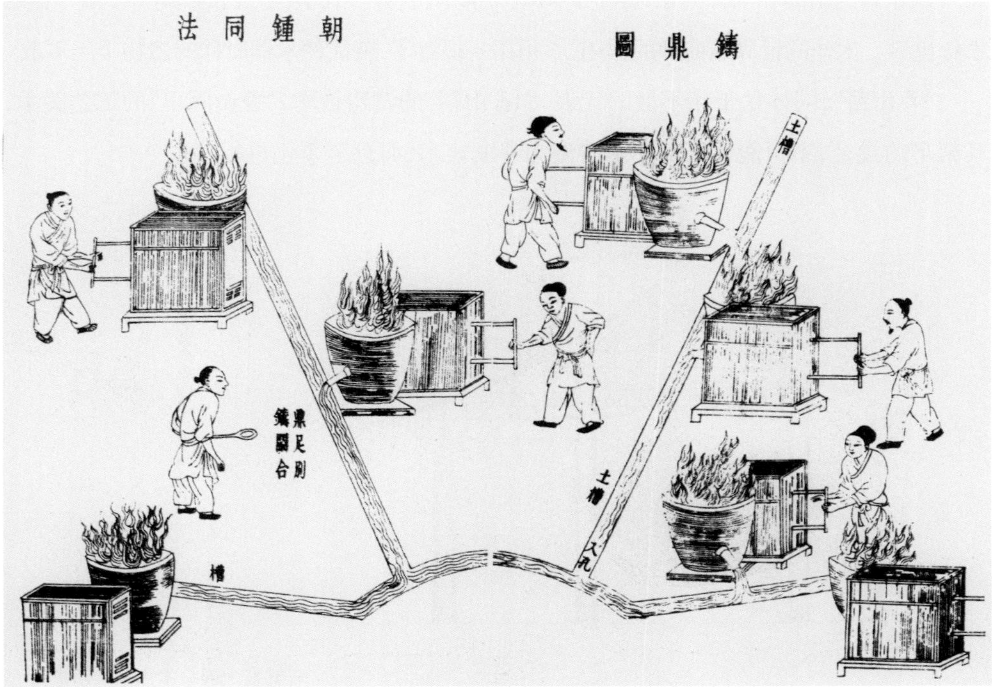

东山杨湾轩辕宫大殿

之战等，足以证明吴地造船业的存在，证明吴地先进造船工具的存在。据此推断，我们可以怀着足够的自信，坚信这个实验场在吴国真实存在并曾辉煌一时。

木器生铁器，铁器生木器。

从原始的凿卯和削榫开始，诞生了风箱和水车、船楫和战车、建筑和家具……清一色的木作世界。木作的世界靠卯榫的作用，不须用一根钉子，就能使木器时代的遗物千年不散。

"香山帮"，同样是千年不散的代表。"香山帮"的营造技术，"香山圈里"的工艺美术，其精巧的技艺，不但能从民间艺术转型为皇家艺术，而且至今仍风行于世。

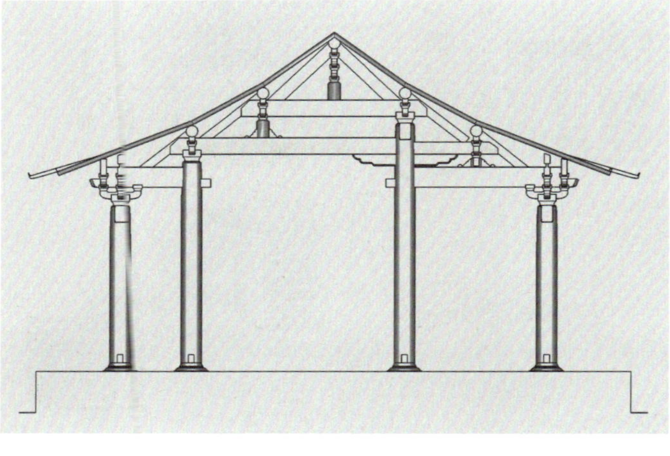

轩辕宫大殿大木作梁架示意图

舟是水上移动的木房子

北人乘马，南人乘船。

在古代，交通工具的选择，几乎完全取决于当地自然环境和气候条件，“南船北马”就是一个最典型的例子。中国北方年降水量少，雨季短，因而河流稀少，“四野皆是路，放蹄尽通行”，交通自然以陆地上的马和车为主。而南方降水量多且雨季长，平原地区水网纵横、湖泊密布，水上交通极为便利。尤其是太湖流域的苏州，几乎家家临河而居，每家都有一个“踏渡”（简易码头）。这就是民谚“南船北马”、“北车南楫”产生的主要原因。对于苏州人，农耕与渔猎是兼而有之的，从勾吴始，造船与筑屋，同样是吴人立身处世的根本。

然而，由北方“马背上的民族”蒙古族建立的元朝，对于航运竟有极大的热情，似乎有些出人意外。其实不然，元朝虽在北京建都，但京城所需的粮食物资以至军队给养，多仰给于江

七桅船

南；而大运河因战乱影响淤塞严重，所以不得不从苏州太仓经海道输运漕粮到直沽（今天津）转运京师。海运使“民无挽输之劳，国有储蓄之富”，因此“终元之世，海运不废”。同时元朝又采取了比较开放的经济政策，促进对外交往。一方面以礼遇和恩宠吸引海外各国来中国朝贡、贸易，“往来互市，各从所欲”；另一方面以优惠政策鼓励官民参予海外贸易，只要按章纳税，不藉特权隐匿货物逃税，都可以“下番博易”。出于开发海运和开放海外贸易的国策，元王朝加强了太仓刘家港的设施建设，使刘家港迅速成长为东南沿海最重要的良港，号称“六国码头”、“天下第一码头”，同时增造海运船三千艘。

太湖渔港

苏州造船业由此又得到一个蓬勃发展的机遇,“香山圈里”的造船木筑再度兴盛。

早在三国时期,东吴就是造船业最发达的地区。吴国制造的战船,最大的上下五层,可载三千名战士;吴国的远洋船队北上辽东半岛,南下东南亚,并且首次与台湾建立联系。东晋南朝,江南已发展到能建造一千吨的大船;船舶可以装上桨轮,利用人力以脚踏车轮的方式推动船的前进,称为“车船”,航行速度达“日行百余里”,在造船史上占有重要地位。到了宋代,东南各省都建立了大批官方和民间的造船工场,苏州的造船技术更是炉火纯青,开始营造以风为船舶动力的七桅船。

七桅船，就是在船头有一根桅杆（渔民俗称“樯子”），微向前倾，俗称“招樯”（即“提头桅”），其高近十米，招樯所挂篷帆称“招篷”；招樯后至船尾依次是“三大篷”，三根大桅，即头樯、大樯和二樯；“三艄篷”，为三根艄桅，共计七樯七篷。七桅同时挂上篷帆时，远望如一把打开的苏式折扇，故而俗称“七扇子”。

大船古称“罛船”，“罛”，大网也，即大网船，为我国淡水捕捞中最大的渔船。据清金友理《太湖备考》卷十六载：“太湖渔船，大小不等，大概以船为家，父子相承，妻女同载，衣粗食恶，以水面作生涯……其最大者曰罛船，亦名六桅船，不能傍岸，不能入港，篙橹不能撑摇，专候暴风行船，故其祷神有‘大树连根起，小树着天飞’之语。”又记载：“罛船其船形身长八丈四五尺，面梁阔一丈五六尺，落舱深丈许；中立三大桅，五丈高者一，四丈五尺者二；提头桅一，三丈许；梢桅二，各二丈许……其捕鱼联四船为一带，两船牵大绳，前导以驱石，二船牵网随之，常在太湖西北水深处，东南水浅不至也。其住泊无定所，风止则下锚湖中，三大桅常竖不眠。”清代古籍对太湖大船有“千斛渔舟，风帆六道，远若浮鸥，近如山涌……冲风驾浪，出没深波，见者胆寒”的描述。

《太湖备考》还明确记载：“其造船之处，在胥口之下场湾，西山之东村，五龙桥之蠡墅，光福之铜坑。其编箬篷、打簟缆，在冲山。”可见七樯七篷的制作，正是在香山一带。

七桅船的诞生，提升了苏州“鱼米之乡”的“鱼”的特质。七桅渔船迎风抗浪，捕获的鱼多，是太湖捕捞的重器，它开创了中国淡水捕捞两个第一，一是渔船最大，二是四条大船合拖一条网捕鱼的方法在全国独一无二。

如果我们现在留心一下现存的七桅船，仍可以发现不少战船的痕迹。如舱堂宽，船帮高，人站舱堂内船帮齐胸高，可代盾避箭，攻战时也可弯腰行走；船头有隆起的横梁，太湖渔民仍称之为“箭板”；大船由“对船”或“四船”作业，太湖渔民称“对船”为“舍”，称四船为“带”。这些明显带有古代水师军事功能与建制的称谓，可以遥想到宋代的韩世忠、岳飞水上抗金之战的场面，那可都是以七桅船作为水师战船的。

七桅船平稳抗浪，无橹无桨，全凭风力行驶，所以作为行船主要动力的“三大篷”终年“常竖不眠”；顺风时篷开左右，似飞鸟展翅，遇六级顺风，时速可达二十公里；湖面风小时即扯满篷，若遇风大则落半篷。船身中间有“船楼”，船身两舷各有披水板两块，遇横风时下舷放两块披水板，使船微斜向前直驶；逆风时“调戗”成“之”字形向前驶，宛如湖上的盘山公路。即使湖面上起八级大风，七桅船仍可照常捕鱼；达到九级风时，真所谓“当夫白浪滔天，奔腾如驶时，商民船只不敢行，而罛船则乘风牵网纵浪自如”。太湖渔船竹枝词中也有“旋折六帆骑浪走，使船本事属吴儿”的描述，有“浪里钻”之称。

试想当年这样的船，又有两将军坐镇，哪有水战不胜之理。

所以，光福镇的渔民都相信自己是当年随韩世忠、岳飞抗金的后裔，至今仍崇信韩世忠、岳飞，在祷佛或结婚时还保留有单独请“南元帅”（岳元帅）的仪式。在太湖孤岛中平台山的禹王庙中，专门供奉有岳飞、韩世忠塑像，大船渔民每年都去定期祭祀。从这些特有的太湖渔文化资源中，也可以窥见吴地木筑造船业的发展脉络。

吴地先民自古就习惯了船上的生活，古文献中说“吴人不能一日而废舟楫之用”，《吴越春秋》中更是形容吴越之人“以船为家，以楫为马”。无论生产、生活还是军事、娱乐，吴人无一不与船为伴。先古吴人还曾把船作为死者的安葬之所，视船为灵魂的栖息之所。

现在还泊在太湖光福渔港的一条七桅船，主人叫蒋林生，他家的船自清代从光福渔港村码头下水，就再也没有离开过太湖。算来他是这条船的第四代主人，很可能也是七桅船的最后一代船长。

像这样的七桅船、五桅船，以前在渔港村或太湖上随处可见。它是太湖的象征，水上的精灵，吴地人的骄傲。

几百年过去了，太湖依然烟波浩渺，帆影点点，船上的生活没有发生太大的变化，但外面的世界已日新月异，当光福的渔民在岸上叠起楼房时，风餐露宿的捕鱼

韩蕲王墓碑

生活就不再是下一代的选择了。因此，原来泊在渔港村的多艘七桅船，都相继卖给了周边城市，泊在景区作为旅游景观了。

如今剩下的蒋林生的船，是渔港村太湖上仅存的几艘七桅船之一。他舍不得卖掉，不是因为价钱的原因，而是他认为，一旦太湖没有“七扇子”的身影，太湖的美就无法呈现了。此话听起来似乎太高调，但只要去蒋林生家里看看，完全按比例微缩的十几艘渔船模型一字摆开，令人瞠目的不仅是工艺的精巧，更是渔船的阵势，就不能不信服他的言语是出自肺腑的。而事实上，这几年蒋林生由渔民转型成了木工，担当了渔港村七桅船的维修保养任务。

七桅船以船梁和木龙骨为支架，结构坚固，并由船梁分隔成十三个船舱。从船头至船尾，我们可以发现，七桅船是由无数“房间”组成的，是一座水上“木筑结构群”：

一、尖船头（放置调节船头吃水的压舱石和什物）；

二、玫瑰舱，放船锚链等物；

蒋林生的太湖渔船系列模型

近二百年的主桅杆

三、头桅舱，放网缆、渔具等；

四、船头，分为前船头、后船头，是船上工人的卧舱；

五、大桅舱，放压舱石，渔民称压舱石为“燥腻”，因新船性能不同，用压舱石调节至平稳，调好后不再随意更动；

六、网舱，放鱼网兼作鱼货舱；

七、大舱，位于船的中间，是船上举行重大活动的场所。

八、二桅舱，放压舱石，与大桅舱功能相同，调节船头与船尾的吃水，使其平稳、快捷、抗风；

九、夹舱，即小卧舱，是祖父母的卧室或放置生活用品；

十、大艄，主卧舱。儿子结婚时，父母让出作新婚房。

十一、伙舱，在船楼下面，半敞开式，从烟棚由“梯档”上下，下有“桥床”固定，向前进入大艄，向后到“大船艄”。伙舱内置“两眼木灶”，有篾编夹石灰纸筋的烟囱伸向船外，宽阔明亮的木灶内置陶制行灶，开成五十平方厘米的鸭蛋形小灶门，省柴又不冒烟。厨房用具一应俱全，固定不滑动。灶台对面置有尺许高的“高床”，是船上“看风”的住宿处。

十二、大船艄，即中卧舱，是子女结婚后父母居住的卧室。

十三、小船艄，堆放“硬柴”（燃料）等生活用品

“谁信罛船万斛宽，舟居反比陆居安；但得罛船为赘婿，千金不羡陆家姑。”（清代朱彝尊诗）

木已成舟，舟是水上移动的木房子！

《马可波罗游记》插图

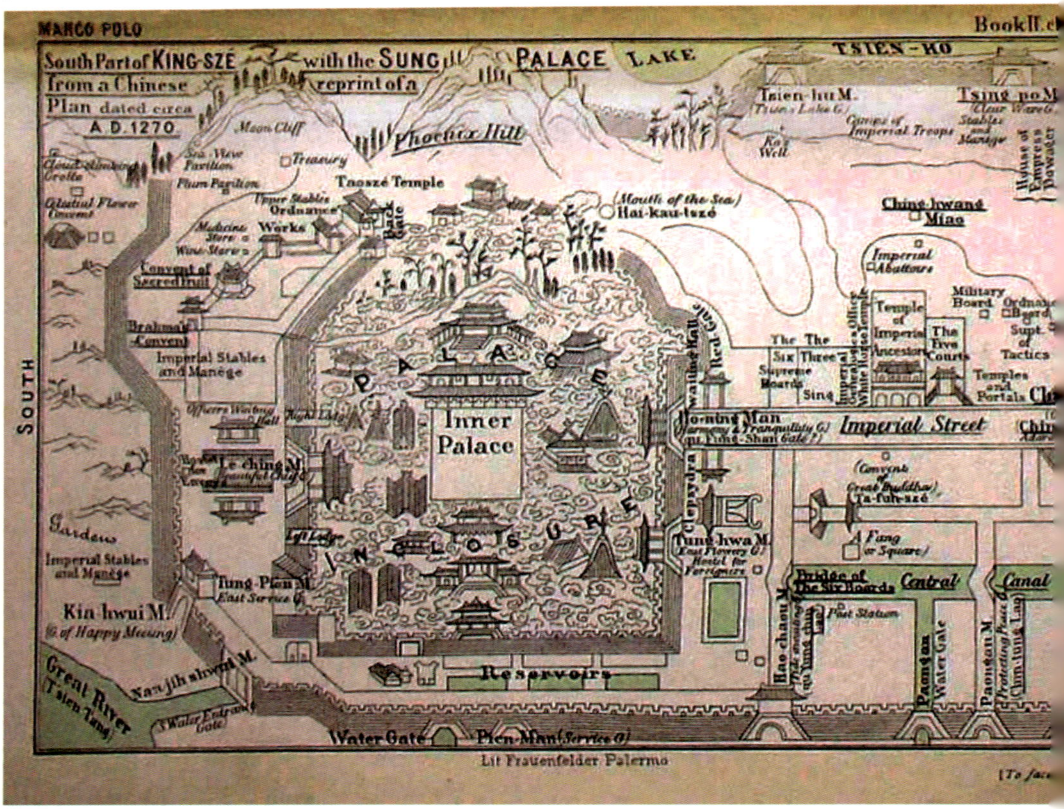

由江南的富庶，引发了运河、遭运、航海，工艺美术、海上丝绸之路；

由香山的工匠，营造了勾吴，船舶、城池，亭台楼榭、皇家大匠之路。

在苏州发展的历程中，有关造船的史料或模糊于筑城，但造船和筑城的源起都在吴中香山，则是一个不争的事实。曾经和现在，苏州都是属水的，除了“小桥流水人家”之外，还有太湖，还有运河；正是运河这条当年的“高速公路”，载着移动的木房子，南下北上，四通八达。移动的木房子，有时也会变成固定的木房子；造船和筑城，同样是木构建筑，也同样随处留下香山人漂泊的足迹。

《马可波罗游记》中将苏州喻为“东方威尼斯”，但苏州还有盘旋连绵的秀色山地。可以这样理解，造船是苏州水，筑城是苏州山，湖光山色才是苏州的景象。就像孔子所说：“智者乐水，仁者乐山；智者动，仁者静；智者乐，仁者寿。”仁山智水，都是苏州的文化遗产。所以，缅怀先祖，他的后代说“山水苏州，人文吴中”，是很有道理的。

此处，真得感谢可汗忽必烈的朋友马可波罗，是他在《马可波罗游记》中对苏州的描写，使得一位叫孟德斯鸠的法国启蒙思想家，为吴地工匠的木构建筑技艺，写下了“鬼斧神工”的评语。

“匚”内的秘密

木匠的“匠”，是会意字。

“匠”字中的“匚”，义为古代一种盛放东西的方形器物。“斤”指斧子，“匚”与“斤”组合成字，表示“放置在函套里的斧斤”，指手工木作器具。

孔子说：“工欲善其事，必先利其器。”从简单的工具到复杂的机器，对于人类的影响是如此重要，以至人们常常用它们来划分世界文明的各个阶段。比如，石器时代、青铜时代、铁器时代、蒸汽机时代……乃至现在的信息时代。

工具是技艺的前提，时代的每一次进步，都是依赖于工具的改进而改变的。而工具与工艺一样，都是产生于工匠的劳动和创造。

在古代，一个木匠只要扛起一个工具箱，就能走南闯北去讨生活了。美国 Peabody Essex 博物馆收藏的中国十九世纪风情画中，有一幅木匠的图像。

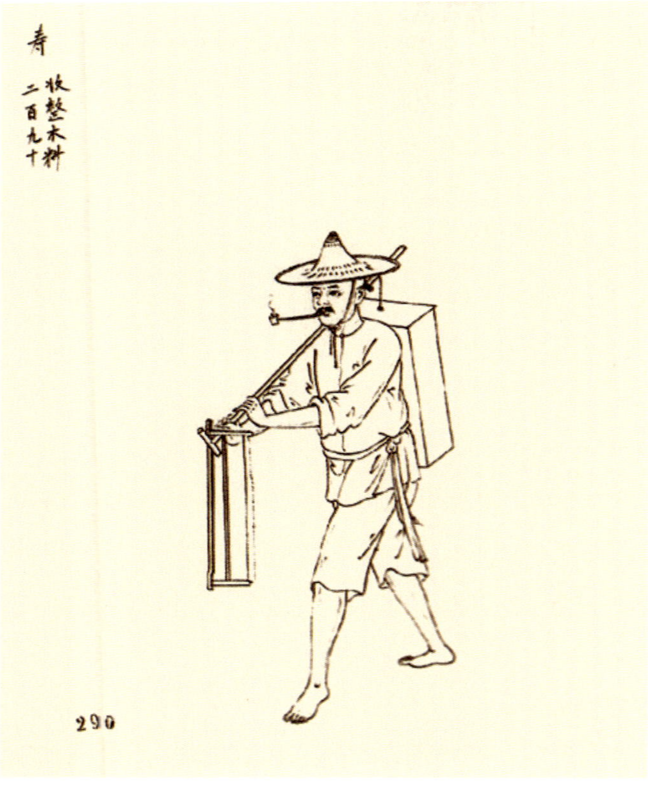

木匠　美国 Peabody Essex 博物馆藏十九世纪中国风情画

我们可以从中看到古代木匠的真实写照，但看不清楚木匠荷在肩上的箱子里，藏匿着什么宝贝。

我们不妨打开木匠的工具箱，将“匚”内的工具看个仔细。

锯子：用于木材的横向切断及纵向分解，手动锯历史久远。条形锯片俗称锯条，锯凿角度一般呈带倾斜的四十五度角，锯牙逐个相隔向左右岔开，便于锯条在锯缝中往复运行。其中的框架锯，锯条装于一侧，另一侧装一绳框缠绕绞紧，插竹别子固定，可以调节锯条松紧与角度，十分合理方便。金属锯的历史可推溯到商周，《墨子·备城门》中已有“门者皆无得挟斧斤、凿、锯、椎”的记述；

墨斗：是一种划线的量具，由硬质木材制成。前半部是圆形墨池，后半部为线轮，墨池内装有浸透墨汁的棉丝，线轮上的线一端从墨池中穿过，线头拴一定针，可在木板上或原木上绷出较长而直的墨线条；

划子：也称墨笔，是配合墨斗用于压墨拉线和划线的工具；

拉钻：为木料表面钻孔之用；

角尺：亦称曲尺或鲁班尺。主要用来校验刨削后的板、方子是否平整以及木结构之间是否垂直、边棱是否直角；

圆规：用于制作圆形家具不可缺少的工具，主要用于画圆、画弧线及等分线段等；

凿子：用于木加工中的挖槽打孔。汉王充《论衡》：“凿所以入木者，槌叩之也。”凿子因用途不同，而分平口凿、圆口凿、斜刃凿等；

斧子：框架锯出现之前，斧也是主要解木工具。古亦称“斤”，主要用于斫木，《诗·齐风·南山》：“析薪如之何，匪斧不克。”除了解木之外，斧背还可作锤子使用；

刨子：平木的工具，用于将木材表面刨光，或借特殊刀具刨成特定形状。刨子的历史最晚可上溯到宋代，考古发掘在南宋沉船中已发现平推刨。常用的刨子有：平推刨、槽口刨、花线刨等……

随身带着“匚”的手艺人，习惯上我们称呼为匠人，具体地说，是为木匠。

木匠主要是处理植物中的乔木原材，增加木材的使用价值。使木材变为具有较长使用期限和较高使用价值的房屋、家具、农具的过程，正是木匠的工作。

在农业社会中，木匠讨生活的范围一般不大，离不开“日出而作，日落而息”的生活模式，仍然恪守着“老婆孩子热炕头”的小农理想。

他们虽然已是匠人，但本色却仍是农民。

他们被紧紧地束缚在土地或者源自土地的价值准则上，他们往往没有自己的固定

老木匠的工具

作坊，荷着工具箱，挨家挨户上门做工，以换取生活所需。木匠在雇主的视野下工作，木匠的创造性全部消耗在那里。因为，决定一件物品究竟是朝美观努力，还是朝实用发展，木匠没有权力，全由雇主自行做主。雇主希望越便宜越好，只要能用就成，结实、耐用、省钱，就是木匠的努力方向。

在漫长的造物过程中，偶尔他们会自我陶醉，那便是由于技艺的彰显，能够获得较高的物质回报。为此他们不断操练自己的手艺，要让自己的手艺在同行中成为最好。

典籍中的匠人是智慧化身

考古资料表明，早在新石器时代，我国已有专业工匠出现；秦汉以后又出现专门从事工艺劳作的“匠籍”、“匠户”，标志着社会分工的细化。人们将专门从事各种专业技术匠作的群体，通称为匠人。

匠人最初是因农业生产和日常生活需要而出现的。

翻耕土地、收获果实都需要器具，从简单的铲、锹、镐、锄、镰，到使用畜力的犁、耙，抗旱排涝的水车，以及交通运输的船舶，纺织丝绸的木机，安居乐业的房舍，都离不了木匠的制作。在漫长的农耕时代，木匠一直是最受人们尊敬的职业之一。

江南水乡的吴中，种植水稻已有五六千年的历史。水稻生长离不开水，但又不能有太多的水。人们除了筑坝防洪、修渠引水，水车也是不可缺少的排灌工具。早在宋代，吴县的乡村木匠，已能根据田间地形的差异，设计制作出各式相应的水车。南宋田园诗人范成大，曾有一首诗描绘水车的功用：“下田戽水出江流，高垅翻江逆上沟。地势不齐人力尽，丁男长在踏车头。”

江南的水车形体庞大，部件众多，但可以完全用木料制作，以木楔加固连接，不用一根铁钉和任何黏合剂，而运转自如。更令人惊异的是，如此构思精巧、工艺复杂的大型

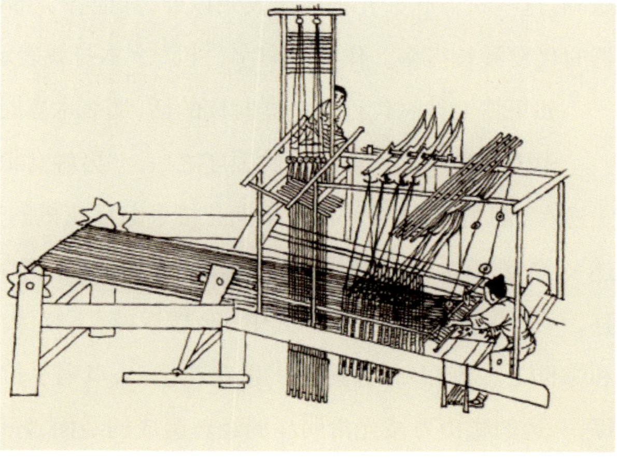

花楼织机　选自《天工开物》

太湖湿地公园的风车

机械装置，竟然从来没有图纸，全靠匠人师徒之间秘传口授。为了保证水车整体的牢固和运行的可靠，不同部件须选用不同物理强度的木材。主轴必须坚硬质密且不怕水浸，因此选用硬木；辐条和穿撑选用次硬木，外弦用一般软木。所有木材必须没有结疤和裂口，否则必然危及水车整体的安全。

在十六世纪矿物学家阿格里科拉《关于金属物品》一书中，有许多关于机器的漂亮版画，这些机器除去几根金属发条以外，其他各个部件其实都是木头制成的。中国的木器时代要漫长得多。作为形声字，“机”字本身就表示中国机器的木制特点。

如果将钢铁时代称为机器时代的话，那么木器时代可以称为前机器时代。

中国是最早生产纺织品的国度之一。“男耕女织”曾是中国农村的理想境界。东汉王逸在《机妇赋》中，就曾对早期花楼束综提花机的形制和操作方法作过生动形象的描述：“高楼双峙，下临清池；游鱼衔饵，瀺灂其陂，鹿卢并起，纤缴俱垂，宛若星图，屈伸推移，一往一来，匪劳匪疲。”其中“高楼双峙，下临清池”是说提花装置花楼的提花束综和综框上弓棚相对峙，挽花工坐在花楼上，口喝手拉，一边按设计的提花纹样来挽提花综，一边俯瞰由万缕光滑明亮的经丝组成的经面，好似“下临清池”一样；“游鱼衔饵，瀺潏其陂”是拿游鱼争食比喻衢线牵拉着的一上一下的衢脚（花机上使经线复位的部件）；“宛若星图，屈伸推移”是指花机运动时，衢线、马头、综框等各机件牵伸不同的经丝，错综曲折，有曲有伸，从侧面看有如汉代的星图；“一往一来，匪劳匪疲”，指的是织工引纬打纬熟练自如。汉以后，花楼提花机得到普遍的采用，再经六朝和隋唐几代的改进和提高，到宋代已逐渐完善而定型。

从现存宋代绘成的《耕织图》和元人所著《梓人遗制》中可以看出，至明代宋应星《天工开物》中提到的这种“花楼织机”，已是非常精密的机械具了。其“装造系统”和“花本工艺”的复杂程度，完全是现代机械的水准。难怪当年宋应星在《天工开物》中为此会感叹：“工匠结本，心计最精，天孙机杼，人巧备矣。”意思是说结花本是件需要精密思考的工作，实在可以和天上织女的织作技巧相比。

随着木制织机不断完善，古人把整个机械的关键部分称为“机关”。此后，“机关”一词被引伸为周密的设计或谋划，直至其现代意义，泛指政府机构职能部门。想想古代的木匠真是了不得，竟是“机关”的制作与操纵者。

古代中国不仅各种器具是木制的，而且连建筑都是清一色的木结构，无须使用一根钉子，就可以用卯榫衔接得十分牢固。这无疑充分体现了中国人制作工艺的精巧程度。

在《庄子》这部充满奇思妙想与大智慧的书

雕花匠
美国 Peabody Essex 博物馆藏十九世纪中国风情画

中，讲述了不少关于非常木匠的故事。

鬼斧神工：像是鬼神制作出来的。形容艺术技巧高超，不是人力所能达到的。（见《庄子·达生》：梓庆削木为鐻，鐻成，见者惊忧鬼神。）

郢匠挥斤：比喻纯熟、高超的技艺。（见《庄子·徐无鬼》：匠石挥斧削去郢人涂在鼻翼上的白粉，而不伤其人。）

得手应心：比喻技艺纯熟或做事情非常顺利。（见《庄子·天道》："不徐不疾，得之于手而应于心。"）

薪尽火传：薪：柴。柴虽烧尽，火种仍留传。比喻师父传业于弟子，一代代地传下去。（见《庄子·养生主》："指穷于为薪火传也，不知其尽也。"）

……

另外，在中国古典成语中，形容非常木匠的典故，更是数不胜数。例如：

规矩绳墨、能工巧匠、独具匠心、目营心匠、梓匠轮舆、神工意匠、宗匠陶钧、匠遇作家、文章宗匠、大匠不斫……

当然，要想成为这种经典人物是非常之难的。就像金字塔，站在塔尖上风光的杰出木匠，是因为有大量平凡的木匠在为其充当基础。

吴中的工艺美术，发轫于木匠。吴中的工艺美术工具，也发轫于木筑。

吴中的工艺美术在中国文化中独树一帜，其手工艺制品以精雅著称，不但为文人学士所喜爱，甚至被皇家所征用。明清两代，以香山工匠为核心的大木筑队伍，异军突起，成为建造皇宫的大工匠。当代在吴中出现具有高度完善的技艺和组织形式的手工艺产业区，也就不奇怪了。

伐木丁丁造房子

吴中作为江南稻作文明的发源地之一，有着丰富的农耕经验和辉煌的农耕文明。

在自给自足的小农经济模式中，农民们除了农业生产劳作，日常生活的各种需要，都得自己完成。心灵手巧的农民，逐渐脱离了农业生产，成为专门的手艺人。他们从事制造农具的铁匠和冷作（金属工作），建造房屋的水作（砖细）和木作（大木筑），制作家具的木匠（细木），制造容器的桶匠（圆木）和篾匠，还有陶瓷、纺织、刺绣、裁缝、藤编等手艺人。

在香山，如果要学一门手艺，最好是学木匠。木匠在乡村手工业者中地位比较高。在香山集聚着的木匠、泥水匠、雕花匠，只有木匠可称为"大师傅"或"博士"。苏州俗话形容为"万宝全书缺只角"，是说"博士"什么都懂，什么都会做，特别是在木材资源相对丰富的江南，造房屋、做家具、制农具都少不了他。

香山的"大师傅"或"博士"，既是营造大师，又是雕刻家，甚至是工艺美术家。他们造出的房屋，可以是雕梁画栋的艺术品。手工业者其实就是最早的艺术家，其中香山的木匠更是当之无愧。

古往今来，香山工匠营造的宫苑数不胜数，在《平江图》上有醒目的字体和图案，标

《姑苏台消夏宫图》 张孝友绘

示了夏驾湖、姑苏台、百花洲，沧浪亭、拙政园、网师园、狮子林等园林，以及报恩寺塔（今北寺塔）、定慧寺塔（今双塔）、虎丘云岩寺塔等宗教建筑。这些堪称中国传统建筑的经典代表作，要问作者，就是香山匠人。

香山的“大工匠”，视营造为修行，视口碑如生命，视人品如作品，个个都是有思想的木匠。而“有思想”的内涵，就是建筑作品中地域个性人文的展现。

一木一石，一砖一瓦，少了“营造”这个环节，就会黯然失色。

“营造师”这个名称，大体上是从明朝苏州开始大量出现私家园林开始的，在这之前，苏州的香山匠人，一直充当着规划设计师和营造者的双重角色。营造师是一个独立于匠人的新行当，他是雇主和一般工匠之间的桥梁，负责全面的规划、设计、统筹、协调、指挥，算是苏州最早的建筑学家。

与传统工匠相比，营造师首先要有一定的文化素养，这样才能和业主进行精神层面的沟通交流。最基本的，要通读三本书籍，一本是宋朝李诫的《营造法式》，讲的是房屋的基本构造和建造原理，相当于土木工程学；其二，是明代苏州人计成编写的《园冶》，详细介绍了造园法则与技艺；其三，是吴县人文徵明的后人文震亨的《长物志》，其中有造园和各种物件的把玩陈设。

计成在《园冶》中说，造园是“三分匠人，七分主人”。

工匠的手艺，决定着建造的优劣；而“主人”，是指园子的主人和主持其事的营造师。营造师须得充分领会园主人的意图，同时考虑到建筑实践的可行性，才能有出手不凡的“营”（规划）和“造”（建设）。

其实，古代的营造师和现代的建筑设计师，工作流程是差不多的。首先要领会客户的需求、爱好和特点，画出可以付诸实施的初稿，与客户进行商讨，修改、修改、再修改，经过几轮改动，最后形成草图，这样，才能让匠人按照草图开始施工。虽然古代的苏州没有现在的水、电、煤、讯等隐蔽工程，但是在“营造”上，一点儿也不比现在的建筑设计来得简单。例如：园子用什么样的结构？门楼用什么形式？花窗用什么样图案？地砖铺什么样的花纹？长廊有什么形态？亭台楼阁分布在什么方向？叠石与理水的“山得水而活，水得山而媚”如何处理？砖雕、木雕谁能胜任？庭园室内家具陈设如何配置？户外绿色植物要种哪些……

都说“士农工商”，那个时候的规划设计师也属于工匠，手工业者的社会地位，仅仅处于投机商人之上。不过，建筑业因有了介于士与工之间的营造师，在某种程度上，也就赢得了雇主对这个职业的一定尊敬。

"帮"的江湖

香山的面积很小，以至于要考据它，在方志上难见其综。只有1917年吴县人徐翥先撰的《香山小志》，记载了"北连穹窿，南址近太湖胥口，而气脉与胥山接"的香山的位置。

沧海桑田，现在的香山已是苏州国家太湖旅游度假区的一个镇级行政区，称为香山街道，其区域范围：东以胥口、胥山（清明山）为界，北以穹窿山为天然屏障，东南是白马岭，西南两边至太湖沿岸（包括长沙岛），面积约四十平方公里。

但是，如果从文化上来看，"香山圈里"除了香山街道的花墩、外塘、水桥、香山、郁舍、梅舍、姚舍、蒋墩、墅里、舟山、黄渠、陈华等村外，还涵盖了胥口、木渎、光福、东山、西山等古镇。约有一百多个村落与"香山帮"营造相关，从营造大木筑，派生出小木作，再孵育出工艺美术，成为一个营造产业链。

无论在时间范畴还是空间范畴，"香山帮"的名声都很大。

说"帮"，得先说"江湖"。

"江湖"，指旧时沿着江、河、湖、海或官道、马路、山径往来，去城市或乡镇讨生活。江南水网密布，苏州人出行，交通工具以船为主，故而俗称"跑码头"或"闯江湖"。

"江湖"两字，可指地理上的三江五湖；但"江湖"这个词，则特指一种行业性的关系网，特指小型的社会圈子。工匠凭手艺四出谋生，个体力量弱小，生存能力单薄，他们便"在家靠父母，出门靠朋友"，"多一个朋友，多一条路"，彼此以某种方式结成团体或组织，形成小共同体。纵向的师徒如父子，横向的同门如兄弟姐妹，更明显的是异姓结拜，拟传统宗法结构形成类血缘关系，将人与人之间原本陌生的、隔离的关系演变成熟悉的、亲近的关系，形成群体力量，从中感受小圈子的安全和温暖，最大限度地保护自身的生存。

这种群体被称为"帮"。

"帮"，其实就是某一地域、某一行业中的艺人及相关人员所组成的关系网或社会圈子，在这个圈子里，人们成帮结队，把客当家，以家待客，不必担心衣食住行，也不必担心

拙政园倚玉轩

欺行霸市。可以说“帮”是一个完全以团结、互助、实力(主要是技艺高下)、诚信等来谋食的团体,用现代语讲,就是行业协会。

“香山帮”就是这样一个以同乡为乡党,掌握特殊营造技艺的,职业化的技艺队伍。

“香山帮”发轫于春秋的“勾吴”时期,成名于明清时期。在二千五百余年中,尽管生存之路坎坷不平,但“帮”始终不离不散,与他们营造的建筑一样经久不衰,堪称奇迹。

“香山帮”不离不散的秘宝,就是拥有了“香山圈里”。

一方水土养一方人,“香山圈里”哺育出了华夏第一营缮世家,培养出了中国著名建筑巨匠——“香山帮”营造开山鼻祖蒯祥。

明永乐十四年(1416)的一个夏日,太湖畔宁静的渔帆村,突然热闹非凡,近百位身强体壮的工匠结队在吴县水桥村的码头,分乘数只小行船航经苏州,再换乘漕运官船沿运河北上,直抵大明帝国未来的首都北京。谁也没有想到,就在这无数身影当中,有一个随父出征的年轻人,将伴随北京宏伟的紫禁城,永远载入史册。

他就是“香山圈里”的渔帆村人——蒯祥。

当蒯祥成为工部侍郎之后,这个“祥”成了中国营造的幸运,成了“香山帮”的幸运。“香山帮”成为中国建筑史上一个新生的专用名词,纵向与皇家宫殿结缘,横向与官邸华宅、私家园林结缘，纵横交错，走出了真正的“大工匠”之路。

“香山圈里”，是一个个乡村聚落，在农耕时代的自然经济条件下，大致是一个生活圈、一个经济圈，又是一个基本完整的文化圈。这个文化圈内，汇聚着一代代匠人，他们相互契合，创造出内涵丰富的营造技艺，注册了“香山帮”在江湖中的鲜明标识。

口碑与石碑间的蒯鲁班拼图

究竟谁是北京紫禁城的设计、建造功臣？

正史与野史，各有记载，有同有异。这样，蒯祥的符号就被复杂化了，围绕其与紫禁城的设计人身份，也就成了谜中谜。

紫禁城一直被视为中国古代宫殿艺术的集大成之作，关于它的文献与实物异常丰富，但可惜的是，惟缺建筑设计者的资料。

紫禁城这样宏伟的建筑，如此浩大的工程，由谁负责设计？又是谁主持施工的？这的确是个历史谜团。目前大多数人都认为，故宫是明代一位杰出的匠师，姓蒯名祥，人称“蒯鲁班”的人设计的。

但近年来，另有专家提出观点，使紫禁城的“设计人”不断迭加。

其一为杨青，据说杨青这个名字是明成祖朱棣赐的，他是由一名瓦工成为设计师的；

其二为阮安，他出生于安南（今天的越南），曾是南京明皇宫中的一名太监；

其三为蔡思诚，是道衍向永乐皇帝推荐的，永乐皇帝召来询问营造宫殿的技艺，蔡思诚侃侃而谈。后蔡思诚成了蒯祥的师傅。

还有几种综合说法，认为在紫禁城初建时，蔡信、杨青都起了很大作用。但两人年事已高，所以在蒯祥进京以后，由于他年轻力壮，又善于计算和绘画，故而主要的设计与建造工作由他来完成，其地位和作用也就由此凸显出来……

最近，故宫博物院古建部高级工程师于倬云老先生认为，蒯祥是紫禁城的设计者这个说法不确切，其实，蒯祥只是紫禁城的施工主持人，紫禁城真正的设计人应该是名不见经传的蔡信。

蔡信，江苏常州人。据说，当时朱棣将建造北京宫殿的任务交给了工部尚书宋礼，宋礼找到了蔡信，让他设计，当看到蔡信的设计图后，宋礼非常满意，并报呈皇帝，皇帝批准了蔡信的设计方案。

对于倬云先生的观点，我们是基本认同的；但对“施工主持人”和“设计人”之间的关系，我们有一些看法。

首先，通过对现存各类文献史料的对比分析，我们认为紫禁城的设计工作不是一蹴而就的。

北京紫禁城的设计，是以当时南京明皇宫为蓝本的，其规划、设计、备料、施工等工程浩大且漫长，历时十四年（不包括朱棣在燕王时期对北京城的规化建设）。就算最初的设计图是蔡信提供的，在建筑实践中也会因为环境条件而随时有所修正。紫禁城建成后，即遭火灾；其后又屡建屡毁，火灾不断；大明王朝为建造北京紫禁城，前后历经了近一百年，在明成化年间方大功告成，形成了气势恢宏的皇宫建筑群。但这中间，是否始终死守着蔡信的最初设计？为了加强防火能力或适应其他功能需要变化而调整原设计，几乎是不可避免的事情。

同时，面对如此漫长的工期，如此浩大的工程，紫禁城的设计和建设，必须有一个代代相继的团队或群体。比如“香山帮”的师徒相承，薪火相传；比如蒯福、蒯祥这种父子相继。

而提出和实施这种调整和修正的人，应该就是具体负责建设工程的“施工主持人”。像北京紫禁城这样的建造工程，即使是当下，许多细节也是设计者难以详尽的。设计中的所有盲区，都需“施工主持人”在现场协调解决，这种情况几乎随时随地会出现。所以，在营造过程中，“设计人”的角色便完全由“施工主持人”来兼任了。据史籍记载，正统元年（1436）实施火灾后的修复工程，蒯祥就被任命为设计与施工总监。

像蔡信这样的朝廷官员，绘制一个概念性的规划设计图，或担任工程进展的督察，固然力所能及。但直接指挥复杂多变且需随机应变的营造工程，则必须有蒯氏父子这样杰出的专业技术人才。

同时，在蒯氏父子周围，始终集聚着世代相传的“香山帮”工匠团队，也是他们能够担此重任的重要基础。北京紫禁城，实际上是近百年间香山工匠的一次“集体汇报演出”，是香山工匠集体智慧的体现。

这支以乡帮为核心的技艺大军，因蒯氏家族“木工首”的特殊地位，而始终领衔于紫禁城营造工程的最前沿，并以香山血脉为基因，孵化出了举世闻名的“香山帮”。而“香山帮”的“帮”，已经不再是单一的营造工种，而是一个规模可观的工艺群体，是多工种精细化的综合组成。

蒯祥，像一颗历史的种子，早已种在了“香山帮”的文化基因里。

对于蒯祥这位“香山帮”鼻祖的认证，我们客观地认为，那决不是蒯氏家族某个人的“江湖”,而是一个大集体,人事有代谢,“江湖”则永存。正是这样的“江湖”孕育了蒯祥,在历史的机遇降临之际,蒯祥才能够脱颖而出,成为一个时代的典范,也成为“香山帮”的杰出代表。在蒯祥之后,尽管史籍上少有大师的姓名,但“香山帮”能工巧匠仍代代迭出,留下了数不胜数的代表作品,至今保持着“江南木工巧匠皆出于香山”的美誉。

我们相信,除了蔡信、蒯祥、阮安之外,还会有一些曾经参与设计营造北京紫禁城的人,由于种种原因,他们的名字被遗忘了。他们都像那千千万万营造紫禁城的无名工匠一样,被埋没在历史的长河之中,但是他们营造的紫禁城,却永远在证明着他们的存在!

有幸载入史册的蒯祥,仅是他们中间的一位杰出代表。

相传蒯祥的祖父蒯思明,就是一位名闻四乡的巧木匠;他的父亲蒯福,据说在洪武年间曾参加南京灵谷寺的建造,并赢得了声名。永乐十四年(1416),刚满二十岁的蒯祥就跟着父亲一起来到北京,参加紫禁城的建设。风华正茂的蒯福,其木筑技能青出于蓝,被推荐担任“首木匠”。若干年后,在营造实践中成长起来的蒯祥,接替了父辈的“首木匠”重任。

北京紫禁城,是明成祖朱棣永乐初年开始建造的,经过洪熙、宣德、正统、景泰、天顺、成化等朝,前前后后,断断续续,建设工程进行了大半个世纪。而蒯氏父子,正好成了北京紫禁城营造历程的见证人。俗话说:“三百六十行,行行出状元。”营造紫禁城的蒯祥,后来担任了工部侍郎的高官。

关于蒯祥,关于蒯思明、蒯福,民间流传着各式各样的神奇故事。在真相的蒯祥和想像的蒯祥之间,在“蒯鲁班”与“工部侍郎”之间,或者在“口碑”与“石碑”之间,我们更倾向于口碑中的“蒯鲁班”。

“劝君不用镌顽石,路上行人口似碑。”石碑可以纪功颂德,但民间百姓口耳相传形成的“口碑”力量足以胜过石碑。无论在时间意义上,还是从空间意义上,“口碑”的天地更宽,背景也更实,是一种谛听历史深处回响的地方。

蒯祥一生从事过许多重大建筑的建造,留下了珍贵的建筑文化遗产。可惜记述其人其事的史料并不多。在明史及后代相关营造的专著评介中,认为蒯祥在建筑学上的创造达到炉火纯青的程度。说他精通尺度计算,每项工程施工前都作了精确的计算,竣工之后,位置、距离、大小尺寸、与设计图分毫不差,其几何原理掌握得相当好,榫卯技巧在建筑艺术上有独到之处……

这些纯专业的描述虽是事实，但让我们感觉有一点生硬，有一点陌生。所以，我宁愿以“口碑”作为历史的横断面，去感知一个可触摸、有血脉、有温度的明代蒯祥。

例如，讲述蒯祥学艺的《香山匠人一斧头》，设计故宫的《蒯祥醉画金銮殿》，创造金刚腿的《巧用短木造皇宫》，尽显才艺风貌的《蒯祥献艺御花园》等传说故事，娓娓动听。《拔高午朝门，减免三年粮》，表现了蒯祥巧用智慧、为民请命减轻吴地赋税的高尚情怀。

明人沈德符笔记《野获编》记载：当时臣子私闯宫殿，要问死罪。有一次，蒯祥酒后骑马误闯宫殿，被御林军抓住问罪。皇帝听说是蒯祥，网开一面特予赦免。蒯祥在皇帝心目中的地位，由此可见一斑。

《吴县志·列传艺术》记载：蒯祥“能以双手握笔画龙，合之如一”。而“金刚活络腿”的故事，更让人叹为观止。相传建造故宫三大殿时，缅甸进贡了一根名贵的巨木。皇帝下令把它作为大殿的门槛。但一个木匠不留神锯错了，短了一尺多。木匠吓得脸色煞白，慌忙报告蒯祥。蒯祥看了，让那个木匠再锯短一尺多，大家都很惊愕。之后，蒯祥就在门槛的两端雕琢了两个龙头，再在边上各镶上一颗珠子，还搞了创新，让门槛可以装卸。皇帝见了十分高兴，大加赞赏。这就是俗称的“金刚腿”（活门槛）。蒯祥很聪明，营建宫殿楼阁时，他只需略加计算，便能画出设计图来，待施工完毕后，建筑与图样大小尺寸分毫不差。蒯祥的建筑造诣，得到极高评价，皇帝“每每以蒯鲁班称之”。

除了以上列举的非物质的“口碑”，还有数不胜数物质的“蒯鲁班”遗址及作品。例如：

蒯侍郎胡同——营缮之家。

蒯祥虽任高官，却不改工匠本色，恭谨俭朴一仍其旧，出门从不乘车坐轿，年岁大了

蒯祥故居

主动要求退隐。遇有重大营造工程，他常亲临指导，传授技艺不遗余力，可谓品格高尚。

成化十七年（1481）三月，蒯祥在北京逝世，享年八十四岁。明宪宗闻讯后，派人前来致哀；同时赠赐蒯祥祖父、父亲为侍郎，荫封二子，并且将蒯祥当年的居住地命名为“蒯侍郎胡同”，后成为了营造业工匠聚会之所。蒯祥的后代及弟子，除了部分留在京城外，大多返回故乡，所以民间仍保有“江南木工巧匠，皆出香山”的说法。

务本堂——蒯祥故居。

在胥口渔帆村，至今还保留着蒯祥的一处故居“务本堂”。故居的布局原来是三开间四进。第一进建于明洪武年间，1958年“大跃进”时被毁。第二进是建于清代乾隆年间的宅院，在“文化大革命”中被毁。现存两进建筑大约建于清代咸丰年间，属于全木结构建筑，共四百多平方米，前后分成两大院落。经蒯氏后人四处奔走呼吁，在许多社会热心人士的努力下，故居得以保存。

蒯祥墓园——鼻祖圣地。

蒯祥去世后，归葬于胥口香山渔帆村南的祖茔，南望浩渺东太湖，背倚青葱渔洋山。他的墓至今仍完好地保存着，1982年被列为江苏省文物保护单位。1998年，吴县政府募资重修其墓，增建纪念堂，恢复牌坊。

蒯祥墓园占地十亩，面对美丽的太湖。具有苏州古典园林风格，园内错落有致，布

蒯祥墓

置廊、亭、台、榭、桥、石舫、假山等园林建筑实样。入门处是一座石牌坊，牌坊正中刻着“蒯侍郎墓”。两边的石柱上，刻有一副楹联 ：“闾阙巍巍共仰香山鼻祖，园林处处不忘胥水良师。”穿过牌坊，就来到飨堂。飨堂里面陈列着蒯祥的塑像，以及一些与蒯祥有关的资料，包括蒯祥祖父和父亲的画像，蒯祥的生平文字资料，还有当年他们修建紫禁城的建筑图及模型。在飨堂大厅里也有一副楹联 ：“技艺精湛二品致工部，蜚声遐迩千秋继鲁班。”

蒯祥墓两旁排列着雕刻精美的石羊、石马等，墓冢坐北朝南，用花岗岩块石叠砌成圆形罗城。周长十三米，高一点五米。隆起的封土上，植有葱郁的草坪。墓前竖立一块长方形墓碑，上刻“明工部侍郎蒯祥之墓”九个字。在墓区背后还有一座六角攒尖顶碑亭，亭中竖着一块珍贵的碑刻，为明天顺二年（1458），英宗朱祁镇赐给其祖父蒯思明、祖母蒯顾氏的奉天诰命碑，高一点三一米，宽零点七三米。

蒯祥，以工匠出身，位列正三品工部侍郎，相当于当代的建设部副部长，可谓“匠而优则仕”。蒯祥的后裔蒯钢、蒯义都是木匠，均官至工部侍郎。

由上至下，再把“蒯鲁班”与工部侍郎相比，我们认为，工部侍郎不过是官方的职位，历朝历代可以不断授衔，可至今被人记住的能有几人？而“蒯鲁班”却是历史中的惟一。所以，回归工匠本色的“蒯鲁班”，才是蒯祥天长地久的真正定位 ；被举世闻名的“香山帮”奉为鼻祖，足以说明蒯祥在历史上的地位。

由匠到吏的记事

紫禁城,如同一个巨大的舞台。

当一场浩大的工程拉开序幕时,有台前的演员,也有幕后人员。蒯祥就是舞台中心的“角儿”,而那些敲边鼓、吹喇叭的,拉幕布、搬道具的,做剧装的裁缝、拉客的人力车夫,还有我们叫不上名的行当,他们成千成万,万众一心,心安理得地在幕后甚至在剧院外工作,不曾想到要在幕前露脸。所以,我们非常喜欢“香山帮”这个名称,比较客观地涵盖了你我他,于台前幕后之人都很公正。

今天,当我们在保和殿,看到那块故宫中最大的丹陛石,它是由一块完整的石头雕刻而成。而这样巨大的石头,是如何被运到这里来的呢?

据历史记载,这些石头都来自于北京西南郊房山的大石窝和门头沟的青白口。保和殿后那块石料的开采,动用了二万多名民工和六千多名士兵,而其运输的过程同样是千难万难。

数万名民工,在运送石料的道路两旁,修路填坑。每隔一里左右掘一口井,待北方隆冬严寒滴水成冰的日子,从井里汲水,沿途泼水,筑成一条冰道。然后,上万民工及一千多头骡子,拖、拽、推,寸步蜗行一个月,方运到京城。

凡是故宫中轴线御道上的巨石,都是如此费尽心力而运进紫禁城的。

如此浩大的工程,须得多少人耗尽心力甚至牺牲生命,可历史往往只关注幕前极少的几个人。

所以,蒯祥是幸运者。他凭借营建紫禁城,完成了从工匠、设计人、管理者、官吏的蜕变,由工匠的造城之路,走出了另类的“优而仕”之途,官至二品,实为神话一般。

蒯祥,出生于一个工匠世家。他的祖父蒯思明、父亲蒯福都是技艺精湛、名闻遐迩的木匠师傅。尤其是蒯福,据说曾参加南京灵谷寺的木作工程,在建筑界颇有声望。蒯祥从小受家庭的影响,耳濡目染,对建筑业很有兴趣。读了几年书后,他就辍学继承祖业,随父亲蒯福学艺。由于父亲教育严格,蒯祥勤奋好学,技艺进步很快。十六岁时就享有“巧匠”美誉。

《辞海》、《中国美术辞典》以及《吴县文物》等记载，永乐十四年(1416)，蒯祥赴北京参加建造紫禁城，那年他刚满二十岁。《皇明通纪》记载："祥，吴县人，木工也。父福，能大营缮，永乐中为木工首，以老告退。祥代之，营建北京宫殿。"蒯祥继承父亲"木工首"的职务，是遵循了"帮"中师徒相承的规矩，是得到官方认可的一种子承父业，但首先，是他继承了父亲的木作技艺，青出于蓝。而"造退"的蒯福，则退到幕后，悄悄为儿子作着技术顾问。

根据古代营造分工，"八大作"中最重要的工种是"木作"，有"百艺之首"的称谓。而"木工首"就是首中之首、重中之重，所以，说蒯祥担负了北京紫禁城的设计、建造重任，并非空穴来风。

据明史及有关建筑专著评价，蒯祥在建筑学上的创造达到炉火纯青的程度。凭借自己的绝技，他由民而吏，由吏而官，官居三品，先后受到明成祖、宣宗、英宗、代宗和宪宗五位皇帝的重用，这在中国建筑史上是绝无仅有的。被誉为"蒯鲁班"、"建筑泰斗"的蒯祥，其名字已载入史册流芳百世。

从史籍记载与传说中梳理出蒯氏家族三代人的营造历程，可见蒯祥由匠到吏之途，其实就是一个励志故事。

洪武十年(1378)，蒯思明参与南京灵谷寺建造。

洪武十七年(1385)，蒯思明参与南京朝天宫建造，成为"木工首"。

永乐十四年(1416)，蒯福、蒯

蒯祥像　叶志明塑

祥率香山工匠赴北京，参与紫禁城建造工程，蒯福成为“木工首”。

永乐十五年（1417），蒯福主持营建北京皇宫正门承天门（今天安门），蒯祥跟随父亲参与建设；又参与午门、奉天殿、仁寿宫、景福宫、仁和宫、万春宫、永寿宫、长春宫及后殿、凉殿、暖殿等工程的建造。整个工地，处处是香山工匠的身影。

蒯福被任命为工部营缮司营缮所副丞，蒯祥担任营缮匠。

永乐十八年（1420），北京皇宫竣工，蒯福虽得赏赐，但官职仍是营缮所副丞。

同年北京皇宫两遭火灾。

洪熙元年（1425），蒯福主持营建献陵，蒯祥参与。

正统元年（1436），蒯祥独立设计并主持建造景陵。

正统四年（1439），蒯祥参与北京九门城楼城濠桥闸工程，因技艺出众，调入营缮所。

正统五年（1440），紫禁城三殿两宫（奉天、华盖、谨身三大殿和乾清宫、坤宁官）竣工，蒯祥因功表彰，升为营缮所副丞，正式步入仕途。

正统七年（1442），蒯祥设计营造五府六部和文武诸司衙署。

正统十二年（1447），蒯祥主持建造北城衙署。同年，蒯祥被提升为工部主事。

景泰三年（1452），蒯祥奉旨营造南宫，主持建造北京隆福寺。

天顺二年（1458），明英宗赐给蒯祥祖父蒯思明、祖母顾氏“奉天诰命”碑。

天顺四年（1460），蒯祥主持建造北京西苑殿宇（今北海、中海、南海）。

天顺八年（1464），蒯祥主持建造裕陵。

成化元年（1465），蒯祥奉旨重建承天门，宪宗昵称他为“蒯鲁班”。

成化二年（1466），因功擢升为工部左侍郎，正三品官，享受一品官俸禄。

成化十七年（1481），蒯祥逝世，享年八十四岁。蒯祥当年的居住处、营造业工匠聚集的那条巷，被命名为蒯侍郎胡同。

天安门前留个影

明永乐十四年（1416），二十岁的蒯祥告别家乡，跟父亲蒯福一起，随着“香山帮”营造队伍，赴北京参与紫禁城建设工程。他参与的第一项工程，就是父亲负责设计和组织施工的宫廷正门承天门（即天安门）。这项工程于永乐十八年（1420）竣工。承天门正中高悬“承天之门”匾额，喻皇帝受命于天、替天行使权力之意。其恢弘豪壮胜过南京皇宫，受到文武百官称赞。

承天门建成之后，作为皇城的正门，为帝王外出举行重大典礼、亲征、迎娶皇后等的出入之门，城楼则是皇帝颁布诏令的地方。

天顺元年（1457），承天门被火烧毁。直到成化元年（1465），宪宗继位，下诏命工部尚书白圭负责重建承天门，重建的承天门基本上具有了现在天安门的形制和规模。

蒯祥是两度承天门的设计建造者。因为史料的语焉不详，多为穿凿，所以有人对蒯祥的功绩表示怀疑。

《宫城图》的发现，为蒯祥设计建造者的身份认证，提供了有力的证据。

《宫城图》今存世两幅，分别收藏在北京故宫博物院和南京博物院。

两幅图不尽相同。图中建筑紫禁城背景相同，前景都有一位身着红袍的官员。收

蒯祥像　明佚名绘《宫城图》

藏在南京博物院的一幅，图中“红袍官人”旁有“工部左侍郎蒯祥”的题名，而藏在故宫博物院的一幅则无此题名。但两幅《宫城图》都十分难得地保留了蒯祥的画像，这是迄今发现蒯祥的惟一画像。画中的他，身着一身红色官服，身后是富丽堂皇的紫禁城建筑。对于“工部左侍郎蒯祥”题款，历史学家顾颉刚先生考证后认为，此两图是写真、纪功画；有题字的一幅是献给皇帝的，不题字的一幅是留给子孙的。

我们对此提出一些看法：

其一，《宫城图》不同于同时代宫廷画的风格，它是一种类似工程图的效果图，为供朝廷相关部门审阅。此类画制作工整，无需注入艺术渲染，而且画有多幅。最近，我们发现同样的画，在海外也有收藏。

其二，南京馆藏那幅，应为当时蒯祥自己留下的“纪念品”，款也是后人添加的，后流落社会，最终被南京博物院收藏。因为蒯祥晋升工部左侍郎是在成化二年（1465），此效果图应作于北京皇宫重建竣工之前，当其作图时尚未得此官职。

其三，观察画中人的相貌，年纪应是中老年。蒯祥参与永乐年间北京皇宫建设工程时，年纪只有二十开外。第二次重建紫禁城三殿两宫在正统五年（1440），此时蒯祥年四十四岁，与图人物年纪相吻合。

其四，从画中的承天门建筑形式看，肯定是蒯祥正统年间再建之作。因为第一次建的承天门是木筑结构的牌坊式建筑，而图中承天门是黄瓦、朱柱，上为面阔五间的门楼，下为开有五孔的城台，外有金水河上的五龙桥相对应，两侧分列石狮、华表，与今日基本相同。

天安门　摄于1900年

太和殿　摄于 1922 年

通过《宫城图》的辨识，再结合诸如《宪宗实录》的记载，蒯祥以“一木工起隶工部，精于工艺”；“凡店阁楼榭，以至回廊曲宇，随手图之，无不称上意者”；“凡百营造，祥无不与”，蒯祥为明代重建紫禁城的设计建造者，应无疑问。

保和殿　摄于 1900 年

《宫城图》中的承天门，现在叫天安门。

故宫博物院院长单霁翔说，2012 年故宫参观人数为一千五百三十万人次，门票收入约七亿元人民币。故宫在中国建筑史、中国文化史上的重要地位，蒯祥生前是无论如何也不会想到的。

1961 年，天安门被中华人民共和国国务院公布为第一批全国重点文物保护单位。现在，紫禁城以其壮丽之姿与法国凡尔赛宫、英国白金汉宫、美国白宫、俄罗斯克里姆林宫并列为“世界五大宫”，并作为“中国文明无价的见证”被列入《世界文化遗产名录》。

1988 年 6 月，天安门城楼第一次对社会开放，笔者时在北京主持中国人民解放军总后勤部对外军事交流礼品设计，借此机会，有幸登上了久仰的天安门城楼。对于天安门，我们这代人的情感是比较特殊的。因为我们是唱着《我爱北京天安门》成长的一代啊。

天安门前人流如织，每个人都能随心所欲地走遍当年的皇家禁苑。但是，来自江南苏州的游客，心情肯定会与众不同，从室外到室内，满目的“苏州造”，似乎随处可以嗅到五百年前故乡泥土的芳醇，也就决不会淡忘蒯祥的功绩。

走出体制的“香山帮”

当“江南之最”、“东南之冠”、“园林之城”、“人间天堂”等赞美之词落地生根在苏州时，其实离不开吴中人的功劳，吴中香山工匠更是功勋卓著。可以说，吴中工巧是支撑苏州成为中国文化经济轴心的引擎。

当轰轰烈烈的紫禁城营造尘埃落定时，大部分香山工匠回到了原籍，一部分留在了北京。香山帮的技术之旅分成“体制外”和“体制内”两拨，但归根到底，还是“体制外”的发展空间更广阔。江南传统工艺技术的精致化，得到了文人学者的欣赏，而明代中期以来形成的市场经济思潮，使得一部分文人学者主动投入工艺技术的研究，两者结合，出现了一批技术专家群体。

在结束了宫城营造后，香山工匠主要做了两项最具代表性的“作品”，一是建立了自已的行业自律管理机构——“香山帮”，二是营造苏州园林。

苏州园林，是“体制外”的瑰丽风景。

重返故里的香山工匠，迅速从富丽堂皇的宫城建筑中走出来，把他们从“体制内”营造中学得的各种新鲜技艺，来取悦世俗，在私邸园林营造中渐臻化境。

作为“体制外”的工匠，他们的园林之所以获得退任官员和文人雅士的赞赏，正因为他们有恰到好处的才情，既回避了政治，又保留了等级，以“拙政”、“退思”、“朴园”为姿态，让主人有身份、有尊严地在出世与入世间游戏，在真实与幻觉里流连。

园林的“独善其身”，是“体制内”的工匠无论如何也达不到的，它实际上形成了一种对“体制内”条陈的反叛。这极其微妙的反思及调整，使得香山工匠变得更接地气，更通人性，产业也就更大。

“体制外”的“香山帮”行帮组织，现在被联合国教科文组织列入《人类非物质文化遗产代表作名录》。而香山工匠“体制内”营造的紫禁城和“体制外”营造的苏州园林，也携手进入了联合国教科文组织《世界文化遗产代表作名录》。非物质文化与物质文化，“体制内”与“体制外”，都离不开香山工匠，堪称世界奇迹。

清人杭世骏说：“会馆之设，肇于京师，遍及都会，而吴阊为盛。”明代中期以来，随着商品经济的发展，各地经济交流日益扩大，流动人口不断增加，因而在一些工商业比较繁荣的城镇，出现了以工商业者为主体建立起来的行业性会馆，如水木作业、漆作业、石作业、制砖业、钢锯业、打铁业、红木巧木业、红木梳妆业、盆桶业等。其中就有涉足大木筑营造的会馆。

到了明代晚期，苏州兴建会馆就如雨后春笋。据明清以来碑刻资料统计，仅苏州附郭的吴县、长洲、元和三县境内，明清时期的会馆就达到了二百余所，其数量、规模在全国都名列前茅。

至清代，苏州仍是中国东南沿海地区经济和文化的中心。经官府批准执照，按行业结集的行会组织或商业行帮，多建有会馆公所，其中既有外地驻苏商人所建，有本地商家所建，也有的为手工业作坊，其中包括各类工匠组成的行业管理机构。

公所通过由行业同人议定的行业条规章程（内容包括开业停业、经营方式、经营范围、雇工授徒、酬金福利、活动经费等），实施对行业的有效管理。凡行业中有重大事务，公所及时召开会议磋商解决。

源远流长的香山帮建筑，是中华民族建筑艺术的瑰宝。应运而生的建筑业行会组织，也同样堪称经典。

据《苏州市志》卷三记载，建筑业公所主要有梓义公所（水木作）、石业公所（石作）、大隆公所（木业）等。其具体建筑工种，涉及到木工（大木、小木）、瓦工（泥水、砖雕）、石工（粗石、细石）、漆工（油漆、彩绘）、假山工和堆塑工。

清道光三十年（1850），吴县“香山帮”水木作匠人建立的建筑业行会组织——梓义公所，是“香山帮”水木作匠人在清代苏州的第一个木工建筑业行会。

梓树，是一种落叶乔木，开浅黄色花，木质轻软耐朽，“梓匠”，即木匠；组织冠为“梓义”之名，喻义将奉鲁班为师爷，传承好“香山帮”技艺。当年十二月初七，苏州府为梓义公所建立正式立碑，碑名《苏州府为吴县香山帮水木匠业在城修葺公所并置义冢禁止匪棍阻扰碑记》。碑文中说：“水木匠业，香山帮为最。向在长洲元妙观中，供奉鲁班先师，为办公之所。”这是目前发现的文献资料中最早使用“香山帮”这个明确称呼的，从文中可以看出，此时的“香山帮”工匠已是人们所熟知的行业翘楚。

光绪十三年（1887），梓义公所重建，增设戏台一座，供同行聚会时请戏班唱戏娱乐。

1912年，苏州成立香山帮建筑行业协会——鲁班会。姚承祖被公选为鲁班会会长。

1920年6月，吴县营造厂业同业公会（俗称大行）成立，有会员单位四百九十七家；并规定非同业公会者，不得在苏州承接建筑工程业务。

同期，吴县营造厂业还出现了一种新的组织形式，它与当时的水作木作业有联系，但不直接参与生产操作，只负责整个工程的规划设计、施工组织、资金决算等，类似于现在的管理公司。

1929年7月，梓义公所改为苏州建筑职业工会（俗称小行）。会员以“香山帮”工匠为主，并有常熟、苏北、上海以及浙江宁波、绍兴等地行帮工匠千余名。他们组织起来，以苏州的茶馆作为约见和活动的地点，后来解散。

1946年3月，奉吴县政府谕令，吴县水木业职业工会重新建立。

无论是梓义公所、鲁班会，还是营造厂业同业公会，名称虽各异，但性质都是相同的。

一是联络同乡情、师徒情，团结同行；其目的是要以同乡、派系或同行的集体力量来保护自身的利益；

二是兴建祠庙，祀奉神祇，以求赐福，意在“以事神而洽人”，借助共同崇拜的偶像来

《夏日山居图》 明仇英绘

维系和增进彼此的感情，并祈望获得神佑，取得生意上的成功；

三是为乡村同行来城务工提供暂居和贮货的场所；

四是兴办有利于行业的各种善举，服务社会；

五是商议经营事宜，处理经营纠纷；

六是以行业的影响力提高行业的社会地位及话语权益。

凡列入“香山帮”行会的工匠，都非等闲之辈。他也许对大木筑、小木作业有专精，但他肯定能对本专业之外的工序、工艺有全面的了解。因为“香山帮”营造讲究的就是整体与局部的协调性，所以，对营造工序和营造技艺，必须进行专业化细分，譬如木作、石作、瓦作、堆塑、搭材作（架子工、扎彩、棚匠）、油漆作、彩画作、裱糊作等大工种。可以这样理解，大木筑如人的骨架，小木作则如人的肌肤眉目；而参与其中的每一位工匠，都会对此有全面了解，清楚自己所做的局部，在整体中处于什么位置，具有何种功能，与其他局部如何协调配合。

在前文中说到计成的“三分匠人，七分主人”，就是对于造园艺术中整体协调重要性的强调。通过“七分主人”的运作，将主体文化背景、价值取向、经济地位、心灵归属、生活情趣等进行充分调度和疏理，以指导“三分匠人”施展精工巧艺。

回溯一个伟大的帮派，不完全看其中有多少出人头地的名人，还要看它留下了多少传世之作。“香山帮”素以造就众多精雅的园林名闻天下，他们的作品中，拙政园、留园、网师园、环秀山庄等九座园林被收入了《世界文化遗产名录》。

在中国历史上，如果要评选一个最伟大的建筑工匠群体，我们可以毫不犹豫地说，那就是吴中的“香山帮”。不必寻章摘句，就以原吴县的历史文化地图为导向，去姑苏城里城外，去光福、木渎、东山、西山、甪直、陆墓、黄埭、浒墅关等地，触摸其历史印迹，会发现在吴地二千五百年历史间，处处都是香山工匠“史记”的片段，只不过他们是以斧凿锯锤为笔墨，书写出木石表现的古典繁复，金砖铺砌的皇家严谨，桥梁酝酿的诗画意境，园林凝固的文人理想……

这部立体的“史记”，以自己特有的“语言”，记录了“香山帮”工匠的精神理想和日常营生。在黑瓦与白墙之间，在大木筑与小木作的空间，在“体制内”与“体制外”，为我们描绘了江南具有“变人境为诗境”的种种可能。

建筑中的太极

榫卯,《集韵》解释为“剡木入窍也”,俗谓之“榫头”,亦作“笋头”。

榫卯是木作中为连接两构件时采用的一种凹凸处理接合方式。凸出部分叫榫(或榫头);凹进部分叫卯(或榫眼、榫槽)。这种形式同时也常见于砖、竹、石作等工艺中。

榫卯是中国智慧的产物,内蕴阴阳,相辅相成,以为制衡,闪耀着道家思想的光辉。中国古典家具的连接,部件与部件之间,产生互补关系,就像默契的有情人,异性相吸、两情相悦。榫卯,榫为阳、卯为阴,阴阳相生,有如太极。

榫卯,可说是中国木筑与木作的灵魂,不用一颗铁钉,单凭其中的榫卯结构,便可以维系上千年,依然坚固美丽。除了精美、实用等优点,榫卯结构反映出顺应木材本质而制作、与自然和谐共处的世界观,也成为中国古典哲学思想和意境的一种体现。

这种木筑构造与现代建筑构造完全不同。我们现在还能在香山工匠营造的长寿建筑群中,窥察到各种“太极”式榫卯结构。

以榫卯衔接的木结构建筑,在抵抗地震这样的强大冲击力时,采用的是“以柔克刚”的思维,通过种种巧妙的措施,其目标是以最小的代价,将强大的自然破坏力减化至最小程度。江南许多古代建筑都成功地经受过多次大地震的考验,尤其是古代的高层建筑,如建于五代的虎丘塔,北宋的楞伽方塔、罗汉院双塔、盘门瑞光塔,南宋的灵岩山灵岩寺塔、报恩寺北寺塔。其中北寺塔高七十六米,为苏州塔高之最,有“江南第一塔”之称。

当代建筑设计以抵御七至八级地震为目标,而古代的榫卯木结构建筑则完全可以超越这个目标。我国木结构技术的发展,仅从江南余姚河姆渡遗址算起,迄今至少已有近七千年的历史。作为对比,西方数千年中一直采用承重墙体系,直到工业革命以来、近现代科学技术发展之后,才意识到框架结构的优越性,遂开始大规模地普及,而这种框架体系仍然是“以刚克刚”。中国的传统木结构,具有框架结构的种种优越性,有“墙倒屋不塌”的功效,其柔性的连接,能使它具有相当的弹性和一定程度的自我恢复能力。

中国古建筑在主要木质结构上都采用榫卯结构,不用钉子,技术高超。其复杂的结构，一般由台基、梁架、屋顶构成。

古建筑的台基用现代结构语言描述，堪称“整体浮筏式基础”，好比是一艘大船载着建筑漂浮在地震形成的“惊涛骇浪”中，能够有效地避免建筑的基础被剪切破坏，减少地震波对上部建筑的冲击。

中国传统建筑的梁架一般采用抬梁式构造，在构架的垂直方向上，形成下大上小的结构形状，实践证明这种构造方式具有较好的抗震性能。优雅的大屋顶是中国古代传统建筑最突出的形象特征之一，而且对提高建筑的抗震能力也做出过相当的贡献。形成大屋顶（尤其是庑殿顶、歇山顶等）需要复杂结构和大量构件，大大增加了屋顶乃至整个构架的整体性；庞大的屋顶以其自重压在柱网上，也提高了构架的稳定性。

高等级的建筑在屋顶和梁柱之间还有一个斗栱层。斗栱是中国古代建筑抗震的又一位重要战士，在地震时它像汽车的减震器一样起着变形消能的作用。历史上，凡吴地工匠营造的很多带斗栱的建筑都能抵御强烈地震。

斗栱，不但能起到“减震器”的作用，而且被各种水平构件连接起来的斗栱群能够形成一个整体性很强的“刚盘”，按照“能者多劳”的原则把地震力传递给有抗震能力的立柱，大大提高了整个结构的安全性。

斗栱及整体浮筏式基础，都是一种榫卯守约，是“香山帮”营造屹立千年的核心要素。

屹立千年不倒的另一关键，是香山工匠很少建造平面复杂的建筑，主要采用长宽比小于二比一的矩形。规则的平面形态和结构布局有利于抗震。传统建筑往往是中间的一间（当心间）最大，两侧的次间、梢间等依次缩小面宽，这样的设计非常有利于抵抗地

云岩寺塔和断梁殿
摄于 1910 年代

横塘亭子桥　摄于 1930 年代

震的扭矩。使得中国传统的木结构成为超越了当代建筑排架、框架或者刚架的特殊柔性结构体，不但可以承受较大的荷载，而且允许产生一定的变形，在地震荷载下通过变形吸收一定的地震能量，减小结构的地震响应。

比如古代盖房子一般是“梁穿柱”，在选材时，大梁尽量选干燥的木材，柱子则尽量选含一定水分的，这样的干湿搭配的“梁穿柱”建成以后，大梁的收缩不会太大，柱子的收缩则相对大，更有力地套牢大梁，有利于建筑的稳固。

又比如柱子的生起、侧脚等技法，降低了建筑的重心，并使整体结构重心向内倾斜，增强了结构的稳定性；柱顶、柱脚分别与阑额、地袱以及其他结构构件连接，使柱架层形成一个闭合的构架系统，用现代术语来说，就是形成上、下圈梁，有效地制止了柱头、柱脚的移动，以增强建筑构架的整体性。梁架系统通过阑额、由额、柱头枋、蜀柱、攀间、搭牵、梁、檩、椽等诸多构件强化了联系，显著增强了结构的整体性；柱子与柱础的结合方式能显著地减少柱底与柱础顶面之间的摩擦，进而有效地产生隔震作用；在高大的楼阁中，都在暗层中设有斜撑，大大强化了构架对水平冲击波反复作用的抵抗能力；在外檐柱间设置较厚的墙体，起到现代建筑中“剪力墙”的作用。诸如此类，举不胜举，大到建筑群体的布局处理，小到构件断面的尺寸设计，处处都展示出古代香山工匠在抗震设计方面的知识和匠心。

吴门桥　摄于 1900 年代

灭渡桥
摄于 1970 年代

地震尚且无奈我何，平常的风霜雨雪，就更不在话下了。

榫卯的守约，除了作用于木筑，也作用于石筑。

用木与石结合，在硬与软间产生刚柔相济的作用，是“香山帮”在筑桥工程中的一大创举。

桥，是江南水乡建筑的一大要素。江南的风景因为有了桥而更加丰富，更加美丽。苏州的桥，唐之前大多为木筑，木梁木栏，为防腐而涂饰红漆，故而白居易有诗云“红栏三百九十桥”。宋代之后，木筑的“画桥”逐渐被石桥代替，出现了以吴县金山花岗石为主材的“叠石甏甓，工奇致密”的石筑桥。范成大《吴郡志》称，苏州有桥三百九十五座；南宋《平江图》上注有三百一十四座桥；明末《水利图》记载三百座桥；清末《苏城全图》标绘城内有桥三百一十一座；1940年《吴中城厢图》载城内有桥二百一十六座；至1985年，苏州城内尚有一百六十一座桥。这些都是历代香山工匠石筑的遗存。

这些遗存，虽为清一色的石筑，但其桥墩基础，仍离不开木筑，此种工艺为“柔性墩”。

苏州地处长江下游冲积平原，河流平缓，表土层厚，许多古桥都建在软弱地基上。为了使桥梁这一永久性建筑物安全稳定，防止下沉，香山工匠采取了一些技术措施，最常见的是用打短木桩来挤密加固墩台的软土地基。如宝带桥，由于其位于澹台湖口的河床土质软弱，便以打木桩加固其墩台地基，杉木桩紧密排列，桩顶间嵌有嵌桩石，其上砌筑墩身。这种做法代替了冗长的堤埂，减轻了桥身的重量。

桥中建造部分刚性墩，可防止多孔连续倒坍。它的砌拱法也很有特色，既不同于赵州桥的“纵联法”拼合，也不同于卢沟桥的“并列法”弧砌，而采用了兼两种之优点的多铰拱做法，称为“联琐法”。在砌筑拱券时，先从拱脚起，第一排以数块较为长大的拱石并列，布满桥宽，再上一排则用断面近乎方形的“丁石”，将相邻并列的长拱石加以联锁，依次类推，直到拱顶，最后用拱顶锁石（俗称龙门口）楔紧成拱。这种“联锁法”的工艺，既有“纵联法”之密贴，又有“并列法”之简便。

五十三孔的宝带桥，因香山工匠“柔性墩”工艺、“联琐法”工艺的发明应用，使其屹立数百年，成为中外造桥史上的奇迹。

藏在木头里的灵魂

良木不语千秋画，榫卯无言万古诗。

一斧、一刨、一锯、一凿，或清新或雅致，或雄浑或拙朴，在香山工匠的千锤百炼中，使得大木筑和小木作屹立千年仍稳如泰山，一切源自榫卯结构无言的守约。

两千多年前的鲁班就发明了一种方法，用一种咬合的方式把三组六根木条垂直相交固定，六根木条中间各有缺，缺缺相合，以十字双交卡榫组成。它看似简单，但设计难度相当高，卡榫仅借木条的不同凹槽放置、拼凑，挖槽的密合度稍有不足都可能影响结构稳固度，需将木块大小不一的卡榫精准放置才能组合成功，而且只要抽掉一根木条，整个接合的木构也就散架了。中国人把这种发明称为“鲁班锁”，亦称孔明锁、六子联方、莫奈何等，它就起源于中国古代建筑中的榫卯结构。这种三维的拼插玩具内部的凹凸部分啮合十分巧妙，在没有钉子、绳子、接合剂的情况下，能将六根木条交叉固定在一起，对于空间想象能力是一个极大的挑战。

中国木结构建筑和家具中一直在广泛应用榫卯结构，但两者技术层面上侧重不同。建筑上侧重结构稳定，因为榫卯结构在几个方向都可以开卯口，可以兼顾结合在同一点上不同方向的受力，合拢时成为一个高强度的完美的整体。在吴中木渎考古发掘中发现的木筑件，三千年前的榫卯仍旧咬合在一起，至今都没松开。

家具中的榫卯结构则成就了中国含蓄内敛的审美观，接合处由于有略微松动的余地，在结构力学里就是柔性节点而不是刚性节点（比如焊接），当无数榫卯组合在一起时就会出现极其复杂而微妙的平衡，除了木材延展力外，主要是由于一个个的榫卯富有韧性，不致发生断裂。

根据现行国家规范，木工分为大木筑（建筑木工）和小木作（精细木工）两大工种。

建筑木工有：古建木工、模板木工和装修木工三种行当。其中小木作又分为：家具木工和雕刻木工两分支。

几十种不同的榫卯，按构合作用来归类，大致可分为三大类型：

一类主要是作面与面的接合，也可以是两条边的拼合，还可以是面与边的交接构合，如“槽口榫”、“企口榫”、“燕尾榫”、“穿带榫”、“扎榫”等；另一类是作为“点”的结构方法，主要用于作横竖材丁字结合，成角结合，交叉结合，以及直材和弧形材的伸延接合，如“格肩榫”、“双榫”、“双夹榫”、“勾挂榫”、“锲钉榫”、“半榫”、“通榫”等等；还有一类是将三个构件组合在一起并相互连结的构造方法，除运用以上的一些榫卯联合结构外，都是一些更为复杂和特殊的做法，如常见的有“托角榫”、“长短榫”、“抱肩榫”、“粽角榫”等。

区分大木筑和小木作的方法，主要以各异的榫卯结构的特点为界定。

一、大木筑使用的榫卯有：

管脚榫：用于固定柱脚。一般用单榫。

顶套榫：用于固定柱脚。是一种穿透柱基石的管脚榫。

瓜柱柱脚半榫：用于梁架上瓜柱的柱脚，一般用双榫。

馒头榫：用于梁柱的垂直相交处。

燕尾榫：用于构件之间的拉接联系。

箍头榫：用于枋与柱或梁与柱的尽端和转角处。

透榫：用于大木构件连接，一般透出部分的高度为榫高的 1/2。

半榫：用于大木构件无法使用透榫处的连接。

大头榫：用于梁之间顺长度方向的连接。

螳螂头榫：用于梁或枋之间顺长度方向的连接。

勾头搭掌榫：用于枋之间顺长度方向的连接。

十字刻半榫：用于方形构件的十字相交处。

十字卡腰榫：用于圆形或带有线条的构件十字相交处。

裁销榫：用于连接两个构件，销子不穿透构件。

穿销榫：用于连接两个构件，销子穿透构件。

桁（梁）碗榫：用于桁檩与柁架、桁檩与瓜柱处的连接。

趴梁阶梯榫：用于趴梁、扶角梁与桁檩半叠交处和短趴梁与长趴梁相交处。

银锭扣（榫）：用于木板的拼接。

穿带：用于较厚木板的拼接。

抄收带：用于厚木板的拼接。

裁口：用于木板的拼接或构件间搭接。

龙凤榫：用于木板的拼接。

大木作殿堂结构示意图　选自《营造法原》

二、小木作使用的榫卯有：

一件传统家具，从木料到成形，需要以下几个程序：选料开料、烘干、刨料、开榫、组装、打磨、上蜡或上漆。其中，榫卯制作工艺被称为家具的灵魂，经常出现在不同部件的接合位置。

把家具各个部件连接起来的榫卯做法，是家具造型的主要结构方式。各种榫卯做法不同，应用范围不同，但它们在每件家具上都具有形体构造的"关节"作用。若榫卯使用得当，两块木结构之间就能严密扣合，达到天衣无缝的程度。

小木作榫的类型：

按榫头和本身角度分为——直榫、斜榫和燕尾榫；

按榫头横截面形状分为——圆形榫和矩形榫；

按榫槽顶面是否开口分为——开口榫、闭口榫和半闭口榫；

按榫头是否贯通分为——明榫和暗榫；

按榫头的多少又分为——单榫、双榫、多榫和夹皮榫。

榫的用途：

矩形料的直角连接处用榫：矩形三枚榫、暗矩形三枚榫、小根叠台明榫、小根叠台暗榫、平榫、对开叠榫、明燕尾三枚榫、暗燕尾三枚榫、肩胛榫、插肩明榫、双榫、双夹榫、破头楔暗榫、插入式圆楔榫、双面线脚明榫、上端面斜榫、大进小出榫等等。

矩形料的斜角连接处用榫：对开合角榫、明合角三枚榫、暗合角三枚榫、暗合角短榫、双肩斜角明榫、斜角插入明榫、斜角插入暗榫、斜角插入圆榫、明燕尾斜角三枚榫、暗燕尾斜角三枚榫等等。

矩形料十字、丁字连接处用榫：对开十字榫、锐角十字榫、直角十字形榫、对开重叠丁字榫、双肩丁字明榫、丁字明燕尾榫、丁字暗燕尾榫、三线斜棱榫等等。

板材的丁字连接用榫：纳入榫、暗纳入榫、肩胛纳入榫、燕尾纳入榫、暗燕尾纳入榫等等。

板材的直角连接用榫：对开明榫、三枚榫、明燕尾榫、半盖燕尾榫、斜角燕尾榫、平肩胛榫、斜肩胛榫等等。

板材平面内连接用榫：裁口榫、企口榫、单燕尾榫、双燕尾榫、穿条、穿带、暗榫、暗销等等。

从明朝永乐年间开始，郑和七次下西洋，从苏州出航，遍访东南亚、南亚、西亚和东非等地区，使大量的外国工艺品、工艺原材料、工艺技术和工艺人才输入中国，促进了苏州工艺美术的发展。尤其是船队带回的紫檀、黄花梨等多种优质木材，为早期苏州明式硬木家具发展奠定了基础。

郑和的远航，仰仗于

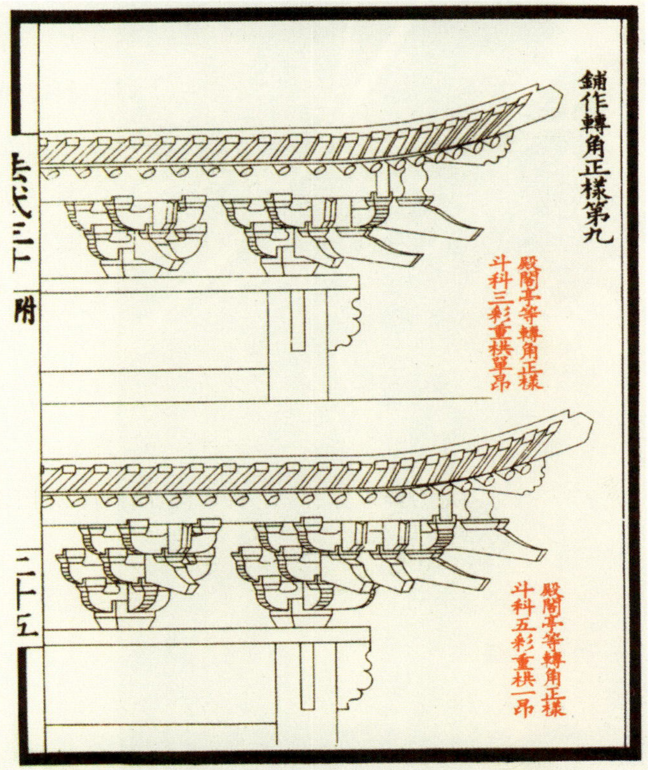

铺作转角正样　选自《营造法式》

江南先进的造船技术。船体结构、线条及雕饰，乃至鱼鳔胶、用漆披麻防水、藤屉、铁件、铜饰等附属，都成为造船的必需技术。一句话，郑和船队就是一组移动的大型木筑房子。

当“大型木筑房子”飘然在海上时，确保它平衡的要素是“压舱”，也就是一艘排水量在一千吨的船，吃水深度必须要在四五米间，船才能在波澜起伏的海面上平稳航行。出航时，由瓷器、丝绸、茶叶、漆器、金属制品、铜钱等货物来压舱，但返航时捎回的仅是一些珠宝、香料、药材、珍奇动物等，根本不足以压舱。所以，捎带硬木来补重，是最好的安全保障。七次航海，七次压舱，运回的硬木就叠成了山，这种场景有些像春秋时的“木塞于渎”。

香山工匠的营造特色就在于大量地使用木头，而且木头相互结合不用外物，靠的是本身榫和卯的咬合。当时工匠造船，运用的已是铁力硬木的榫卯体系加工技巧，为苏州的硬木（榉木）家具的制作，积累了经验。在海运来的硬木抵达苏州时，苏州的木筑工匠已经具备了从软木向硬木转型的准备。

软木指大木筑，硬木指小木作。

大木筑使人住下来，小木作使人坐下来。小木作是对大木筑有想法的模仿，是在理解的基础上用自己的语言进行重组。

当人的手长期接触某种硬质材料时，便慢慢激发出一种创造力。艺术创造，就是人类的手碰到了一种材料，然后利用这种材料完成观念里的某一种造型。所以后来由硬木雕塑

野生黄花梨

中分离出木雕、竹雕、牙雕、石雕、砖雕等艺术，一切都跟手的进步有关，跟观念和思维有关，跟对材料的认知有关。三结合慢慢地就结晶出了苏式硬木家具，史称“苏作”。

苏作，是从大木筑传统中继承发展的另一种审美标准。

传统建筑的基本材料仅是土和木头，所以我们叫“土木工程”。现在海运来的这种入水即沉的硬木，雕刻时任你横刀竖拐或是纵横刨削，它不会开裂；稍许打磨，外表温润亮泽，厚实古朴；人们利用这种木材，可以淋漓尽致地塑造出细木作的精致典雅。

精致在苏作中出现，是香山工匠对大木筑之美的重新发现。

少，可能是对创造美的条件限制；可是经过精心组织的少，在客观上反而有一种协调性和统一性。香山工匠营造的房子就是粉墙黛瓦，土木相生，黑白相间，却成为对美的彰显。以少胜多，影响到小木作，就是硬木家具雕饰的简单，恰到好处，画龙点睛，不做更多的装饰。空纳万境，少即是多。良材不雕、良材不漆，以欣赏硬木天然的美。

房子是大木筑，家具是小木作，两者在整体神韵上常常是相通的。硬木家具是对大木筑的师承，建筑构件中的“身架”和“关节”影响着家具，家具的榫卯结构是大木筑的变异及遗传进化。例如，为追求牢固和美观，凭借着更有创造空间的硬木材料，香山工匠以自己的智慧使榫卯体系得以进一步拓展，花样越来越多，而且在具体接合上显得更细密、更严谨、更规整。据不完全统计，在硬木家具的制作中共有一百多种不同的榫卯结构，如抱肩榫、方材暗榫、龙凤榫等特殊的结构咬合。榫卯同样是“苏作”家具的灵魂。

小木作相对大木筑的精致，是实用与艺用的合一。

从空间距离和亲近程度讲，家具比建筑离人更近，贴着人的身子，更容易让人发现它们的利弊，从而进行改良。为了提高舒适程度，靠背和扶手做成了弯的，制造材料中

宋代禅椅

加进了竹子、藤篾、软屉,直至在座椅上使用绸缎软垫。

家具的优势在于硬木比软木更易于展开局部细节的创意,可以从小处着手,施展神来之笔。如线脚勾画上,传统家具弯曲多,从实用角度讲不易碰伤人,从美学角度看,十分圆润秀美。

苏作的美,是一种看不见的竞争力。

当我们来到香山工匠的代表作拙政园内,在庭院深深之中,静雅的苏作家具伴着历史的落英缤纷,以无声的语言,述说着曾经的辉煌。

明式家具看上去似乎都比较简单,但决不平淡,其中自有丘壑,气象万千,只是它太内敛、太含蓄、太讲究章法了。在那些经典的苏作家具中,你会发现桌面(以桌子为例)的厚度、横档的宽窄、厚薄、腿的粗细、高矮,各部分之间的比例都做得恰到好处,多一分嫌厚,少一分嫌短,腿与桌面的连接方式,如何收脚、收多少等等,都设定得如数学公式般的精确,几乎丝毫不可更动,充满玄机,非常耐看,让你体会到其中经过高度抽象提炼的、超乎形象之外的"大美",那是中国文人士大夫历练了几个世纪的一种文化精神。

当一位工匠意识到美的时候,就会促使他的专业从一个木筑构件的营造者,提升成为一种艺术的创造者。这种看不见的竞争力其实非常强大。无论在往昔吴县,还是在现今的吴中,苏作之美既不炫耀、也不嚣张,却成为一种他人难以超越的竞争力。

文人情怀说木作

当人们把明代的家具称为“明式家具”后，许多人认为“明式家具”的来源只是时间概念，而忽略了其文化概念。只有追溯苏作工艺的出现，才可能对“明式家具”概念进行完整诠释。

苏作工艺的产生，一方面是因当时江南商业经济的迅猛发展，市民阶层的兴盛，风雅之士与附庸风雅之人，直接地促进了绘画市场的发达，也派生出众多手工技艺；另一方面，是苏州地区长期积累的文化资源，民众自身较高的文化素质的进步，在适宜的历

《东庄图册》选一　明沈周绘

东山陆巷“大学士”牌楼

史条件下，厚积而薄发，有力地促进了各种工艺的发展。明代文学家归有光说：“吴为人材渊薮，文字之盛，甲于天下。其人耻为他业，自髫龄以上皆能诵习。举子应主司之试，居庠校中，有白首不自已者，江以南其俗尽然。”也就是说，因为有了文人和艺人两个领域的融汇互动，苏作家具特殊的结构、艺术化的纹饰，才可能产生并迅速为市场所认同。

追寻苏作的源头，我们不应该忘记明代的三位吴县人。

明宪宗成化八年（1472），吴县人吴宽，会试、殿试连获第一。接着，明成化十年（1474），吴县人王鏊，在乡试中取得第一名解元，翌年会试又取得第一名会元，殿试一甲第三名，一时盛名传天下。

另一位是吴县人沈周，不应科举，专事诗文、书画，是一位职业画家。

成化九年（1473），时年四十七岁的沈周创作了《仿董巨山水图》轴，从此，沈周的绘画进入了大尺幅时期，且画法严谨，用笔沉着，笔墨已渐显豪放，气势雄强。虽然沈周从未出仕，但得益于吴宽、王鏊的宣扬，在京城的名气已是广为人知，朝中许多重臣都与沈周相交往，如大学士李东阳、大学士杨一清、吏部尚书太子太保王恕等。

明代家具和陈设　明万历刻本《吴骚集》插图

随着吴宽、王鏊等人在北方的影响力日盛，遂形成了以京城和苏州两地为中心的庞大吴地文人集团。据统计，明代执掌朝政的内阁大学士，由江南进士出任者多达三十一人，六部尚书中，江南进士出身者更达一百多人。

在南方，布衣沈周开创了“吴门画派”，与文徵明、唐寅、仇英并称“吴门明四家”。

三位吴县人，尽管吴宽和王鏊在北京做大官，但两人都尊崇布衣沈周为兄长，他们三人的私交，缔造了明代历史上的吴门文风。《明史》卷二八七《文徵明传》说：“吴中自吴宽、王鏊以文章领袖馆阁，一时名士沈周、祝允明辈与并驰骋，文风极盛。徵明及蔡羽、黄省曾、袁衮、皇甫冲兄弟稍后出。而徵明主风雅数十年，与之游者，王宠、陆师道、陈道复、王穀祥、彭年、周天球、钱穀之属，亦皆以词翰名于世。”

其时苏州经济繁荣，社会稳定。退休的官员在此定居，富裕的商贾涌入城市，使城市迎来了文化复兴。而小小的苏州城在十五世纪下半叶开始的文化复兴，深刻影响了未来五百年中国艺术的方向。

吴县人冯梦龙在“三言”中对江南市井生活的描述，记录了当时生活之富裕斑斓。而物质生活的富足，令文人更感精神生活的重要。沈春泽在《长物志》序中说：“夫标榜林壑，品题酒茗，收藏位置图史、杯铛之属，于世为闲事，于身为长物；而品人者，于此观韵焉，才与情焉……”具有一定经济基础的文人多以营建园林寄托文心，陶冶才情，而作为园林建筑中不可忽缺的家具，正成为他们有形语言和感性形象的投射之一。

当时文人几乎都直接参与了书房中家具的设计，他们的设计更注重品位，更体现出其艺术个性和文化特质。“明四家”之一的唐寅，在其所临前人《韩熙载夜宴图》图中，在“忠于原作，不失神采笔踪”的前提下，对画中元素作了适当改动，其中最夺人眼球的

董其昌像　松江醉白池云间邦房画像石刻

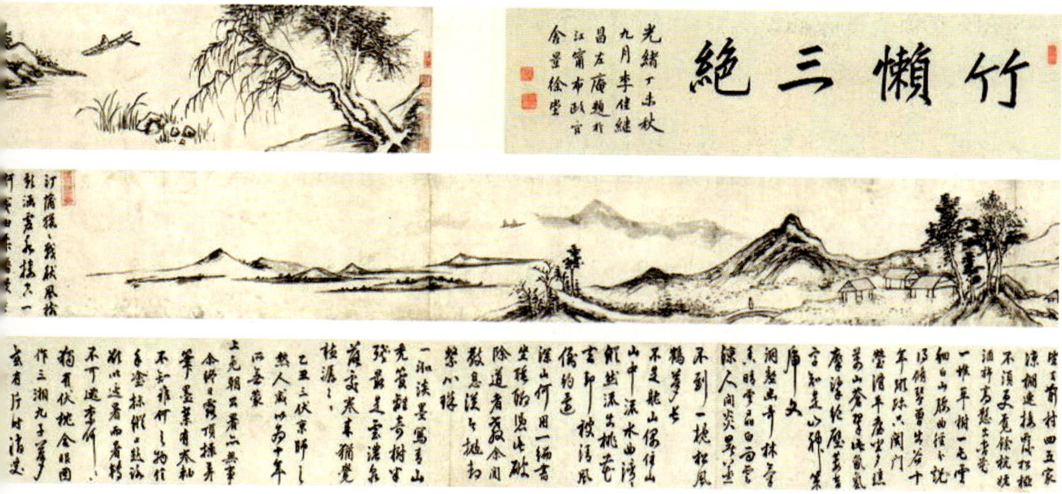

《竹懒三绝》 明李日华作

是对画中家具进行了重新布置，增绘了不少家具，充分展现了他在家具设计、创意方面不凡的才情，更折射出明代知识分子、士大夫阶层对苏作家具的推崇。文徵明的弟子周公瑕，在其使用的一把紫檀木扶手椅靠背上，镌刻了一首五言绝句："无事此静坐，一日如两日。若活七十年，便是百四十。"这种没有棱角，造型温文尔雅的扶手椅，江南地区称之为"文椅"，是当时文人们喜爱的椅子样式之一。

这些设计令人深切地感受到吴地文人在日常家具中所倾注的精神期待。究其原因，就是读书人的增多，促进了人口素质的提高，也为江南的经济发展提供了更多的就业机会和商机，这正是苏作家具形成发展的源头活水。

苏州的状元多、进士多，全社会自然就"家知读书，人知尚礼"了。无形之中，公民

渔洋山董其昌墓

整体的文化素质被带动提高了，而届时苏作家具的兴盛，是对这种文昌水到渠成的呼应。忙碌起来的，就是“香山帮”的工匠了。

对此，研究明式家具的泰斗王世襄讲了类似的两点原因：“明及清前期家具之所以能有如此之高的成就，除了继承宋代的优良传统外，主要有两个原因：一是由于城市乡镇的繁荣，商品经济的发展，不仅大大增加了家具的需求，而且改变了社会习尚，兴起了普遍讲求家具陈设的风气。二是海禁开放，大量输入硬木，使工匠有可能制造出精美坚实并超越前代的家具。”

冰雪融化之后，春天就来临了。这是中国文人艺术的春天，也是苏州的春天。

天启元年（1621）初春，天已转暖，正是吴县香山太湖之畔桃花盛开的时节。董其昌等名士应吴县文人李日华之邀，到他家乡探花踏青，众人从木渎灵岩山下的采香泾出发，直抵香山的吴央山（今渔洋山），他们登顶远眺，太湖全景如一幅幅秀雅的立体山水画轴，依次打开：群峰隐现，岛礁棋布，山回水抱，谷深坞幽，鸥逐帆影，烟霞明灭，气象万千，而他们都成了画中人。从山下迂回，又过桃花溪，李日华的书童已在石台上摆好酒菜，宾主聚拢在桃花丛中，赏桃花景，饮桃花酒，作桃花诗，论古谈今，不亦乐乎。

席间，李日华向朋友大谈吴县的好，劝诱他们来此定居，并可介绍香山工匠为他们营造园林。已有醉意的董其昌便向李日华说起欲隐居太湖及“归骨渔洋”的愿望。

若干年后，人们发现渔洋山果真就是人间的桃源，比意想的更恬静、悠然。董其昌也真将归宿筑在

《青丘先生像》 清余集绘

天平山高义园

了渔洋山，安睡桃源梦里，至今不愿醒来。

晚明悠闲的苏州文人，以一个个小木作为目的，作着种种快乐的变化；或者说许多种变化着的快乐，都集中在一个目的上。总之，把时间浪费在美好的事物上，他们于小木作的精致中找到了生活的乐趣，在榫与卯的折腾中，也为苏作家具抹上了绚丽多姿的一笔，使得苏作工艺把宋代以降的小木作发挥到极致，在史无前例的高峰上再推向后无来者的巅峰。小木作成为了“香山帮”艺人生存的主产业，苏州也成了苏作家具的制作交易中心。

如果说，唐是诗，宋是词，元是曲，那么，明代就是小木作的家具了。

嘉木文心与纸上木作

何谓江南明式文人家具？

江南明式文人家具，就是榉木家具。它形成于明朝中后期以苏州为中心的太湖流域。它秉承了宋代家具淳朴纤秀、工艺严谨、造型优美的传统，在追求素雅材质及原木纹理的同时，又融入了明代文人所独有的审美趣味，造就了质朴清秀、造型简洁、线条流畅、比例适度、做工精细的“明式风格”。

明中期以降的江南文人，在入世与出世之间，追求一种简素空明、不事张扬的审美

《竹炉山房》局部　明沈贞绘

东山惠和堂榉木家具

意趣和审美取向；在生活器物创制中，尊重功能，淡化形式，简约结构，省略装饰，形成尚简、尚清、尚淡、尚精的艺术风貌，与明代画风、书道一脉相承。

沈德符《万历野获编》有云："嘉靖末年，海内晏安。士大夫富厚者，以治园亭，教歌舞之隙，间及古玩。"

我们可以从当时文人的绘画与著作中，探寻他们的嘉木文心。

沈周的伯父、画家沈贞所作《竹炉山房》图，描绘的是当时流行的文人士大夫园林聚会。画家以田园野趣为景致，挺拔高大的桐、槐与摇曳竹影相映，文士们悠闲从事着品茗、燃香、奕棋等玩赏活动；图中几榻、桌案、圆凳、茶盏、瓷瓶、文房等日常用物摆设，皆以工整写实技法绘出，显现了江南文人崇尚自然的生活状态。

唐寅曾绘《王鏊出山图》和《韩熙载夜宴图摹本》。王世襄在《明式家具研究》中曾说，东山和西山的榉木家具，有明及清前期榉木家具的特征。唐寅的老师王鏊是吴县东山人，他在绘《王鏊出山图》时，一定见过王鏊惠和堂里的家具。

用《韩熙载夜宴图》原作与唐寅《韩熙载夜宴图摹本》比对，可以看出，唐寅对原画中的二十余件家具进行了改绘，由此可见他在家具设计方面的审美追求，最具代表性的就是在"宴乐"部分，对桌椅横枨的结构改动，将原作中的双枨改为更简洁流畅的单枨。而在《琴棋书画人物屏》中，唐寅对书斋的全套家具进行全景式描写，包括屏风、斑竹椅、

《韩熙载夜宴图》局部　五代顾闳中绘

香几、榻等家具共计三十余件，这很可能就是对他自己书斋的真实描绘。

唐寅对画中家具的增绘与重新布置，充分表现出他对家具设计、创意的非凡才能，也折射出在唐寅所处的时代，明代繁华都市的知识分子、士大夫阶级对苏作家具的推崇，已达到了无以复加的程度。唐寅连临摹古画都敢于“画蛇添足”，把他心目中的苏作

《韩熙载夜宴图》局部　明唐寅绘

《汉宫春晓图》局部　明仇英绘

家具添绘到古代名画之中，且陈设适宜、布局合理。不仅起到了对原作的烘托作用，而且充分反映了唐寅对明式家具款式、布局的体察入微、熟知有素。

“明四家”之一的仇英，以“重彩仕女”为出色。绘画之外，仇英对于家具设计亦有涉足，这一点可从他的代表作《汉宫春晓图》中一窥端倪。这幅以手卷形式描述初春时

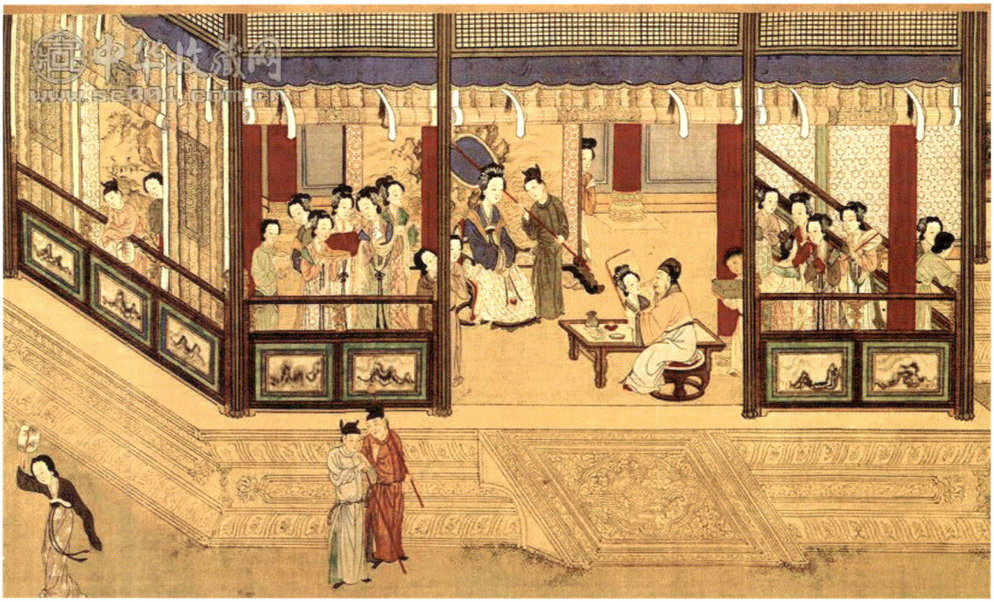

《汉宫春晓图》局部　明仇英绘

《梧竹书堂图》局部　明仇英绘

节汉宫嫔妃生活的画作，构景繁复，用笔清劲而赋色妍雅，画中女子服饰与发型皆为汉代式样，但宫室、家具的形制却是典型的明代风格，其中家具数量繁多、绘制精美，仿佛一套苏作家具的设计图纸，即便在今天看来，仍让人叹为观止。

与唐伯虎临《韩熙载夜宴图》相似，仇英也将日常生活中的常用器物——家具悄然融入了绘画创作之中，不惜打破历史的真实性，以求得个人审美理想的实现。由此可见江南文人对家具的看法，即并不是将家具视为单纯的使用之物，而是作为艺术情结的一种表达方式。正是由于家具在江南文人心中的重要地位，注定了苏作家具的文人情缘。我们不难设想，唐寅、仇英这样的文人，畅游于园林之中或赏花于清月之下，偶得灵感，绘出家具图纸，闲暇之时与三五好友品评修正，再由匠人悉心制作而成。如此器具摆放在家中，形成清雅的环境氛围，于是在创作绘画的时候，不由自主地将自己的心爱器物、氛围融进了艺术作品中，使清丽古雅的苏作家具随着画作流芳百世。

苏州文人还曾专门著书立说以描写园林、家具的风貌，文徵明的曾孙文震亨便是其中的代表。除诗文绘画外，文震亨还长于园林设计，善于品评家具。他在著作《长物志》中，就对明代苏作家具的室内陈设、形制以及品赏做了详细的介绍。

《长物志》卷一的“室庐”，对明代的居室空间进行了非常详细的描写，包括门、阶、窗、栏杆、照壁、堂、山斋、丈室、佛堂、桥、茶寮、琴室、浴室、街径庭除、楼阁、台等皆有描述，系统地陈述了明代的空间审美理念。而在第六卷中，则对家具进行了详尽的介绍，包括榻、几、桌、椅、凳、屏等诸多家具，并依据自己对家具的理解，为家具设计提出了较为详细的建议和规则。以椅为例，《长物志》中云：“椅之制最多，曾见元螺钿椅，大可容二人，其志最古；乌木镶大理石者，最称贵重，然亦须照古式为之。总之，宜矮不宜高，宜阔不宜狭，其摺叠单靠、吴江竹椅、专诸禅椅诸俗式，断不可用。踏足处，需以竹镶之，庶历久不坏。”短短一段，便将椅的典故、形制和优缺点描述清楚。

文震亨以《长物志》表明了明代文人对家具设计的热情，继而也为苏作家具的精神找到了本源出处。

综上所述，我们可以说：苏作，乃是吴中文人风骨与情怀的载体，抒发着一份清雅绝俗的千古文心。而凿枘工巧与文人作诗书画是一样的，都是“为人性僻耽佳句，语不惊人死不休”，演绎的都是“各极其变，各穷其趣”的不朽传奇。

现在谈起明清文人家具，一般都以黄花梨为主角，似乎是无可争辩的事实。但在笔者看来，苏作家具不是因为黄花梨或紫檀才发展的，更重要的是文人参与。黄花梨家具之所以受人追捧，其原因在于重材质，而不在于雅韵与品格。众所周知，明清家具表现形式上最重要的两种材质，一为黄花梨，这种天然硬木的材质、纹理及一定气候下散发出的幽香，令人趋之若鹜，可谓家具中的“官窑”。另一种就是南榆，以东山榉木家具为代表的“民窑”。但从硬木家具的形成发展看，黄花梨家具的制式与东山榉木家具相比，有诸多相似之处；可是，各种黄花梨家具都能找到款式相似的榉木家具，而在款式多样的东山榉木家具中，黄花梨家具款式却无法与之一一对应。很明显，是“民窑”的榉木家具影响了“官窑”的黄花梨家具。

明清时期，苏州市化发展迅猛，建筑营造的大木筑成了手工业中的主流，从而使小木作也进入了一个前所未有的辉煌时期，而家具则是这辉煌时期的重中之重。

江南一带风俗，民宅植树“前榉后朴”。榉木属榆科，别名榉榆，北方匠师称其为南榆。在吴县太湖周边，自古就有“无榉不成具”的说法，榉木材质坚致耐久，纹理美丽而有光泽，有一种带赤色的老龄榉木被称为“血榉”，很像花梨木，是榉木中的佳品，为文人雅士钟情。南榆曾是苏州用来制作家具的主要木材。虽然那时苏州海运发达，一些产自海外的花梨等硬木流入，成为明清家具中一类材质，但毕竟数量有限。

而榉木源于本土，虽不似硬木名贵奢华，却同样有材质坚致、色纹兼美的优点。特别是在当时文人的直接参与下，逐步产生了一套榉木家具的型制，成为文人居室中典雅气质的精巧器具。无论是桌、案、几、凳，还是椅、柜、橱、床，都有苏作约定俗成的规矩，深受市场认可，并随着运河流向大江南北。

王世襄先生在 1996 年出版的《中国红木家具》中说：“在长江中下游的江南地区，民间选用当地盛产的榉树为家具的用材，大量制造供人们日常生活使用的榉木家具，给中国传统家具带来了一次开创性机遇。”他还强调指出：“榉木在江南民间被视为‘硬木’，所制的家具非常考究，它不仅是中国古代优质硬木家具之先导，而且一直连续不断地生产到二十世纪的五六十年代，是生产时间最长久的民间实用硬木家具。”榉木家具以太湖东山为代表，在以黄花梨等硬木制作明式家具的同时，榉木做家具就已经很普遍了。可以说苏州人的居住生活、苏州人的园林建设、苏州人的都市文化、苏州人的情思寄托，都与榉木紧紧联系在一起。榉木家具，是积聚文人家具精神的“纯血种”家具。

王世襄先生在《明式家具研究》中说，即使有的东、西山榉木家具可能时代较晚，惟手法不变，典型俱在，只能说明明式风格在此地绪远流长，延绵不替。我们不妨说来到了东、西山，找到了明及清前期榉木家具的根源……

东山拔步床，是明式家具内敛的体现，古人所谓“光厅暗房”，反映了古人对床闱秘事的私密性特别看重。拔步床虽在室内使用，却宛如一间独立的小屋子，有廊有便所，床前的围廊如同古代房屋前设置的回廊，四周围上帐幔，更是像门墙一样紧紧地包裹着内部空间，虽然看起来比较狭小，但人跨入围廊就犹如跨入室内，人在里面梳妆自如，解手方便，整个大床就是一个前堂后室的古代建筑布局空间，大有屋中屋、罩中罩的意思。这是古人真正的世界所在，它是封闭的、独立的和“不足与外人道”的，这和西方或现代家居中床的直白和开敞有天壤之别。

在东山小木作工匠中间，广泛流传着“苏州货，东山工”的说法，这是合乎于东山榉木家具为硬木家具“纯血种”这种观点的。东山的榉木家具，是东山特殊的人文空间的造化，称之为“纯血种”，其实就是积聚了文人精神的家具。东山榉木家具的特点是，形制第一、比例第二、工艺第三、材料第四、装饰第五。

东山人张建社和张文君父子，都是闻着木屑香长大的，为“纯血种”第四代和第五代传人。2013 年，在南京举办的”第三届东方工艺美术之都博览会”，全国三百多家参展单位的近千件作品参评，其中一百零九件作品获得博览会“迎春花”奖。张建社、张文君的“高扶手南官帽椅”为苏州市惟一的红木家具获奖作品，一时名满省城。年末我慕名而去，在东山镇的一条小巷深处见到了原始的红木作坊，仿佛这里曾经是肇始明式家具的地方。

这是在东山小学旧址上改造的红木作坊，张氏父子每天就像老师与学生，准时到校。老张对小张“点拨”：东山七成熟的柿子，经酱制发酵过滤颗粒残渣后，可酿造柿子油，擦在家具上，能充分显示出木料的天然之美；油漆时，在家具足底的一厘米处，刷油（色）不上漆，让家具自由呼吸；家具上漆前，必须要定制方鉴定木材的真实性并在暗处

张建社

留下标记，诚信不能丢；在打眼、打坯等一些环节，虽可用机器，但在体现“活”的环节时，手艺仍是看家本领，人依然是一切的中心……

就这样，一边是“传道授业解惑”，一边是“术业有专攻”，教学相长，诠释了父子间对“东、西山，找到了明及清前期榉木家具的根源”的理解。敦实的木料“坐”在一间间安静的教室内，伴随着昔日莘莘学子的气息，经他俩的手艺、志趣和梦想，逐渐彼此有了轮廓，慢腾腾的物化为妙趣横生的物件，让我窥见了东山家具的从前，从而勾勒出一幅东山当代红木作坊的文化旧图。

说到古典家具，人人都知榫卯结构，但似乎老张的榫卯间充满着玄机。往往看他弄半天，不知道弄什么，最后啪啪几下，看出来了，组合的东西就分散了。就像看冬运会单板滑雪（Snowboard），再怎么滑行，大家觉得无非如此，非得运动员飞起来，搞几个花哨的动作，再平稳着地，观众才会鼓掌响起，大呼“神了”。这种对“神”的认识，看来任何职业都是相同的。而老老实实把柜门一扇扇做出来，最多让人觉得严丝合缝，是不会有“神了”的感觉的。

张建社、张文君父子俩的书房家具，如书桌、书柜的关键地方都可拆卸。书柜门的玻璃是易碎物，只要在柜门上端施力上推，上端的横档就会沿着左右的榫结滑出，更换玻璃后再以卯对接两侧榫，用力落下即可；书桌的两侧底柜，层次很多，且很深（宽约一米），取物及保洁时很不方便，但把底柜两侧护栏的一面，做成可拆装榫卯结构，使用就异常方便了。如此的榫卯结构，在注重拆卸的把玩性、奇幻性中注入“以人为本”的理念，让人觉得这种家具无愧于苏作“纯血种”的文化符号。

张氏红木作坊，是比不过其他地方规模化、产业化的。但是，在现代化的进程中，许多传统作坊正在忽略和消失，红木作坊作为文化遗产，和自然生态一样，都是一次性的，一旦毁灭无法重生。所以，对于大学生小张能甘愿接父亲的班，仍在“小学”里做着学生，我是力挺的，并希望“张氏红木坊”能世袭下去。

俗话说，打仗亲兄弟、上阵父子兵，看着张建社、张文君父子俩在榫卯间玩的花招，彼此就如榫卯了，虽为两代人，但玩上了榫卯，就榫卯得密密实实了。

在中国的各种艺术展览中，往往会出现传统艺术的一个典型文化符号——椅子。每个中国人都晓得这是一张传统的中国椅子，较熟悉的会说这是一张“明代的官帽椅”，专业的说是“明式紫檀木扇形南官帽椅”。但在文化上解释，则是：“明式香山圈里小木作文人紫檀木扇面形南官帽椅”。

明式——“式”这个概念很宽泛，有两个坐标，既是物质，又为精神。“明式”，古时专指在明代制作的家具款式，现在则指艺术概念，与古时有着本质区别；作为我国明代在苏州形成的一项艺术形式，是中国智慧的杰出代表。

香山圈里——是孕育产生明式家具的故乡和发源地。王世襄《明式家具研究》说，我们不妨说来到了东、西山，找到了明及清前期榉木家具的根源。

小木作——泛指木雕，也指家具，史称苏作。

文人——指追求独立人格与独立价值的文化人或艺术家。

紫檀木——世界上最名贵的木材之一，主要产于南洋群岛的热带地区，因数量稀少而为世人所珍重。

扇面形——打开的纸折扇形状。

南——代表江南，特指苏州。

官帽椅——一种约定俗成的椅子造型。

明式紫檀木扇面形南官帽椅——这了不得的名字，其实是个历史、风格、材料、结构、特色、地理、派系、造型、功能的复合词。

明人王士性《广志绎》说，姑苏人聪慧好古，亦善仿古法为之……又如斋头清玩，几案床榻，近皆以紫檀、花梨为尚，尚古朴不尚雕镂。即物有雕镂，亦皆商、周、秦、汉之式。海内僻远，皆效尤之，此亦嘉、隆、万三朝为始盛。

嘉靖、隆庆、万历时期开始兴

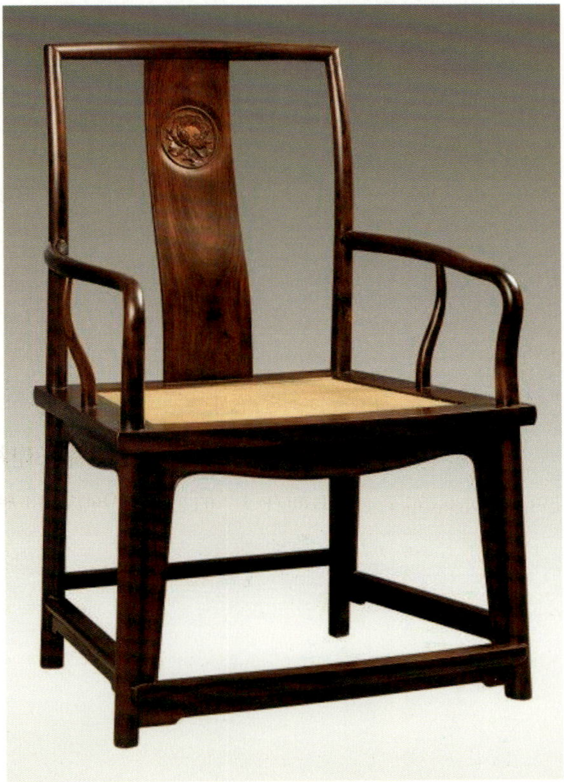

明式紫檀木扇形南官帽椅

八仙桌、长方凳、冰纹柜

盛的苏作明式家具，具有浓郁的文人气质，主要是苏州一带文人参与设计制作而成。因此，在中国古典家具行业，“苏州”一直是个温馨而跳跃的名字。王世襄先生在他的明式家具研究生涯中，不仅亲身到苏州考察调查，还在他的研究著作中多次提起苏州，“苏式家具”在某种意义上即是中国明式家具。然而，岁月漫漫，现在原产地寻觅正宗明式椅子已非易事。“现陈设在苏州园林的硬木家具骤眼看去颇令人失望，因几乎全部都是清式，仿佛这里从未出现过明式家具”。“以明及清前期的黄花梨家具来说，流传到北京地区的数量要大于留存在南方的数量”（王世襄《中国明式家具研究》）。

虽然现在存世的苏作家具，多已流传到北京、上海、香港以至比利时、美国等地，但明代苏州画家为我们再见古时的苏作器具，留下了写实的图形资料。随着图卷的慢慢展开，我们仍可与苏作的简、厚、精、雅工艺特点和文人气度的工艺技术，再度约会。

吴漂，向精致靠拢

江南，对于文人艺术家成了一种诱惑。你来，或者不来，我就在这里。因此，南渡江南，成了中国的一种文化现象。

如果说现在有“北漂”，那么，古时就是“吴漂”了。

从宋代开始，当“吴漂”的文人把江南的苏州视为“天堂”时，苏州人觉得“天堂”就得有“堂”的样子，于是，一部北宋的《营造法式》，在南宋的苏州成了建设“天堂”的行动指南。“文人宜居”的房子，其实是为文人及其诗词书画……构筑的“堂”。

南宋以后，江南的雕刻技艺达到史无前例的高峰，木雕、竹雕、玉雕、象牙雕、砖雕等大行其道。它们均以小巧细致、富有生活情趣而取胜，催生出中国工艺美术大发展的动力。同时，这也影响到香山工匠营造中大木筑与小木作的精细化，从而形成了以文人设计为时尚、世人使用为风尚的格局。

这种格局的形成，首先改变了建筑风格。不论是群组建筑还是单体建筑，都变为清雅柔逸之风采，比如屋顶形象，屋脊、屋角的起翘之势，给人以轻灵、柔美、秀逸的感觉；比如空间尺度的缩小，虽然与当时的经济条件有关，但主要还是与文人及崇文心态有关，倾向柔和、内敛和精致的特性，在物质层面上一般不求其宏大，而在精神象征意义上

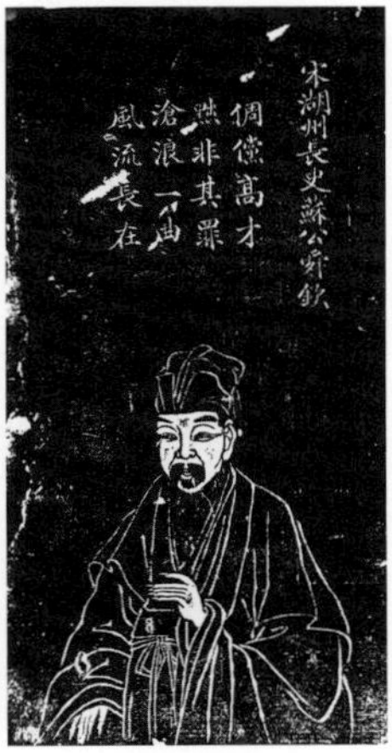

苏舜钦像　五百名贤祠石刻

具有深广的蕴意。正如宋代理学家邵雍所言，“心安身自安，身安室自宽”，“气吐胸中，充塞宇宙”。

其中的典范，莫过于园林。

苏州现存历史最悠久的园林，是始建于宋代的沧浪亭。北宋庆历五年（1045）诗人苏舜钦“吴漂”苏州，以四万钱购得园址重筑，因在水边建有一亭，取《孟子·离娄》和《楚辞》所载孺子歌“沧浪之水清兮，可以濯吾缨；沧浪之水浊兮，可以濯吾足”之意，名曰“沧浪”。

沧浪亭主要景区以山林为核心，四周环列建筑，亭及依山起伏的长廊又利用园外的水面，通过复廊上的漏窗渗透作用，沟通园内外的山、水，使水面、池岸、假山、亭榭融成一体。园中山上石径盘旋，古树葱茏，箬竹被覆，藤萝蔓挂，野卉丛生，朴素自然，景色苍润如真山野林，融自然美与人工美于一体，在苏州众多园林中独树一帜。沧浪亭建好后，因一篇《沧浪亭记》而名声大振。

已经湮没的姑苏馆，曾经是宋元明清苏州的政治活动中心。姑苏馆原址在苏州胥

《盛世滋生图卷》局部　清徐扬绘

门内百花洲一带，民间俗称“接官厅”，现在只能在清代吴县画家徐杨的《盛世滋生图卷》中目睹其旧影。据《苏州市志》记载，其始建于绍兴十四年（1144），是南宋初期官府的高级招待所，为官府迎宾款客和传递文书的水马驿站，与之相邻的建筑群还有百花洲、齐云楼、西楼、西斋、四照亭、颁春亭、宣诏亭等。

明朝成化年间，姑苏馆再次得到扩建，南北过往官员乘船经盘门水关入城，泊岸后，官员们或步行或坐轿，经来远桥到达姑苏馆。清代康熙、乾隆年间皇帝南巡，都是从这里的御码头起驾登岸，沿线驿馆连绵、生机繁盛。

始建于北宋景祐二年（1035）的孔庙，由时任知州范仲淹创建，《苏州府志》二十四卷记道：“苏郡之有学也，自范文正公始。而各县学校次第修建，大率皆方于宋代。”苏州府学是苏州地区为最早的一所官办学校，也是中国第一所州府学校。由于苏州文庙府学在全国的率先作用，宋仁宗在庆历四年（1044）三月下诏命天下各州县皆立学校，并把“左庙右学”、“庙学合一”作为定制。

范仲淹后，苏州府学不断扩建，形成了“左庙右学”的建筑布局。文庙主体建筑为

虎丘　清徐扬绘《乾隆南巡画卷》

大成殿，面阔七间，进深十三檩，重檐庑殿顶，由五十根楠木立柱支撑。后重建于明成化十年（1474），经过多次维修，仍保存明代风格，而大成殿的梁架结构、斗栱、鸱尾仍有宋代建筑的风格。

始建于西晋、南宋绍兴十六年（1146）重建的苏州玄妙观，虽然历经战火，但主体结构一直保留至今。玄妙观主殿三清殿，是中国现存最大的南宋木构建筑，殿顶是重檐歇山式，屋脊高十多米，两旁有一对高约三点五米的南宋砖刻螭。大殿屋面坡度平缓，屋檐非常深，四个角落更为突出，斗拱间距阔体型壮大，内部还有月亮式梁架上檐内槽斗栱的上昂做法。殿宇至今仍保留着不少宋代遗物，如梁架、斗拱等，规模宏大（面阔九

范文正公遗像碑　明万历间刻

圆妙观　清王翚等绘《康熙南巡图卷》

间),雕刻华丽,都是当年香山工匠的杰作。

苏州是中国现存楼阁式宋塔最多的城市。苏州古城多宝塔,自古以来,素有“宝塔之城”之称。据南宋碑刻《平江图》载,有塔三十余座。至今保存的古塔,数量仍十分可观,有报恩寺塔(始建于南朝梁,北宋元丰年间重建,南宋绍兴年间再建)、虎丘云岩寺塔(始建于隋,北宋建隆年间重建为砖塔)、罗汉院双塔(建于北宋太平兴国年间)、瑞光塔(始建于三国东吴,北宋天圣年间重建为七级)、楞枷寺塔(始建于隋,重建于北宋太平兴国年间)、灵岩山寺多宝佛塔(初建于南朝梁,重建于北宋,再建于南宋绍兴年间)等二十余座,其中楼阁式宋塔十四座。

这些宝塔虽建造的年代不同,但同样均出自香山工匠之手。

纸上的文人园林

江南文人，是中华民族中有着特殊情感的一群。他们在与自然保持亲和、感应和相互交融的关系中，对自然美有着敏感的鉴赏力。

宋代江南文人的生活方式节奏，控制在“词人”的手里。

依声填词，在半梦与半醒、抑扬与顿挫、豪放与婉约中，建构着文人的私人空间。

明代江南文人的生活方式节奏，控制在“茶人”的手里。

茶人相聚，不在于嗜茶与不嗜茶，而在于是否合乎“茶艺”，追求和谐。天与人、人与人、人与境、茶与水、茶与具、水与火，以及情与理，这相互之间的谐调融和，是茶的精义所在。

《重林高士图》 明沈周绘

一生恋恋于纸上的园林，不忘个人空间的经营，固然是那个时代文人的常态。可即便在当时，也很少有人能真正读懂那些词人、领略那些茶人的生活吧。因为这些东西是非常个人化的，是文人直接用自己的生命来演绎的，外人难以理解也不足为怪。而拥有一个属于自己的园子，可说是独立人生的起点与依据，把生命的重心从世俗的蝇营狗苟中退出，另外建立一个让“性灵”张扬的空间，所谓“闲隐”的意义正在于此。

出版于十七世纪中叶的笔记《云间据目钞》上说：“土木之事，在在有之，而吾松独盛。予年十五，避倭入城，城多荆榛草莽。迄今四十年来，士宦富民，竞为兴作。朱门华屋，峻宇雕墙，下逮桥梁禅观牌坊，悉甲他郡。”兴起于嘉靖末年的江南私家园林之风，到了万历以后，从苏州地区扩展到了江浙一带，并有蔓延全国之势。

“文人园”的造园原则是“源于自然，师法自然”。无论是假山水池还是一树一石，都经过推敲锤炼，注入文心诗意，从而能收到笔少气壮、景简意浓的艺术效果。在这种园林中或居或游，都是一种纵情山水、耽乐林泉的享受，体现出人与自然的亲和感。尽管“文人园”面积不大，但由于按自然法则精心布局，使其“一池之水，包容江海；几撮山石，喻指众岳”，被胜誉为“咫尺之内再造乾坤”。

“文人园”最初出现于东晋南朝。师法自然，模山范水，着力显示自然的天成之美，将个人的情思意韵写入园中，使之逐渐成为诗画艺术的载体，这一切成为中国造园艺术的最大特色之一，传承至今。

苏州历来崇文重艺，文人荟萃，艺匠迭出，到处是诗书画的风韵，因此奠定了江南园林精雅的艺术格调。“江南园林甲天下，苏州园林甲江南”。具有二千五百年历史的文化名城苏州，私家园林遍布古城内外，号称半城园亭，十六至十八世纪全盛时期，苏州有园林二百余处，其中沧浪亭、狮子林、拙政园、网师园分别代表着宋、元、明、清四个朝代

《隐居十六观》选六　明陈洪绶绘

《拙政园三十一景册》选八　明文徵明绘

的艺术风格，被称为苏州“四大名园”。

园林是一种模拟的山水，停云由叠山，藏楫在池岸。可以说，“文人园”是和庙堂意识相对的一种山林意识，在这里，文人学士摆脱了不堪的重负，可以尽情地放肆。从这个意义上说，“文人园”就是这个主人绘制出的最好山水画。

文人山水画与“文人园”都是用来观看的。

明末陈洪绶的《隐居十六观》，分别以“观”入画：通过“访庄、酿桃、浇书、醒石、喷墨、味象、漱句、杖菊、浣砚、寒沽、问月、谱泉、囊幽、孤注、缥香、品梵”的表象隐居生活，

着重探视了士大夫的内心世界。因此，鲁迅曾推崇道“老莲的画，一代绝作”。

据史料记录，“文人园”都是文人亲临营建的，苏州“四大名园”都有肇建的主人。但是笔者认为，那里记录的只是文人情趣，或者说是纸上的园林；真正的园林营造者，必然另有其人。

在中国古代建筑史上，建筑是不会为建造者留名的。因为实施建造的匠人，其地位和影响力远比不上文人，更何况话语权总是掌握在文人手里。但是园林留存下来了。我们可以这样说，因为有了文人，所以有了园林的构想；因为有了匠师，所以文人的纸上

《山庄访友图》 明文震亨绘

园林才能成为现实的园林，才能成为无声的诗，立体的画。

走遍苏州现在仅存的古典园林，匠师们因地制宜，自出心裁，修建成功的园林各各不同，但他们都理解主人的追求，就是身处园中，眼前便呈现出一幅真心喜爱的“文人山水画”。这种文人与工匠的契合，在无意间成了江南灿烂文化的粘合剂。文人山水画是“文人园”的蓝图，工匠是“文人园”的再创造者，文人与工匠都是“文人园”的翘楚和骄傲。

董其昌像 清叶衍兰绘

文震亨像 五百名贤祠石刻

不到园林，怎知春色如许

船行古老的姑苏，沿着一条深邃漫长的历史文化河流，随时随地泊停，在系船石上拴好绳缆，沿着水埠头上岸，在砖雕门楼前驻足，轻叩门扉，便可直抵：

春秋吴王阖闾、夫差父子的宫囿夏驾湖；

西汉的五亩园和东汉的笮家园；

"南朝四百八十寺"的寺庙园林和初兴的文人园林，"吴中第一名园"顾辟疆园和"有若自然"的戴颙宅；

隋唐五代宏大气派的官署园林、兴盛繁荣的钱氏造园；

宋代苏舜钦的沧浪亭、朱长文的乐圃、桃花坞别墅和五亩田、范成大的石湖别苑以及朱勔的园林，玲珑剔透的太湖石和花石纲；

元代的狮子林；

明代的拙政园、留园、五峰园；

清代的怡园、耦园、环秀山

《十八学士图》局部　宋佚名绘

拙政园

庄、曲园、听枫园、畅园、网师园、鹤园。

甚至不必刻意寻访这些名闻遐迩的园林，信步走进平常百姓的居宅，往往也能邂逅各式静谧的厅堂和清雅的庭园，它们悄然无息地在历史中轮回，同样是香山工匠大木筑与小木作技艺的产物。

粗犷雄豪的皇家园林，在东晋南朝开始向寺庙园林、私家园林转化。

东晋司徒王珣、司空王珉兄弟各在虎丘依山兴建别业，规模之大，超乎想象，以致有人感叹“尽把好峰藏院里，不教幽景落人间”；梁朝城内卫尉卿陆僧瓒、苏州刺史顾彦先等的府宅，以山水为畔，亭台楼榭相映成趣。而同时期的顾辟疆园，则堪称追求自然造园实践中的一个成功范例，以竹树、怪石闻名于时，有“池馆林泉之胜，号吴中第一”之誉；稍迟的戴颙园，“聚石引水，植水开涧，少时繁密，有若自然”。而随着崇信佛教的“舍宅为寺”诸多私家宅园转瞬间便成了寺院园林。

唐代苏州园林承袭六朝私家园林遗风，如孙园有“辟疆东晋日，孙园盛唐时”之誉。皮日休在《褚家林亭》诗中描写望族褚氏之园：“广亭遥对馆娃宫，竹岛罗溪逶迤通。茂苑楼台低槛外，太湖鱼鸟彻池中。萧疏桂影移茶具，狼藉苹花上钓筒。争得共君来此住，便披鹤氅对西风。”咏其能以小见大。《吴郡图经续集》写到南园：“酾流以为沼，积土以为山，岛屿峰峦，出于巧思。求致异木，名品甚多。比及积岁，皆为合抱。亭宇台榭，值景而造。”同样赞其以巧构取胜，可见文人造园已成风气。

宋代之后，文人园林已成为苏州园林的主流，至明代更进入极盛时期。香山工匠的许多大木筑，包括园林建筑，其本质应该是艺术。因为苏州古典园林“宅园合一”，可赏、可游、可居，这种建筑形态的形成，在人口密集和缺乏自然风光的城市中，营造出一种满

竹林七贤与荣启期砖画　南京博物院藏

《四声猿》插图　明刊本

足人依恋自然、追求与自然和谐相处需要的居住环境。

明代后期兴起的昆曲，成为苏州文人园林中的新元素。香山工匠在园林布局和营造中，开始考虑听曲的功能需要，主要厅堂大多临水布置，或者在水际池畔再建水阁。如怡园的藕香榭、网师园的濯缨水阁等，都兼有表演戏曲的功能；特别是拙政园，其中三十六鸳鸯馆的主体，筑成了南北两个卷棚顶大厅，曲折萦回，具有反射声音、增加混响

昆曲与园林

的作用，充分体现了昆曲婉约细腻的特征。而四角各出一个小间，可为戏曲表演时的后台之用。因为在临水建筑中奏乐唱曲，其演出效果更好。《红楼梦》里的贾母，在选择演戏地点时说："就铺排在藕香榭的水亭子之上，借着水音更好听。"

昆曲清唱和表演，在它的形成阶段并非剧场艺术，而是园林里的艺术。西方人说"建筑是艺术之母"，认为一切艺术都是在建筑空间中展现；同样，艺术展现的需要，也影响到建筑的变化。万历年间，当家庭昆班开始大量涌现时，在江南园林中，一个个昆曲舞台被构建出来，新兴的戏曲元素影响了园林建筑的形态。昆曲是在山水园林之间"粉墨登场"的。昆曲与园林这一种情缘，可以说是对彼此的一个相互注释。

苏州人把欣赏园林称为"读园"，把欣赏昆曲称为"听戏"。网师园内最大的一个厅叫看松读画轩，以动词"看"与"读"，将园林的粉墙黛瓦，古树奇花，画意诗情，化为徐徐舒展的长卷，主人也就俨然成了画中人物，而达到了园人合一、天人合一的境界。而传统的昆曲不设布景，它的"布景"就是置身其中的园林，"粉墙花影自重重，帘卷残荷水殿风"。演员的化妆、伴奏、表演等都可以趋于程式化，真正动人心弦的，是声音，是演员

的唱曲与念白。所以对于行家，看是次要的，听才是最高的享受。，

昆曲与园林，作为江南传统文化艺术的两翼，同样都追求空灵的意境。

昆曲——百戏之祖，百戏之师。有“中国戏曲之母”的雅称。2001 年由联合国教科文组织列入第一批“人类口头和非物质遗产代表作”名单。

园林——“中国园林是世界造园之母，苏州园林是中国园林的杰出代表”，这是联合国教科文组织世界遗产委员会第二十一次全体会议对苏州古典园林的评价。1997 年，苏州古典园林作为中国园林的代表被列入联合国教科文组织《世界遗产名录》，被盛誉为“咫尺之内再造乾坤”，成为世界园林文化的翘楚和骄傲。

作为比翼双飞的世界文化遗产，苏州园林和昆曲艺术都集中地体现出极富东方美学神韵的中国传统艺术精神；都可以被看作是自然生态环境与人文生态环境相互交融、整合结出的果实。

“不到园林，怎知春色如许。”

清谈长物

“石令人古，水令人远。园林水石，最不可无。一峰则太华千寻，一勺则江湖万里。”这是《长物志》中的名言，是明代文人文震亨写给前世的，也是留给今生的。

今天，当我们翻开这本叫《长物志》的书，才恍然明白，其实古人的生活，远比我们所能想象的有滋味。

文震亨是位奇特的人，《长物志》是本奇特的书。

文震亨，字启美，生于明万历十三年（1585），卒于清顺治二年（1645）。苏州吴县人。他是大画家文徵明的曾孙，深得家传，诗词歌赋、琴棋书画无一不精，尤善园林设计，传世之作除《长物志》十二卷外，还有《香草诗选》、《仪老园记》、《金门录》、《文生小草》等。

“长物”，意指多余之物。然而这本名为《长物志》的书，所说的并非多余之物，而是文人生活中的必需品。

当年，为《长物志》作序的画家沈春泽曾对文震亨说，文家已是“冠冕吴趋”、“家声香远”了，“诗中之画，画中之诗”已经“穷吴人巧心妙手”了，你家的园林已经是“令人不胜描画”了，你何必再费笔墨功夫去抒写这些日常生活中的小事物呢？

文震亨的回答，是担心“吴人心手日变”，会失了“室庐之制”、“花木、水石、禽鱼之

文人生活　选自《养正图解》

《东园图》 明文徵明绘

经”、“书画之目”、“几榻之度”、“衣饰之风”，概言之，文化生活的“法律指归”。

他觉得他存在的价值，在于生活中还有一种精神向度。他担心苏州人的巧心妙手会慢慢蜕变，淡忘了其中的法度，所以要为后人记下来。用当下时髦的话说，他是在履行“非物质文化遗产”的传承义务。

结果，他为世界留下了一本真正反映苏州情调的名著，一本不可多得的艺术博物志。

《长物志》，一物一记，旁征博引，一一考证，读来趣味盎然。

全书共十二卷，其类目分别为：室庐，花木，水石，禽鱼，书画，几榻，器具，衣饰，舟车，位置，蔬果，香茗。通过这些“长物”，文震亨以一种闲散的笔调，讲述了一种美学生活的经营和操作法则。

读福柯的《知识考古学》，我们会发现，物的这种奇特的排列方式，构成了一种知识谱系，一种从社会公共空间退居到私密生活空间的新颖知识。文震亨用“长物”营造起来的这个世界，大致由这些方面组成：空间规划，器物赏玩，景物观赏，食物（零食）品尝，美观装饰。聚集起这些物，不是为着现实生计的经营，无关乎利益增值，而只供观赏把玩，是形而上的一种美学生活的经营。

房屋居室布置，在文震亨看来，无异于一个“小世界”的营建，足可以投射情感、寄寓性命。他认为，不管是堂屋、亭台还是私房秘室，布置都应繁简适宜、寒暑有别；而图书碑帖、鼎彝文玩，也必须安排妥帖，才会显出其价值。他对坐具、椅榻、屏架的摆放陈设，对花瓶、香炉和挂画位置的选择，无不反映他对细节的重视，而这一切设计都可以归结到精神愉悦的追求；要让这些“长物”恰如其分地进入主人的生活之中，通过观赏、触摸、把玩、浸润，成为承载主人情志意趣之物。

关于坐几——坐几形状要自然，摆放要靠左边向东，不能挨近窗户，以免风吹日晒。坐几上放一块旧砚台，一个笔筒，一副笔架，一个贮砚水的水盂，一块作为清供的小假山石就可以了。砚台要放在左边，这样墨汁的反光就不会直射眼睛，在烛光下更是如此。几上还要放置书籍一部，镇纸石一块。坐几要经常擦，使它光可照人才好。

关于坐具——湘妃竹榻和禅椅都可以。冬天铺上用古色古香的锦缎制成的缛子，当然有兽皮更好。

关于香炉——在书房的几案上放一张四方的日本式的大台几，上面放一座香炉，一个大香盒，一个小香盒，一个瓶。大香盒里面放生熟香料，小香盒里面放沉香、香饼。一个房间内不可放两只香炉。夏天应用瓷炉，冬天应用铜炉。

关于花瓶——客厅放的瓶要大，书房放的瓶要小。瓶以铜瓦为贵，以金银为贱。不可有环，不能成对。冬春季用铜瓶，夏季用瓷瓶。瓶中插花要瘦巧，不能杂乱；若只插一枝，要挑选枝干奇特古朴的；若插二枝，应该高下和谐。插花时不能关着窗户焚香，花被烟熏就枯萎了。

关于椅榻屏架——只须放四把椅子一张坐榻，其他像古须弥座、短榻、矮几、壁几这些东西不妨多放些。不能靠墙平排放几把椅子。屏风只须放一架。书架和橱可以并列，用来放些图书古玩，但也不可太杂，搞得像书铺一般。

关于挂画——挂画的位置要高，而且只要挂一幅，如果挂在两边墙上，或左右对称，那就说不出的俗气了。长幅画可以挂在高的墙壁上，桌上放些形状奇特的石头，或应时的鲜花、盆景之类，但不要放朱红漆架等物。客厅适宜挂大幅的横披，书房宜挂小幅的

《乾隆帝是一是二图》 清丁欢鹏绘

花鸟或者风景，像单条、扇面、斗方、挂屏之类的，就不雅观。

关于卧室——卧榻后面最好留出半间房大的空间，用来放置熏笼、衣架、梳洗用具、箱柜衣橱和书籍灯烛之类。榻前一只小茶几，二只小方凳，一张小橱，用来放香药和玩器。最好准备一张壁床，朋友来了好连床夜话。

关于亭榭——因为不能遮挡风雨，不能放置太考究的器具，用一些方正粗大、古朴自然的旧漆器就可以了。露天的座位宜用平整低矮的太湖石。

关于敞室——漫长的夏天，住在敞室里，把窗户全部卸掉，这样就可以看到屋前的竹林和屋后的梧桐。敞屋中间放置一张木几，两边放没有屏风的长榻各一张。北窗下放一张湘妃竹榻，边上的茶几上放一块大砚台，一个青绿色的水盂，再放一两盆剑兰在边上。如果有奇峰古树、清泉白石这样的盆景也是好的。四面竹帘低垂，谁说这不是一个清凉世界呢？

文震亨就是以这样的“长物”，为我们铺叙与展现了一种“生活方式”。人只有在享用“长物”的状态，才能产生主动的快感，取得心灵的自觉认同。正是以“长物”为表征的那种雅趣，构成了苏州文人历史上经典的快乐光阴。而当吴地工匠把《长物志》作为行业的指南时，“长物”就成了介入文人园林不可或缺的必须。在大木筑和小木作的交相辉映下，文人园林是“长物”的安身之地，也是吴中文人性情与风尚的道场。以致于今天，我们出入其间，仍能感受到那种优雅、妙曼。

营造法原　承祖启下

蒯祥之后，姚承祖是香山工匠的又一座丰碑。

姚承祖，生于清同治五年（1866），字汉亭，号补云，香山墅里村人，出身于香山工匠世家，祖父姚灿庭及父亲、叔父都是技艺高超的大工匠；其祖父编录的《梓业遗书》五卷，保存了大量营造方面的家传秘笈和相关图册。1912年苏州成立鲁班协会，姚承祖担任会长。在苏州玄妙观开办梓义小学，在家乡创办墅峰小学，并曾任教于苏州工业专科学校。1938年在上海去世，归葬故里。

不一样的世家，不一样的启蒙，当然，就有了不一样的造化。

得天独厚的血缘关系，使姚承祖学到了同代人学不到的种种绝技。祖父姚灿庭归纳的五卷《梓业遗书》家传秘笈，虽然都是一些零散的、片断的、不成系统的图记，但对姚承祖的启蒙来说，意义重大。就是这一本本"连环画"，填充了姚承祖童趣的金色梦寐，在他幼稚的生命里培植了营造的DNA。什么是榫头？如何搭亭子？怎样造庙宇？诸如此类，一一印记在他的脑海中。

十一岁那年，姚承祖随叔父姚开盛，到苏州城内的开盛营造厂玩，亲眼目睹了祖辈、父辈干活的情景。在木作车间，他随手拣选边边角角碎料，在一个人家不注意的地方，专心致志地在纸片上描绘出亭台楼阁，并且用边角料开始了"营造"。当叔父看到姚承祖搭建的"童真帝国"时，惊奇不已，知道这个孩子聪明非凡，而且有设计绘画的才能。姚开盛心中盘算，若想让姚承祖弘扬祖业，必须先读书明理，学有专长。于是在叔父的安排下，少年姚承祖正式归于举人钟仲田门下，开始了系统地读书习字。

勤奋好学的姚承祖手不释卷，经过几年寒窗苦读，打下了文化基础。十六岁那年，姚承祖正式师从叔父学艺。三年后，他已脱颖而出，成为当时"香山帮"的一匹黑马，被业内誉为"秀才"。

师傅领进门，修行在个人。

二十二岁那年，姚承祖接替叔父，成了开盛营造厂的新主人，并更厂名为开泰营造厂。

开盛与开泰，仅易一字，别人问他为什么？姚承祖的解释是，营造厂开得兴盛发达还不够，要开得像泰山一样，雄踞一方，名播四海。由此可见他的志存高远。姚承祖立志要为“香山帮”创出一片“开泰”事业，帮助工匠们以手艺换来有尊严的生计，并获得社会认同。

姚承祖认为教育是立国之本，也是“开泰”的事业之本。于是，他以教育先行，亲手创办了两所小学：一座在苏州城内玄妙观旁，即紧靠梓义公所（木匠行业组织）的梓义小学；另一座在他的故乡，名墅峰小学。两所小学免费招收的学生，都是建筑工匠的子女，为培养香山工匠的下一代，打下了坚实的基础。

与此同时，姚承祖还注重对在职工匠的培养。他亲自编写教材，把自己积累的宝贵经验毫无保留地传授给同行。香山帮工匠赵子康、张胜、徐永富、姚桂泉、陆文安、徐文达等人，均得其言传身教，成为香山工匠名师中的后起之秀。

在姚承祖的运作下，开泰营造厂办得十分昌盛，并且独树一帜，名噪一时。不久，苏州工业专科学校成立，校长邓邦逖久慕姚承祖在建筑营造业的声望，特聘他为教授，为学校建筑专业学生讲授“香山帮”建筑艺术；同时，也为姚承祖撰写出传世经典《营造法原》，提供了平台和契机。而“秀才”姚承祖用自身的践行，颠覆了中国文化中“道器分离”的旧传统，成为中国传统建筑领域前无古人、后无来者的“道器合一”的一代伟人。

中国近代建筑教育，由两个渠道汇成：一是国内兴办建筑科、建筑系；二是赴欧美和日本学习建筑。

在时间上，留学在先，办学在后，国内的建筑学科是建筑留学生回国后才正式开办的。1923 年 9 月，苏州人柳士英从日本罔野建筑师事务所辞职，与在日留学的同学刘

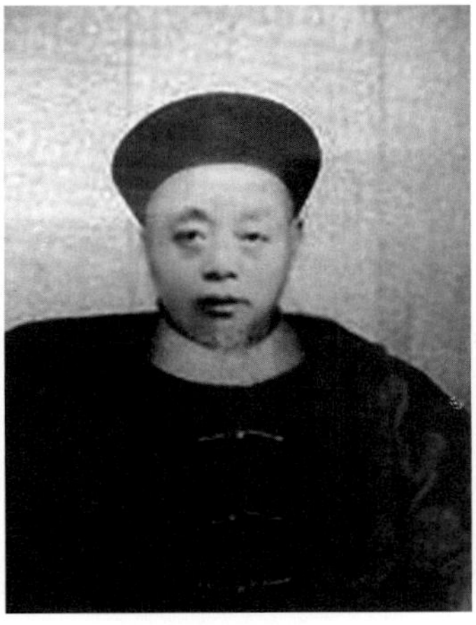

姚承祖

敦桢、朱士圭、黄祖森一起归国，来到苏州，共同筹建了著名的苏州工业专门学校建筑科，开创了我国现代建筑教育之先河。

俗话说万事开头难，创业的艰辛，意味着每走一步都得付出探索的代价。四位都是留日回国的高材生，很自然沿用了日本的建筑教学体系。学制三年，课程偏重工程技术，专业课程设有建筑意匠（即建筑设计）、建筑结构、中西营造法、测量、建筑力学、建筑史和美术等。但现实证明，日本那一套不切合国情，他们照搬的教学体制及设计思想不能与国情相应。与此同时，华夏文明丰富的建筑资源急待研究发掘，虽说那时，朱启钤在尘封的古籍中，让北宋李诫所著的《营造法式》重见了天日，但对此书在建筑中的应用，还有待梁思成先生的系统整理。

按教学计划，二年级就要开设“中西营造学”课程了，面对中国传统建筑课目这一不毛之地，当务之急是必须引进本土的师资（专家），并编纂出中国建筑学的教材。否则，学校就面临着停课的困境。踏破铁鞋无觅处，得来全不费工夫，苏州毕竟是人才荟萃之地，就在柳士英为征聘英才走投无路时，姚成祖出现在了他的面前。

姚承祖在营造实践中，深感工匠如果没有文化，不仅自身的语言表达能力（在专业知识方面）不行，与人的沟通有障碍，而且还会在工艺传承上墨守成规，丧失创新精神和创新能力，这样是不利于传统建筑文化的弘扬和发展的。鉴于此，他以教育来立足事业之本，免费为工匠子弟提供教育。这一善举，是中国传统建筑史上的一次史无前例。

正是这个善举，引起了刚成立的苏州工业专科学校校长邓邦逖的关注。在邓校长引见下，时任鲁班协会会长的“香山帮”匠师姚承祖，与时任建筑科主任的柳士英一见如故，真是相见恨晚。

柳士英

刘敦桢

从此，姚承祖身着长衫，从工匠转型为教授，讲授中国建筑学，开始了他的执教生涯。工匠姚承祖，走上了高等院校的讲台，在中国建筑史上同样也是史无前例的。姚承祖以一个以“器”为职业的“工”，做出了以“道”为职业的“士”的贡献，谱写了中国建筑史上的奇迹。

以上两项中国建筑史上的史无前例，圆了姚承祖“匠而优则仕”的青春梦想。从弱冠到花甲，他的追梦过程，不但让人们欣赏到他的高超技艺和精美作品，更为重要的，是让人们见证了他的“知行合一”、“道器相成”的教学实践和设计思想，以及“学而不厌，诲人不倦”的高尚精神风范。

《营造法原》就是他逐梦生涯的概括和总结。

姚承祖的《营造法原》，不但奠定了中国传统建筑教育学科的雏形，而且为国外先进建筑理念如何实践于中国，探索出了一条新路。同时，也为“香山帮”如何适应时代发展，确立了风向标。

1927 年，苏州工业专科学校设立的建筑科与东南大学等校合并，成立国立第四中山大学，1928 年 5 月定名为国立中央大学，这是中国高等学府的第一个建筑系，也是中国人创办建筑学教育迈出的重要一步。

北宋时期编撰的《营造法式》，是我国古代第一部以官方名义刊行的系统、完整的建筑规范典籍。

富有江南特色的苏州，素以建筑的精雅驰誉天下。古往今来，历代学者名流在吴门清丽幽邃的环境中吟风弄月，著作浩如烟海。但对营造亭台楼阁工匠们的运筹和技能，却很少留有翔实的记载。直到八百余年后，清末民初的“香山帮”名师姚承祖，以一部《营

朱启钤

造法原》,与南宋苏州版的《营造法式》遥相呼应,填补了中国建筑史的历史空白。

姚承祖的建筑成就,突出表现在他所撰的《营造法原》和《姚承祖营造法原图》中。

1929 年,姚承祖在授课期间,根据祖父姚灿庭遗著《梓业遗书》手稿,和其他家传秘籍、施工图册,加上自己的深厚积淀与丰富实践,在既有的"营造原图"基础上,编写了作为讲义的《营造法原》的初稿,及时解决了教材问题。

这部内涵丰富实在的书稿将建筑分门别类,详列名目、构造、用料、做法,甚至工日计价也一一列入。关键之处还编成口诀,以便记忆,是一部彪炳史册的建筑学奇书。

1932 年,刘敦桢先生将此书稿交给时任中国营造学社社长的建筑学家朱启钤审定,"一九二九年受姚先生之托,整理此书,但因无暇,于一九三二年介绍该书与营造学社,经社长朱啓钤先生亲自校阅"。朱先生读后对《营造法原》给予了充分的肯定,同时认为 :书内较多的苏州方言及业内行话宜统一为国语和学术定名 ;以现代建筑学的标准来要求,该书要普遍适应建筑学界的广泛需求还有很大的距离,必须经一一注解后,才能通读。

1935 年秋,刘敦桢先生又将书稿交给学生张至刚整理,叮嘱他说 :"这是姚补云先生晚年根据家藏秘籍和图册,在前苏州工专建筑工程系所编的讲稿,是南方中国建筑之惟一宝典。"并再三郑重嘱咐他,要从学术文化的高度给书稿作修改提炼,按现代建筑学教学的要求,从中概括出江南建筑的传统精华,使《营造法原》一书真正成为研究和整理江南建筑的经典之作。

张至刚,字镛森,苏州人。1926 年就读于苏州工业专门学校建筑科,后随校转入中央大学建筑系,毕业后留校任教。张至刚的工作,实际是要在对旧文化模式的继承与发展中,进行推陈出新的转换和承前启后的对接。

对于刘敦桢先生的重托,他深感任务的艰巨。他明白这是一件要倾注毕生精力的大事,这也是一件值得他为之奋斗的对中国建筑界有着深远意义的大事。他要将原稿的文字部分按时代现实的更高要求与学术文献的科学规程,全面重组章节,改写原文,补充遗漏,订正讹误,加编辞解,加添表格,除此之外,还对原先配入的百余张插图及五十多幅实例图版,逐一进行现场实测,然后按比例及制版要求,重绘图稿,并加增了照片及插图。

张至刚为忠实于姚承祖的原著,在进行严密的校勘修订工作中,有时竟攀爬到檐椽梁架之间,仔细推敲琢磨,摸清遮蔽部位的来龙去脉。为将典型难点化解成可供教示的案例,形象直观地帮助理解,他和姚承祖还专门制作了可装可卸的实物模型,随即还原成一目了然的分解组合。可以这样说，如果没有张至刚碌碌奔波，数易寒暑的执着坚持，《营造法原》一书是决不会在建筑界获得如此声誉和广泛影响的。

功夫不负有心人，经过张至刚与姚承祖的精诚合作，十二万字计二十四章、附图版五十二幅、插图七十一张的《营造法原》，这部凝聚着他俩心血和汗水的巨著，终于在1937年夏完成了。正当他俩为合作的成果举杯庆祝时，日寇的铁蹄踏进了中原，抗日的烽火燃遍了神州。张至刚怀揣着视同生命的文稿，开始了颠簸动荡的八年。

1938年6月18日，一代建筑巨匠姚承祖终于未能见到浸透了自己毕生心血的书稿出版，在苏州撒手人寰，抱恨终天。此时，在重庆避难的张至刚与妻子王蕙英女士小心护持着文稿，怀着姚承祖的遗志，在缺衣少食的艰苦岁月中，牢记着先生刘敦桢的重托，持续着校阅工作，直到抗战胜利回到南京，对文稿又作了进一步的整理、修改、充实。1959年7月，《营造法原》终于由建筑工程出版社出版，这本散发着吴文化馨香的奇书，以其完善实用的优异特色，成为了当代建筑师及工程技术人员的基础典籍和正宗范本，被奉为“至尊天书”。

与《营造法原》配套的《姚承祖营造法原图》，系手绘图。

每一幅图，绘有一种建筑构件的具体式样，有的还标注尺寸和具体制法的文字说明。有的构件，比如屋脊，就详细绘出龙吻脊、哺龙脊、哺鸡脊、雌毛脊等不同式样。朱启钤先生

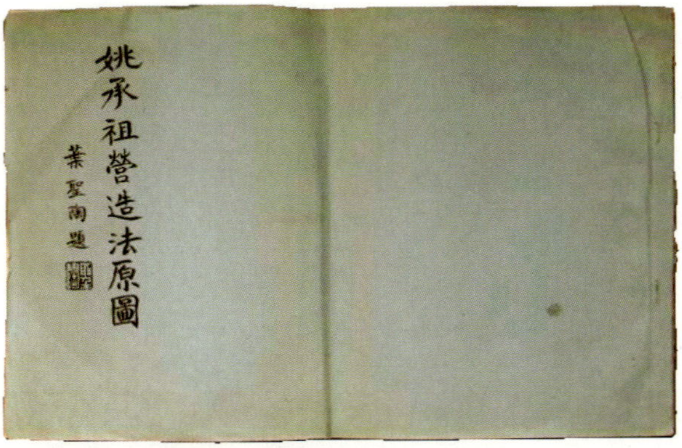

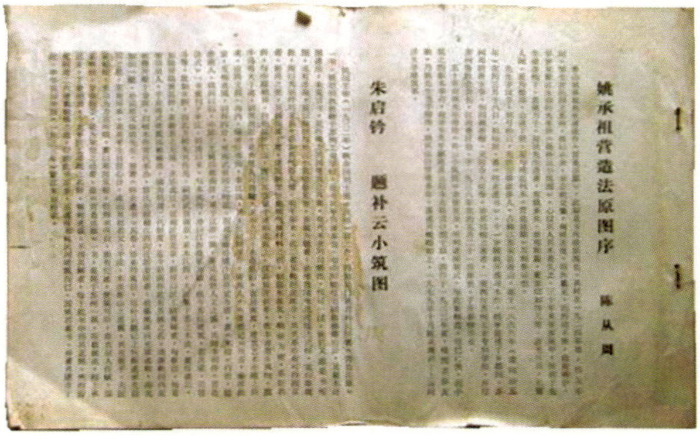

《姚承祖营造法原图》书影
1979年出版

在对该书作《补题》时评论："书中所辑住宅、祠庙、佛塔、泊岸及量木计围诸法，未见官书，足传南方民间建筑之真象……它虽限于苏州一隅，所载作《姚承祖营造法原图》，则上承北宋，下逮明清。今北平匠工习用之名辞，辗转讹误，不得其解者，每于此书中得其正鹄。然则穷究明清两代建筑嬗蜕之故，仰助此书正多，非仅传苏杭民间建筑而已。"

1978年夏秋，一个偶然的机会，苏州市园林局在民间发现了《姚承祖营造法原图》遗稿，立即护送至上海同济大学建筑系，请陈从周教授过目。陈教授见此，"亲切如侍几席"。于是，他欣然为该图作序，并邀请著名教育家叶圣陶先生题签。1979年，图稿交给同济大学印刷厂影印，由建筑系刊行。

《姚承祖营造法原图》为内部资料，当时印数不多，现在已是稀世之珍了。

1986年8月，《营造法原》再版，刘敦桢先生在书尾写有这样一段话："本书是记载我国江南地区传统建筑做法的专著，原稿系苏州营造家姚承祖先生晚年遗著，由张至刚教授增编整理成册，全节按各部位做法，系统地阐述了江南传统建筑的型制、构造、配料、工限等内容，兼及江南园林建筑的布局和构造，材料十分丰富。书中还附有一百七十二帧照片，五十一幅版图。本书对设计研究传统形式建筑及维修古建筑有较大的参考价值。"

《营造法原》和《姚承祖营造法原图》，是两部翔实记录江南传统建筑作法的专著。它改变了香山匠人口授带徒弟的习惯，填补了中国传统建筑文献的缺失，是一部学术价值很高的传世之作。似乎可以这么说，《营造法原》的存世流芳，是对江南建筑地方特色的一次系统总结，更是"香山帮"承前启后、继往开来的一重里程碑。

规矩千秋在，方圆一代新。

姚承祖墓

姚承祖毕生从事建筑，经他设计并施工的厅堂馆所、亭台楼阁、寺院庙宇不可胜数，可惜的是，由于缺乏原始记载，已无法一一核实考证，现在众所周知的仅四处：一是光绪年间为顾文彬怡园建屋三楹，隔扇将其分为南北二厅，前曰锄月厅，后曰藕香榭；二是光绪二十八年（1902），和雕刻家赵子康一起重修木渎严家花园；三是1923年在光福马驾山造梅花亭；四是1937和赵子康合作重建灵岩山寺大雄宝殿。

这些建筑都保存至今。

藕香榭，是怡园山水区的主建筑，为三开间厅堂，单檐歇山，飞檐戗角，秀丽纤巧。内部结构精巧，各间各有梁架，分别用回顶。顶部椽子上先置枕木，安草脊桁，再列椽瓦，结构复杂。厅前后都用落地长窗，东西两侧墙上开六角砖框木漏窗三扇。四周设围廊，厅内用隔扇分成南北两厅，朝北临水一面名藕香榭，池前筑平台，夏天可在此赏荷。朝南的一面称锄月轩，轩南小院中的湖石花坛上罗列峰石，栽植牡丹、梅花，宜于春季赏花。这种酷似鸳鸯厅的建筑构造，因地制宜，既缩小了屋架跨度，又巧妙地装饰了室内，并随季节变化呈现不同的功能，堪称佳构，是怡园的精华所在。

梅花亭是香雪海的符号。梅花亭为单瓣梅花式样，高七米，飞檐翘角玲珑精巧，上下错彩。结顶铜鹤下置轴承，风吹鹤转，生趣盎然。石柱、石栏、屋檐、藻井、铺地均呈梅花图形，使亭子的外观和漫山遍野盛开的梅花融合一体，造型别致、富有创意。

严家花园，位于木渎镇山塘街王家桥畔，门对香溪，背倚灵岩，“虽处山林，而斯园结构之精，不让城市”（童寯《江南园林志》），为江南名园之一。严家花园的前身是清乾隆年间苏州名士、《古诗源》编者沈德潜的寓所。光绪二十八年（1902），木渎首富严国馨（台湾政要严家淦先生之祖父）买下园子，由姚承祖主持重葺一新，更名羡园。因园主姓严，当地人称严家花园。严家花园经过三代主人维护，历时百余年，仍不失名园风范。1935年，建筑学家刘敦桢教授两赴此园，流连忘返，对严家花园的布局与局部处理极为推崇，认为是苏州当地园林之翘楚。

灵岩山寺是春秋馆娃宫遗址，大殿重建于1937年，大雄宝殿高二十五米，宽二十米，外观飞檐复宇，雄伟壮观，有高耸入云之势。内部雕刻美轮美奂，正中供奉释迦牟尼佛巨像，迦叶、阿难两弟子侍立两旁，佛祖背后为海岛观音，东西两壁排列十六罗汉。大殿后壁供奉文殊、普贤。大殿由姚承祖和雕刻家赵子康率领能工巧匠合作而成。

太湖窑的禀情物语

一、明净的碎片续史记

太湖窑是什么？简单地说，是以太湖水底的澄泥、太湖山脉的矿石、太湖田野间的木柴等原料，由太湖人烧制出的各种器具。

吴中的陶瓷文化，追溯起来，其历史实在是太久远了，所以，在中国陶瓷史上被遗忘忽略，也不意外，就如同吴县的灵岩石砚被排斥于"四大名砚"之外一样。

从远古走来，太湖窑接受吴县各地泥土的馈赠，守望窑火的岁月，天地神人聚一处，形成生命永存的陶瓷艺术。遗憾的是，尽管出土了海量的远古陶瓷器，但至今没有一个明确的命名。

外国人称中国为"CHINA"，在西方文字中，"中国"这个词就是来源于"陶瓷"。中国是举世闻名的陶瓷古国，陶瓷文化源远流长，陶瓷艺术博大精深，承载着深厚的历史文化。

苏州处于太湖平原和长江三角洲的中心，是中华文明的发祥地之一。

1984年至1985年，考古专家在太湖三山岛上，首次发现了长江下游地区的旧石器时代遗址，被定名为"三山文化"。其后两次在唯亭镇发掘草鞋山遗址，发现了从马家

青花碗底瓷片

浜文化、崧泽文化、早期良渚文化、典型良渚文化直到进入春秋时代的吴文化等十个不同时期的文化层。此外，吴县境内还发现了新石器时代的枫桥镇茶店头遗址，出土的陶器残片中，有夹砂硬陶、印纹硬陶、泥质陶等，表面拍印各种纹饰，能辨出的器形有田底内凹罐、喇叭形圈足豆等；横塘乡治平寺遗址，出土了红衣陶、细泥红陶、印纹硬陶片等；甪直张陵山遗址，出土了几何印纹陶和原始青瓷百件；东渚镇窑墩遗址，出土了夹砂红陶鱼鳍形大鼎足、丁字形断面的鼎足、满饰划纹的夹砂红陶器耳、泥质黑衣陶豆盘、饰有竹节和镂空的豆把、带有断凿附加堆纹的夹砂红陶罐腹片，以及泥质灰陶、黑衣陶罐口沿等……这些盛器尽管来自亘古，被岁月侵蚀，失却了当初的光鲜，但即便是碎片，仍旧与太湖窑有着无法割裂的血脉关联。

随着吴县境内太湖窑考古的时有发现，凭借这些坛坛罐罐，证明了以吴县为中心的长江下游太湖流域与黄河流域的中原地区一样，是中华民族古代文明的摇篮，都是中华文明的发祥地。

人类生活过的地方，总会留下一些文明的记忆，古陶瓷正是人类文明记忆的最好载体。由此看来，吴县出土的每一块陶瓷碎片，都在一定程度上代表了不同时期的吴地历史，代表了不同时期的陶瓷文化。所有的瓷片聚集在一起，那就等于是吴地历史文化的掇英，补缀了吴县版的《史记》。我们现在说吴中二千五百年历史，实际上从良渚文化开始，也就是说从四千五百年之前，就有人在这儿生活，实物的历史，远远超过了文字史料的记载。

二、洞庭东山的太湖窑

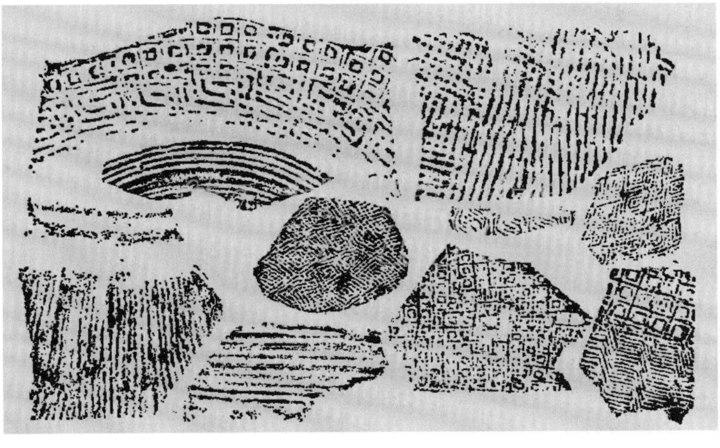

茶店头遗址出土陶片

提起陶瓷，人们首先会想到：钧瓷、汝瓷、官瓷、定瓷、哥窑等中国名窑。

苏州历史上有没有存在过瓷窑？“太湖窑”在新石器时代之后，还有新的作为吗？2009年，苏州古陶研究专家张文献等人在太湖之滨东山镇的岭下村，发现了一处占地几百亩的以村建窑的大型古陶瓷窑址。

据当地村民说，此处原先都是水稻田，几年前在此挖鱼塘和农田开沟时，在稻田表层下三四十厘米深处，挖出了一些形状不规则的古陶瓷片，有黄色、赭石色、淡青色等，有些陶片上还有网格状肌理的细小花纹，纹饰看上去很是精美。

将岭下村地表层发现的部分陶瓷盛器和大量古陶瓷片进行分类，有西周印纹陶片、春秋战国原始青瓷片、秦汉釉陶器片、两晋至唐早期的越窑青瓷片等，由此可判断该遗址是一处先烧制陶器、再烧制瓷器的历史跨度相当长的古窑址。从方圆数公里内散落的无数陶瓷碎片分析，其烧制的品种十分丰富，器形大小不一，其中最大的一块碎片足有脸盆大，为盛器的罐底。根据这些信息初步估计，该窑址始烧于西周时期，终于唐早期，前后长达一千五百年之久。

由于断烧年代的久远，在岭下村寻找有关窑址的其他佐证已不可能，而众多吴地典籍中也没有涉及此窑址的记载。庆幸的是，出土的这些各个时期的陶瓷碎片、窑具碎片以及支钉的残件等，可以作为“太湖窑”曾经存在的确证。

尤其是考古中发现的几件支钉残件，专家认为，这是判断是否窑址的重要依据之一。支钉又称支托、支具、垫片，以耐火黏土制成，在陶瓷器焙烧时用作器物与器物间的间隔具，使其不致互相粘连，多用于叠烧。支钉有圆环形、圆饼形、三角形、三叉形、四叉形、直筒形等，其上均有齿状凸起，齿数多少不等，大小不一。支钉始见于三国、两晋、南

支钉

北朝时期，中国南方在青瓷烧制中曾普遍应用。岭下村支钉的发现，一佐证了古窑址的存在，二佐证了古窑址的年代，三佐证了古窑址从烧制陶器到烧制瓷器的进化过程。

岭下村位于太湖之滨，西面是浩如烟海的太湖，其余三面环山，距太湖中的三山岛古文化遗址直线距离最近，它是古三山岛人上岸的码头。据《吴县志》记载，岭下村一带曾是吴王夫差率军演阵习武之处。又据宋任昉《述异记》和明杨循吉《吴邑志》说，勾践灭吴，范蠡"乘扁舟浮五湖"即居于此，故宅在杜坼洲北，地方十里，多桑苎菜果，又有大杏，相传是陶朱公遗种。在与岭下村遥遥相对的太湖西岸，就是宜兴，而宜兴制陶艺人都把范蠡尊奉为祖师爷，每年重阳节都要举行祭祀祖师爷的活动，以感谢范蠡把制陶技艺传入宜兴，使其成就了"中国陶都"的盛名。那么，范蠡"乘扁舟浮五湖"首先以东山岭下村为始发码头，又将太湖窑的烧造技艺传播落地宜兴，或许也是一个失传的民间传说。

传说不能作为史料，即使有史料，也未必就是历史事实。岭下村的考古发现，对缺漏的史料作出了实证性补遗，对考证苏州的陶瓷制作史有着非常的意义。虽然苏州发现的古陶窑址很多，但能烧制瓷器的窑还是首次发现。东山岭下村的这个古窑址，从所处的地理位置来看，也符合设窑的三个必备条件，一是交通运输，车马或船楫来往便捷；二是瓷土资源，山岭地表以下藏有丰富的瓷土；三是烧制燃料，满山树木茂盛，取柴方便。不知何故，这个窑口在唐朝早期竟被废弃了。

出土的六朝青瓷洗，同样提供了可贵的历史信息。这种釉面相对淡雅的六朝青瓷，可以用来与吴县以前出土的同时期青瓷作对比，如枫桥狮子山出土的晋代青瓷楼阁百戏堆塑罐，东渚镇宝山村阳抱山出土的桥形四系盘口壶、青瓷羊尊、球形高足有盖香熏、

遍地瓷片

兽足砚、吐盂等大量青瓷，研究它们是否与岭下村窑有关系。

“太湖窑”输出的青瓷符号，带着那个时代的鲜明印记，值得今天的我们为之探索。

彩塑与堆塑

彩塑与堆塑，都属泥塑。

泥塑，被称为“沉睡在土地上的文明”，是我国一种古老、常见的民间艺术。

苏州泥塑作为中国雕塑的重要支派，早在苏州汉代墓葬中，就发掘出泥胎捏塑、经火焙烧的工艺陶俑。在苏州泥塑的形成和发展过程中，民间的宗教、风俗、传说等都对它有着重大影响。

南北朝以前，我国寺庙中的宗教造像多以石刻石雕为主。隋唐以后，随着彩绘泥塑工艺的成熟及取材方便的优势，泥塑佛像渐在吴地广为普及，为塑佛匠提供了作秀的平台，也促进了苏式泥塑文化的发展。

一、苏式泥塑起源于吴县

苏州泥塑分两类：一类是宗教塑像，多为庙宇殿堂所供奉；另一类是“苏捏”，又称“捏相”、“塑真”，古代集中在虎丘山塘一带，所以又称“虎丘泥人”。据清顾禄《桐桥倚棹录》卷十一记载：“塑真，俗呼捏相，其法创于唐时杨惠之……今虎丘习此艺者不止一家，而山门内项春江称能手。”又说：“其法始于宋时袁遇昌，专做泥美人、泥婴孩及人物

宋红陶泥塑孩儿　镇江博物馆藏

故事，以十六出为一堂，高只三五寸，彩画鲜妍……他如泥神、泥佛、泥仙、泥鬼、泥花、泥树、泥果、泥禽、泥兽、泥虫、泥鳞、泥介、皮老虎、堆罗汉、荡秋千、游水童，精粗不等。”《吴县志》也记有：“宋时有袁遇昌，吴之木渎人，以捏婴孩，名扬四方。”

譬如，北宋时期平江府生产的“泥塑摩喝乐”，风靡汴京街市，人们以拥有“平江府造”款的泥塑为贵。镇江博物馆藏有国家一级文物宋红陶泥塑孩儿，是一组反映宋代孩童摔跤场面的捏塑作品，由五个孩儿组成。孩儿充满稚气，神态各异，栩栩如生，或抄手旁观，或抵足而坐，或跃跃欲试，或匍伏向前，或倒地仰卧，群童的天真可爱尽展眼前。背后有“吴郡包成祖”、“平江包成祖”“平江孙荣”等楷书阴文戳记，包成祖、孙荣应为当时苏州的捏塑名匠。平江府的“泥塑摩喝乐”技艺，曾影响全国，培育发展了“天津泥人张”、“无锡大阿福”两大泥塑品牌。

而在吴地，泥塑传至清代，孵化出了“虎山捏相”品种，由于当时戏曲在苏州的盛行，在“虎山捏相”的基础上最后蜕化成了“落膝骱”，在全国泥塑中独辟蹊径，举世无双。

宗教塑像的代表是唐吴县人杨惠之，他和吴道子都是唐代大画家张僧繇的学生，吴道子学成绘画，杨惠之则学成彩塑，时有“道子画，惠之塑，夺得僧繇神笔路”的民谚流传。杨惠之把张僧繇的绘画风格运用到了雕塑上，被誉为“塑圣”，与“画圣”吴道子并驾齐驱，饮誉天下。前人诗文中不乏对杨惠之作品的赞誉。据说杨惠之还写作了《塑诀》一书，流传

保圣寺塑壁罗汉

至宋代，是我国独一无二的雕塑理论著作，可惜早已失传。

苏州泥塑神佛塑像，以幸存的角直镇保圣寺塑壁罗汉、东山紫金庵罗汉等宋代作品最为著名。

角直镇保圣寺塑壁罗汉，是“天下罗汉两堂半”中的“半堂”，旧传为杨惠之作品，经民国年间美术史家考证，实为宋代作品。民国年间首先呼吁保护这一宝贵遗产的顾颉刚先生，曾细致地描绘这“一千年前的古美术品”：“这寺的罗汉与别寺的罗汉两样。别个寺里，罗汉总在两壁排班坐着，面上身上满涂着金。这寺里的罗汉是着色的，尤其是未失真的几尊着得特别浓重。两壁是堆塑的山，十八罗汉有的是在山顶上，有的是在山坡上，有的几个凑在一处，有的两个隔开得很远，极参差不齐之致。最好的，是各有各的精神，各有各的注意对象：谈话，题壁，打坐，降龙，伏虎，他们真在山上做这些事情，并不是替三世佛排班护卫。未修过的几尊，衣褶的轻软，可以显出衣服中的筋骨；面上的筋肉更能清楚的表示他们的神情。”他特别强调保圣寺罗汉与塑壁环境氛围的交融，他们“竟是栩栩欲活的各人做着各人的事。别处的罗汉像固然也有降龙，也有伏虎，但他们的龙好像一条小蛇，虎便是只小犬，而且很驯顺的倚靠着它的主人，似乎家畜一般；这里的便不然了，他们真在那里战争，手里，眼里，和全身，都显出十分的注意的极大的气力。别处的罗汉像总是排班，这里的是或在山巅，或在水涯，或在洞中，竟是在一个大天地之中，可以随着各人的意境去安身的”。经顾先生一再呼吁，经多方努力，于 1932 年在保圣寺内修建起一座古物保存馆，并修复了那九尊罗汉像。1961 年 3 月，保圣寺被国务院列入第一批全国重点文物保护单位。

紫金庵位于东山镇西卯坞内，始建于唐代，清代重修，虽仅存一殿一堂，但因有南宋

保圣寺大殿　摄于 1920 年代

顾颉刚

民间雕塑名手雷潮塑的"精神超忽，呼之欲活"的十六尊罗汉像，而声名远扬，是"天下罗汉两堂半"的一堂。2006年，紫金庵罗汉塑像被国务院公布为全国重点文物保护单位。

紫金庵的十六尊罗汉，分别列坐在殿左右两侧须弥座上，虽然塑的是佛国罗汉，但充满世态人情，姿态生动，容貌各异，神形俱佳，有看门、评酒、讲经、听经、降龙、伏虎、打坐、托塔等姿态，表现出沉思、忧虑、讪笑、钦佩、藐视、傲慢、专注、恭顺、得意、威严、豪爽、安详、幽默、坚毅、温和、慈祥等各种神情，且互相顾盼，彼此呼应。罗汉的服装层次分明，衣褶流转自然，表现出质感，给人以"吴带当风"之感。八百多年前的雷潮，将写实与传神巧妙地结合在一起，显示了十二世纪中国雕塑艺术的高超水准。

除了一堂罗汉，紫金庵殿内供奉的如来佛像"慧眼"传神，在任何角度，目光总是与人对视；诸天手中轻薄如绢的"经盖"自然下垂，褶皱流畅、飘然如丝绸手绢；观音菩萨头顶的"华盖"，绛红色盖面上绣着紫红缠枝的牡丹花，望去宛如苏绣，须从下方仰视，方能看出是1～2厘米厚的泥塑。这慧眼、经盖、华盖并称为"金庵三绝"。

二、苏式古建筑中堆塑

伏虎罗汉

堆塑，也称堆灰、堆贴、塑贴、堆雕等，是以石灰为主材料，在建筑物墙壁、屋脊、门楼上创作的形如圆雕和浮雕的工艺。吴地明清建筑不仅讲究宽敞、高大，也十分注重装饰，这在庙宇、园林和官邸大宅中尤其显得突出。香山工匠遂把灰塑作为建筑美化装饰必备，在门额窗框、山墙顶端，屋檐瓦脊、亭台牌坊等位置上广泛应用，并形成了“堆灰”这门专业性的工种。

苏式堆塑，作为一种祈禳文化意象图式，可谓无处不有、无处不在，图必有意、意必吉祥，因而，具有了丰富多采的民俗意蕴。这也正是历千年而不衰的苏州堆塑艺术得以世代绵延、传承至今的独特魅力所在。

堆塑工艺较精细，表现形式有多层式圆雕灰塑，有浮雕式灰塑；甚至有立雕造型的“单体”灰塑等。工匠制作堆塑，先要将生石灰、稻草与纸筋，配制成做堆塑的坯泥备用。动手前须有具体构思，或手绘，或心算，方案熟练以后，再扎模型，就是以钢筋或铜线绑出骨架；然后定型，即把坯泥填充在钢筋、铜线扎成的骨架里，压实；隔两天后，再补第二层，再压实；再隔两天后，补第三层；以此类推，以每层三厘米的厚度往外扩展。十几天下来，骨架渐渐丰腴。这个过程，也是灰塑形体不断调整和完善的过程。

接下来，进入了“巧笑倩兮，美目盼兮”的物象定情阶段，须用纸筋灰来完成。纸筋灰比较润滑，能够把形形色色的表情做得栩栩如生，第一层的厚度在五毫米左右，最多不能超过一厘米，在此基础上再绘以颜色，就可完成美轮美奂的灰塑作品了。

屋脊是堆塑的重要载体。苏州民居黝黑古拙的屋脊和两端微微翘起的屋脊头，显得古老而神秘。苏州人口中的屋脊头，即是建筑术语中“脊翼”

杨惠之像　叶志明塑

（即正脊两端的装饰部件）。在古代，屋脊往往还代表着主人的身份地位，所以，格外受人重视，不仅要美观大方，还要彰显一定的人文内涵。于是，屋脊头装饰便呈现出苏式堆塑的许多形式。

堆塑主要在屋顶的正脊上。正脊又称大脊、平脊，位于屋顶前后两坡相交处，是屋顶最高处的水平屋脊，通常有龙吻脊、哺鸡脊、纹头脊、雌毛脊、垂脊等形制。

龙吻脊：两头设有龙吻或鱼龙吻的屋脊，称为龙吻脊或鱼龙吻脊。龙吻脊主要出现在殿宇类主体建筑中，是最高等级的屋脊形式，一般在等级较高的皇家建筑或大型寺庙建筑中出现；而鱼龙吻脊则主要出现在一些大户人家的厅堂上，像狮子林入口处的将军门屋顶正脊，即为鱼龙吻脊。

哺鸡脊、纹头脊：是常用于厅、堂之类建筑的正脊，两者做法基本相同，其区别仅在屋脊两端饰物形态的不同。哺鸡脊两端饰物为鸡状物，并有开口哺鸡与闭口哺鸡之别，形象古朴、抽象，嫩瓦头、鸡嘴、威三者在同一垂直线上。纹头脊则是以回纹、乱纹为图案的屋脊饰物。

雌毛脊，是一种两端带圆弧的向上翘起的屋脊，由于其造型特殊，且缺少稳定感，很少在园林建筑群中使用，常用于民居。

甘蔗脊、游脊：是苏州古民居中最为普遍的一种屋脊形式，通常不带吻兽，屋脊头微翘。由于受地位及经济的影响，大部分民居不可能过多的追求屋面图腾，但出于对美的渴望和寄托保佑、企求降福的愿望，苏州人就在屋脊头上做起文章来。因为屋脊头虽然上翘了，但形式还是比较简单，人们就在屋脊头上添加线条流畅的卷草纹样，有的还在连绵不断的S形曲线上，饰以各种枝叶花卉或其他装饰纹样。那缠绕盘曲的似是而非

虎丘塔彩塑

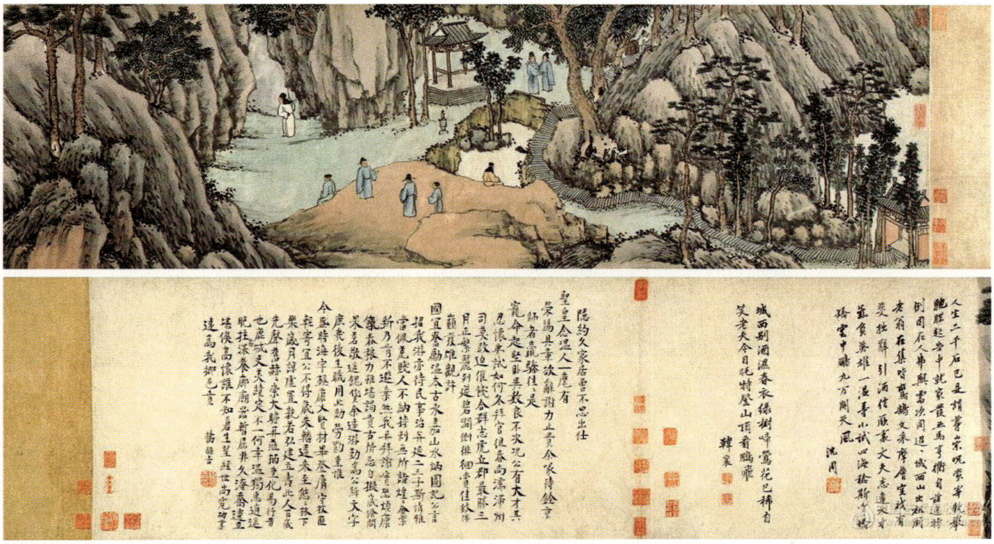

《虎丘饯别图》 明沈周绘

的花叶枝蔓，既有祥云之神气，又有佛物之情态。这种独特的屋脊图案纹饰，使简单的屋脊头变得曲线玲珑、古朴幽美起来。

除此以外，还有垂脊，也称垂带、竖带，顾名思义，垂脊就是垂直于屋脊的脊。垂脊上端与屋脊相联，下端在落翼与前、后面相交部位收头，且以建筑的性质确定垂带脊端部饰物，一般情况以神像、吉祥物堆塑为主。

相对于屋脊堆塑，墙体堆塑无论在内容、表现形式还是体量上，都要超过屋脊。

墙体堆塑主要出现在歇山式屋顶，在其屋顶两侧形成的三角形墙面，为了使庞大的山花不致空虚，故而有了堆塑的用武之地，因其形式多以花为主题，故称为“歇山花”。

“歇山花”是各种物质材料制成的具有立体的艺术形象，但由于其置于建筑物的高处，观赏者因视距与视点不同及光照投影的变化，会产生各种视觉偏差而破坏美感。因此，“歇山花”在制作时须调整好堆塑与人收视方位的偏差透视关系，堆塑中的主体形象，宜向前倾斜，其中人物的面部宜采用俯视，利用前倾与俯视来校正人观看时的方位视觉差异。

香山工匠的歇山堆塑，构思巧妙，图案精美，寓意深远。有表达福寿的，如福运如意、松鹤延年、多福多寿；有表达美满的，如凤穿牡丹、欢天喜地、梅妻鹤子等。可以说，墙体堆塑是一种凝固的风雅。

堆塑的花窗艺术，有别于“砖细漏窗”中的硬景漏窗，软景漏窗、硬软景漏窗，是一种经放样、牵（扎）架子、再堆塑而成的漏窗，称为堆塑花窗，在工艺上称为混水或堆塑

民居屋脊堆塑

山墙灰塑

木渎严家花窗屋脊堆塑

沧浪亭堆塑漏窗

漏窗，相比清水工艺，其工艺并不复杂，但技艺要求远远高于“砖细花窗”，表现在：

扎骨架工艺：用钢筋、铁丝等，按设计图样扭结成飞禽、走兽、藤蔓、果蔬、花草等造型的骨架。同时考虑主骨架与墙体牢固结合。

刮草坯工艺：用水泥与纸筋调和成糊状面团，堆塑出图形骨架的初步造型，打底用的水泥纸筋的纸脚可以粗糙些，每堆一层要绕一层麻线或细铁丝，层层相依，使其基础扎实，可免豁裂、脱壳，延长其寿命。

细塑和压光工艺：用铁皮条形溜子（自制的堆塑工具）按图精细化加工，动作与力度需小心，切忌操之过急。水泥纸筋一定要捣碎到具有黏稠性和可塑性兼备才可使用。压实是工序中的关键，可用硬质（黄杨木或牛角）材料制作成条形工具，大小如大拇指，用此工具把植物、人物或动物等表面压实抹拭，直至抹出光泽。

安装工艺：在预留的洞穴标注出需要的标高，先砌底镶边，把粉好的堆塑窗芯安装在所定的位置，花窗要横平竖直，与墙面平行，然后砌双侧面镶边、顶面镶边。砌接材料以砼质材料（混凝土）封闭，待两者凝结后，与墙壁一起整体粉刷修饰。

近现代名人书法石刻艺术馆

一、李根源与他的朋友

如果把吴中的遗迹纪闻、名山佳水，看做是大自然的恩赐，悠久历史的象征，那么，吴中山野间漫山遍野的摩崖石刻，则是书法艺术的精华，正草隶篆，应有尽有，蔚为壮观。其代表作为穹窿山东麓的小王山，因李根源的守候，成就了一座中国近现代名人书法石刻艺术馆——小王山摩崖石刻。

民国期间的小王山，即使是吴中人，也弄不清在哪里。是何魔力，吸引了一大批硕学鸿儒，集聚在这僻壤之地？

谜底就是李根源。

李根源先生（1879—1965），是比吴县人更钟爱吴县的非吴县人。在吴县，他编纂过《吴郡西山访古记》、《吴县志》；担任过吴中保墓会会长，并创办小学、凿井筑路、绿化山岭；他为营救“七君子”而舍命奔走；抗日战争期间积极投入抗日救亡运动，并为“淞沪抗战”牺牲的七十八名烈士修筑了“英雄冢”……他特殊的人生阅历和特殊的身份，颇有传奇色彩，而他选择的归根之地，是吴县的小王山。

1927年，李根源的母亲阙太夫人因病去世。李根源在踏勘了上方山、越来溪、陆墓、光福蟠螭山、虎山桥等地后，最终选中了小王山。1928年3月，阙太夫人灵柩从上方山治平寺运抵小王山安葬。1965年，李根源先生的骨灰归葬于其母之墓侧。1980年，夫人马树兰骨灰与李根源合葬。1985年，在吴县县政府及相关部门的支持下，复建了阙茔村舍，并恢复李根源墓园。

物以类聚，人以群分。1927年到1936年间，社会名流往来于小王山的不计其数，有李根源的亲朋眷属，也有他的老师、同僚、学生。他们与李根源意气相投，志同道合，有共同语言和抱负，在此通过诗文推心置腹，互勉互慰，表达一种忧国忧民的爱国情思。正是这些文人志士的集聚，使得小王山声名不胫而走，南京、上海等地名流和文人纷纷慕名而来，挥毫抒情，激扬文字，留下众多题咏和墨迹。黎元洪、章太炎、章士钊、于右任、汤国梨、程潜、陈去病、李烈钧、陈衍、马相伯、叶恭绰、张默君、沈钧儒、张大千、蔡锷、吴兆麟、周瘦鹃、范烟桥等共有二百四十余人，留下了墨宝与诗词文章五百五十余幅(篇)。

李根源的老师孙光庭题记，“山之阴兮攒万松，高人哲士联翩从，巍哉不受大夫封！”刻在小隆中石壁上，开宗明义。

于右任所题“小隆中”三字，镶嵌于小隆中景区的大门。石壁上镌刻近代诗人邓邦述一首借景抒情的《松海铭》，可谓李根源与爱国志士们高尚情操的写照。

小隆中下有巨石如卧狮，石上刻有于右任草书“卧狮窝”，寒碧石处有草书“寒碧”。其下是听泉石上章太炎所书“听泉”篆书，往北的石亭上，章太炎题曰“听松亭”。“卧狮窝”西侧有一长满苔草的突兀石峰，陈衍题曰“吹绿峰”。

李根源把小王山对面的岳峙山涧泉水引过来，开辟了一个大池塘，池水倒映着满山松翠，国民党元老李烈钧题曰“灵池”，意为“水不在深，有龙则灵”。灵池下泉水泛涌，李根源就地筑一井，陈衍题为“西井”。梨园旁有条小溪，陈衍题曰“梨云涧”，涧水绕过梨园，向南涓流不息。

“松海”两字，系诗人陈衍由黄山“云海”引伸命名。除有陈衍、章太炎、于右任题书“松海”、“听松”外，还有描绘松海优美景色，借景抒情的《松海歌》、《松海吟》、《松海十景十吟》、《戊吟诗》等摩崖石刻。

走出桃园林往北数十步，有两块大石壁，其中一石为四丈见方、陷伏在山坳里的平坦岩石，刻有章太炎篆书《孝经·卿大夫章》，每个字一尺二寸见方，此乃小王山石刻之冠。章太炎的篆书素为世所推崇，因其对金石学造诣深厚，书写篆文，均有典章渊源可循，所作笔势舒展苍劲，书体古朴蕴藉。

李根源

与孝经台相距咫尺，又一块大石壁上刻着黎元洪写的“克绰永福”，离此稍下有原阙茔小学，周围有李根源的老师赵端礼所留遗墨“礼义廉耻”，苍劲有力。讨袁护国军总司令蔡锷书写的“书札四通”，作扇形刻石。画家张大千有正书“巢松”。此外还有周瘦鹃、范烟桥、章士钊、沈钧儒等人书写的墨迹数百条。

二、名贤字须名人刻

摩崖石刻，就是利用天然的石壁以刻文记事。

摩崖的石质材料是天然的，它与碑石的平滑光洁恰成鲜明对照，是一种宜远观欣赏，以雄壮书体为主的艺术类型。这是因为摩崖的石面坑洼不平，导致了摩崖石刻那种特定的凿刻抛弃了内敛的态势，而热衷于向四外扩张，保留了遒劲跌宕的风格特征。尤其是经千年雨雪风霜的侵蚀，与自然山石浑然一体。

吴县境内群山起伏，历代文人游历赏玩，为后人留下了大量的摩崖石刻。摩崖的分布，从虎丘山起，一直延伸到太湖洞庭西山，依次可分为十二个石刻群落。譬如，虎丘石刻、观山摩崖石刻、阳山北麓的大石山摩崖石刻、天池山石刻、花山石刻、穹窿山东麓小王山摩崖石刻、光福蟠螭山石刻、七子山回溪草堂遗址石刻、西山石公山石刻、西山林屋洞摩崖石刻等。其中以小王山摩崖石刻最为著名。

在吴县生活的十多年中，李根源经常带着秘书和石刻工人随行。他

小王山李根源墓

走到哪里，写到哪里，就由石刻工人刻到哪里，所以凡是李根源住过、走过的地方，大多有他的题字石刻。也正因为此，吴县才能保留下如此众多的题字石刻，成为诸多名山秀水的重要人文景观。

李根源的书法遒劲有力，在用笔上很讲究提按顿挫的起伏与律动，其字体方正，气度恢宏，行笔缓滞，富有厚重之力感；结体壮硕，又藏巧于拙，融魏碑、楷书、隶书为一体，配以肉丰骨劲的用笔，营造出了疏纵跌宕、遒伟沉着的意境，大有北魏、大唐的书风，具“老熊当道，百兽畏伏”之雄壮气派。

名人的墨宝固然价值无限，但若要刻于山川，则又是一项二度创作。小王山摩崖石刻能福泽后人，除了李根源先生，还离不开一位与之默契工匠的功劳——顾竹亭。

李根源十分爱惜友人的墨迹。为把宾客的题字刻在山崖上，他委托吴县名贤吴荫培寻找一名善于刻字的石工，吴荫培便推荐了顾竹亭。顾竹亭本来能写一手端正的楷书，而李根源写隶书，他就学李先生的隶书，达到了可以乱真的程度。当他在开凿时，也会如李先生书写时一样，把先生心中的意象转化为山川之灵气，把具体的纸质笔意再度创作为凝固的石刻，横画收笔凝重，折笔处重按，常呈方角，竖画短促而收敛，不常出锋，捺画、弯钩和踢钩出长锋……所以李根源先生的书法非顾竹亭不刻，因为两人知己知彼，已经不分彼此，即使先生有不如意的笔画，顾竹亭也会在凿刻时为他修正。

顾竹亭（1897—1963），吴县枫桥人，兄弟四人经营顾复兴石作坊，分别以梅、兰、竹、菊为

白发丹心图　马树兰绘

名，顾竹亭排行老三，但他专事摩崖石刻的技艺，在民国时期的苏州，可说排行第一。据民国年间石业同业工会的资料记载，当时普通工人“日工四角”，李根源给顾竹亭的工钱是七角。顾竹亭的镌刻作品大部分都与李根源先生相关，俩人相随十年之久，为诸多吴中名胜留下了点睛之作。

除了凿刻，另一个重要的工作是为书法文字寻找合适的载体。顾竹亭在创作摩崖石刻作品时，巧妙地利用了山体石质，或刻于悬崖峭壁，或刻于洞窟之内，或刻于瀑布溪涧，都需要反复斟酌，既要因势利刻，尽量避开风雪交加的直面侵蚀，还要注意与周围建筑布局、山色景物等相融，为山水秀色画龙点睛。

顾竹亭的刻字技艺堪称鬼斧神工，他的高妙处在于能将各种书体乃至变化无常的笔画镌刻于坚硬的岩石上而不失神韵。小王山石刻弥足珍贵，而首推松海十景之一的“孝经·卿大夫章”，这是章太炎先生所写篆文，有石鼓文笔意，字大二尺。顾竹亭凿刻数月，章先生去看过两次，初次看后即非常赏识，当场许愿给顾竹亭写一副对联。隔数日，章太炎再次上山看顾竹亭时，对联已经写就：“班氏功名诗投笔，鲁公碑志有传人”。联首嵌“鲁班”二字，是艺匠本色，而把顾竹亭比作为颜真卿刻碑志的匠人，评价可谓极高。

李根源比顾竹亭年长，视顾竹亭如同胞兄弟。顾竹亭去世后，李根源作“清风满怀朗月在抱，万虑皆息一尘不惊”挽联以为追思，赞誉顾竹亭的人品技艺。

小王山摩崖石刻之一

小王山摩崖石刻之二

三、家族的使命

可惜的是，书法名家与石雕名匠的天作之合，却被淹没了近半个世纪之久。特别是前几年，本已伤痕累累的小王山，又被人挖去泥土、石头做道渣铺路，半个山被掏空，遭劫难的石碑横七竖八一片，无情地蚕食着曾经如诗如画的“小隆中”。

幸存的二百余条石刻，湮没在草木之间，雪雨风霜侵蚀，字迹模糊难辨。1984年第二次全国文物普查启动后，文物、政协、博物馆等方面的专家来到小王山时，看到遍山藏在荒棘中的摩崖石刻，疾声呼吁，这“近现代名人书法石刻艺术馆”才得到政府部门关注。1985年6月由吴县政协文史委编辑出版了《吴县小王山摩崖石刻选编》，小王山石刻也掀起了第一轮发掘、整修高潮。1996年，小王山石刻被列为江苏省第四批省级文物保护单位，并明确归属穹窿山森林公园风景区管辖。事隔多年后，2009年9月，小王山景区恢复重建，这座书法艺术宝库才迎来了彻底的新生。当人们按文案记录寻找一处处摩崖石刻时，满山丛生的藤蔓和杂草中已难觅其踪迹，经过反复踏勘及清理，发现大部分石刻已风化，填色已剥落，须请经验丰富的雕刻工匠来修缮。经穹窿山风景管理处审核批准，同意穹窿山人许永良来主持摩崖石刻的修复工程。

对于这项工作，许永良总觉得是冥冥之中来自上苍的呼唤。因为许永良与李根源先生有着十分密切的关联。

李根源夫人马树兰之弟马树声，担任李根源的随身护卫。1927 年李根源葬母小王山，修建墓庐，守孝于此。夫妇俩看中了一位叫许金娥的吴县姑娘，便作媒嫁给了马树声。1937 年冬，日本侵略军突破淞沪防线，苏州岌岌可危。李根源夫妇暂时离开苏州回云南避乱，临走时嘱咐马树声，一定要守护好小王山，守护好李根源母亲的墓庐，以耕读养家，切不可外出经商。于是，马树声与许金娥信守诺言，终身履行着随身护卫的重任。在土地改革运动中，马树声被评为地主而挨斗，女儿马彩云因当时年龄尚小，侥幸躲过一劫。

1965 年李根源于北京病逝，有关部门遵他遗愿归葬于小王山，为此，马树声夫妇在次年特将阙茔村舍进行了修缮，岂知恰遇“文化大革命”爆发，修缮一新的阙茔村舍又一次遭到严重破坏，而前一次的破坏者是日本鬼子。“文革”期间，因李根源、马树声是国民党人，故而全家受到牵连而遭批斗，甚至家被查封，一家老小四次被驱出家门。1971 年许金娥在这场浩劫中痛苦离世，此时，已婚嫁定居上海的大女儿马彩云、女婿王根生，毅然迁徙回乡，无怨无悔地担起了义务护山的重任。王根生夫妇育有两双儿女。小女儿王福珠，嫁与了许永良，因此姻缘，许永良进入了李根源家族的血脉。

许永良，1970 年生于吴中穹窿山东麓，十七岁开始从事砚雕，自小对绘画等艺术感兴趣的他，能把生活中发现的题材，悟到的灵感，结合优秀的传统文化，精心挑选石材，采用线刻、浅浮雕、高浮雕、圆雕等技法表现出来。1988 年，他在钱家坞村蒋海明、钱炳仁等资深匠师的启发下，开始探索石壶雕刻，兼攻砚台，一时在当地颇有名气；后创建了“古风永良石雕工作室”，并以“以石寄情，以刀言志”作为自已雕刻艺术之路的座右铭。

由他的作品及技艺，很难界定他的艺术门类归属，无论砚刻、砖雕、石刻还是治印，他都很在行。他自己最看重的是“斫砚大师”，因为砚台是文人不可缺的文房器具。许永良因制砚接触到许多书画名家，几十年交往、交流，近朱者赤，使得许永良雕刻技艺愈臻完美，厚积薄发，作品越加圆通，捧在手中，润在心中。他只管耕耘，不问收获，先后获得了苏州市人民政府正式颁发的“苏州工艺美术大师”证书、江苏省人事厅颁发的“高级工艺美术师”职业资格证书。两证在握，名副其实，许永良也确是江苏省内为数不多的“制砚大师”。

尽管名家砚台的市场价值愈来愈高，当许永良得知由他去主持修复小王山石刻的消息时，立刻将利益得失都抛在了脑后。毕竟血浓于水，这份家族的使命，比任何金钱财富都更为珍贵。在夫人王福珠的鼎力相助下，他休工一年，修养身心，准备上山“闭关”修复碑刻。

正逢九月，烈日当空，山岩被晒得热浪阵阵，如火焰山一般。当许永良一行汗流浃背，按图找到石刻旧址，拨除杂草开始工作时，隐藏其间的蚊虫顿时围扑上来叮咬，而双手紧握凿刻工具的许永良完全无法招架。随着叮叮当当有节奏的凿石声，聚精会神的他，就忽略了周围环境的扰攘。从夏至秋，从冬到春，许永良与风吹日晒、冰天雪地为伴，在小王山度过了近三百天，几乎每天都是匍匐在摩崖石刻上。对于许永良来说，这既是对家族护墓使命的一次履职，也是作为艺术家向小王山石刻做一次朝圣之旅，意义非凡。

小王山石刻修复工程的收尾工作是填色，许永良认为字色忌艳，凡红、石绿、石青等色，都须注意历史的沧桑感。

当蔚为壮观的小王山石刻整修完毕时，穹窿山景区管委会修复的松海别墅、小隆中、湖山堂等也相继竣工，择期一起正式对外开放。沉睡了半个多世纪的“近现代名人书法石刻艺术馆”，终于重新展示在世人眼前。

字间的刀客

一、字间与时间

这个题目，用吴地方言来表，“字间”可说成“时间”。

人类自有文字以来，变的是文字载体，不变的是刻文字的刀客。在纸张与木刻印刷术之前，将文字或图形刻于竹、木、陶、石之上，是人类最原始的记录方式。随着“时间”的荏苒，“字间”的碑刻和摩崖石刻，成为了刀客的恒执的载体，以至在当代，仍然是“字间”的经典。

碑刻和摩崖石刻，同属平面浅刻，但功能及风格迥异。碑刻有“刻本”的史记功能，主要集中于园林寺院，以工整精致为美；摩崖石刻有“点睛”的装饰功能，主要集中于山野，以气势磅礴为美。前者偏倚人文，后者偏倚自然。

苏州古城格局始终如一，为目前中国惟一仅存的“活态古城”。但是，苏州建筑要对应二千五百年的历史，是难以为继的，而这些建筑的曾经又不能凭空杜撰，幸好，我们有了来自宋代的碑刻《平江图》，把古城的来龙去脉刻画得一清二楚。

如果说历史是横的，文化是纵，那么，碑刻《平江图》可说是苏州这座城市横纵坐标轴上的原点。

《平江图》碑现藏于苏州碑刻博物馆（苏州文庙）。1961年，此碑和存于苏州文庙的其他宋代碑刻被定为全国重点文物保护单位。现在，抚摸“平江图”碑，即便是时过境迁，我们似乎仍能接触到南宋苏州郡守李寿朋和民国学者王謇留在“平江图”碑上的气息。

南宋绍定二年（1229），苏州郡守李寿朋与同僚们相约绕城踏春。途中，李寿朋说了一些为官一任造福一方之类的开场白，就切入了正题，这一个正题就是，画一幅苏州地图。

李寿朋的提议，得到了同僚们一致认同。立刻，踏春变成了大家对城市布局的测评及观察，经多日测绘，街市的排列，水道的走向，主要建筑物的分布，都一览无余地绘制在一张图纸上；然后，图纸被惟妙惟肖地影刻在一块大石头上，于是，碑刻《平江图》诞生了。

经历元、明、清近七百年的时间,《平江图》碑始终是沉寂的,直到民国年间,吴县人王謇重新发现《平江图》碑,让我们走进这座历史文化名城时,有了一份指南。

王謇(1888—1969),字佩诤,号瓠庐,吴县人,近现代著名学者、版本目录家和专古学家,同时也是藏书家和书法家。

1931年,《吴县志》总纂吴荫培去世,李根源继任总纂,便邀王謇任修志局委员会委员,助纂“金石卷”。从此,精熟吴中文献掌故的王謇,踏遍了吴中大地,在全方位勘探考察吴地碑刻的同时,他还与李根源一起,参加了“吴中保墓会”的活动,制止了乱掘乱盗古墓葬的行为,保护了大批地面、地下文物。对于已流失的各类可移动文物,他就倾囊回购,用来补充文史中的遗漏。灵岩山脚下的韩蕲王巨碑遭疾风刮倒,断成几块,就是王謇等人闻讯后组织人力把断碑运至可园妥善保管;该碑后由灵岩山寺僧运回,补缀后重新矗立。据今人甘兰经《王佩诤先生事略》载:“他常常乘坐小船,随身带了笔墨毡子,遍访城内外,徘徊于废桥荒寺之间。遇到新见的碑碣,就铺展毡子,解开衣衫盘坐抄录。这引起群众的围观,觉得他的行动古怪可笑,也有人叽叽喳喳地说他‘痴’。”终于,痴人王謇搜集到大量未经前人著录的金石文字,辑成《吴中金石记》一书。

在助纂“金石卷”工作期间,一个偶然的机会,王謇先生在苏州文庙内发现了无人问津的宋代石刻《平江图》碑,喜出望外。清理干净后,他终日蹲在地上对照图碑逐字逐句抄录,无奈因年代久远,字迹和图形均模糊不清。王謇就向老乡叶德辉求援,叶德辉是吴县东山人,东山那时聚集着不少刻碑高手,经过这些没有留下姓名的刻工小心翼翼地补刻,终于还原了宋时的《平江图》。

该石碑高二点七九米,宽一点四一五米,碑上《平江图》边框高二点零三米,宽一点

王謇

三九米；图上方正中有碑额“平江图”三字，四边分题东、西、南、北四字，以北为上。从图中可见，宋时平江有外城、子城两重城墙。外城呈南北长的矩形，城内外均有壕，北、南、西三面各一城门，东面二门。各门均水门、陆门并列，除南门外均无城楼。各城门均不相对，无穿城直街。街道均取南北或东西正方向，呈丁字或十字相交。北半部为居住区，取街南北向与巷东西向的布置。街巷多与河并行，组成水陆交通网。街之河多居中，路在两旁；巷之河在南，路在河北，故住宅多面街背河。城的南半部官署、学校、寺观较多。全城共有三百五十七座桥，六十五座跨街而建的牌坊。子城在城内中部，内为府衙，仅南、西两面有城门。南门以内中轴线上建府衙，前设厅，后为王字形平面的宅堂。两侧为府属各厅。

王謇先生这一发现，为他完成《宋平江城坊考》积累了翔实的资料。他在书中说：“建炎兵燹，胡骑戎马，驰突相乘，逐居游牧之风所致，以焚掠残毁为天性，吴中坊市悉夷为平地。”南宋建炎四年（1130）二月，金兀术率兵北撤途中攻入平江，纵火延烧，苏州在旦夕之间沦为废墟。在此后一个世纪中，经过两次较大规模的修治，才逐渐恢复昔日风貌。据他考证《平江图》碑的刻绘年代是绍定二年（1229），为知府李寿朋主持坊市重建竣工后所制。1925年，王謇自费出版了他的传世之作《宋平江城坊考》，该书对苏州古城内的各条街巷、里坊、桥梁的称谓、方位、沿革及名胜古迹等，均加以考证。对城外诸山、城门、寺观，对吴中氏族、风物和坊市也详加考证：“务使语不离宗，证据确凿，无一语无来历，无一字之杜

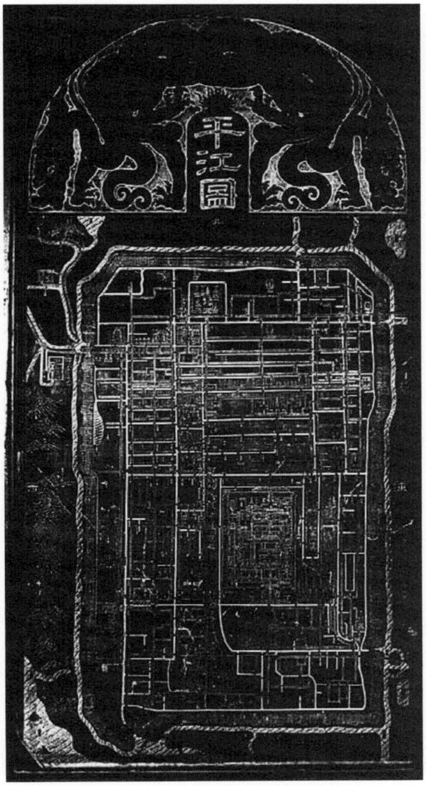

《平江图》碑

撰而安。”1933 年，王謇把《平江图》碑上文字和图作一一详加考证的结论，都编入了民国《吴县志》。1958 年，因南京工学院与上海同济大学决定以此书作为中国建筑史“第一参考书”，王謇先生又予修订，增补十万余字。

王謇先生用了七年的时间，依图踏勘了每条街巷，使近七百年无人知晓的宋代“平江图”碑名扬全国，成为举世罕见的瑰宝；1961 年国务院公布其为全国重点文物保护单位。1984 年春，在征得王謇后人同意后，苏州市地方志办公室以清稿本为底本，参校其他三本，在苏州建城二千五百周年的 1986 年，由江苏古籍出版社出版了《宋平江城坊考》。全书洋洋三十二万余字，分为卷首、卷一至卷五，以及附录多篇，卷首还有著名园林建筑学家陈从周教授写的序言：“先生所著《宋平江城坊考》成必阅之书，以余所知《平江图》之著名于今世者，先生之功不可没也，既发现是碑于苏州府文庙，复深加考订，定为南宋绍定二年所刻，发前人所未及，其为我国文化所作贡献可见。”又说：“奈何数典忘祖，时人但知《平江图》之可宝，而忘先生是著之可贵，饮水思源，徒兴感概。”

苏州因为有了李寿朋，才有了《平江图》碑的前世；苏州因为有了《宋平江城坊考》这部巨著，才有了《平江图》碑的今生。

二、石头上的书画叫书条石

碑刻作为史料文献，也称为石书，在苏州称为书条石。

书条石，是吴地工匠在运用山水、建筑、花木三大要素构筑园林之后的再一次创举。

书条石虽为石书，却与纸书一样，都珍藏于主人家内。书条石介入粉墙素壁，并非各自孤立地存在于园林空间，而是与园林彼此照应，彼此依托，相辅相成，从而构成了一

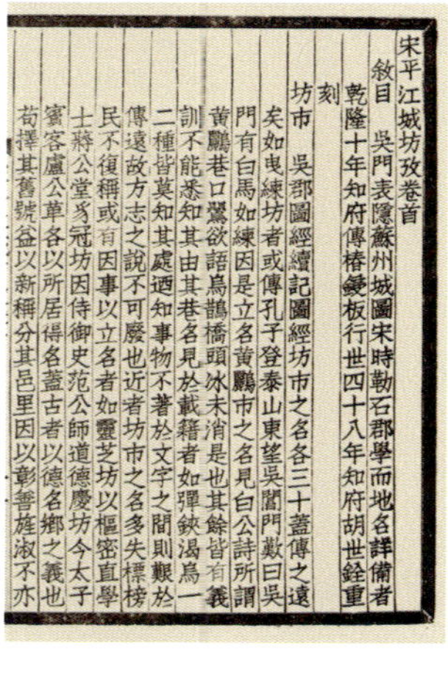
宋平江城坊攷卷首
敘目　吳門表隱蘇州城圖宋時勒石郡學而地名詳備者
乾隆十年知府傅椿鋟板行世四十八年知府胡世銓重
刻
坊市　吳郡圖經續記圖經坊市之名各三十蓋傳之遠
矣如更練坊者或傳孔子登泰山東望吳閶門歎曰吳
門有白馬如練因是立名黃鸝市之名見白公詩所謂
黃鸝巷口鶯欲語烏鵲橋頭冰未消是也其餘皆有義
訓不能悉知其由其巷名見於載籍者如彈鋏渴烏一
二種皆莫知其處迺知事物不著於文字之間則艱於
傳遠故方志之說不可廢也近者坊市之名多失標榜
民不復稱或有因事以立名者如靈芝坊以樞密直學
士蔣公堂為冠坊因侍御史范公師道德慶坊今太子
賓客盧公革各以所居得名蓋古者以德名鄉之義也
苟擇其舊號益以新稱分其邑里因以彰善旌淑不亦

《宋平江城坊考》书影

种完美的古典园林艺术空间。而同时，书条石又以其独特的存在方式和外部特征，以独立的书画形式，任凭风吹雨淋，笔墨韵味依旧。从某种角度而言，苏州园林甲天下，书条石功不可没。

园林在苏州，原是私家住宅，大多由文人建造，也称文人园。这些能属文赋诗、工书善画、通晓音律、具有深厚传统文化底蕴的人物。，与吴地文化两相契合，也多与书画结有不解之缘。于是乎，园林长长的廊壁间，就成了书条石最好的去处，成了园主收藏、阅读与观赏的另一种书房。

营造园林的文人，总会从自己收藏的名人字画中，优选出一流的传世精品，作为书条石的素材；然后就是物色刻碑的匠师，选取合适的石材。

接下来便是碑刻工匠的事了。

书条石虽属碑刻门类，但其成形的关键并不在于凿刻，而在于如何百分之百地再现原作，做到拷贝不走样，这就是摹的本事。摹有两种方式，其一为"书丹上石"，书丹，是由书家直接在石头上写字以待镌刻。丹就是朱砂，写在光滑的石面有如毛笔书于宣纸的感觉，既流畅，又微带顿挫，有笔墨的韵味。此外，碑石一般是灰色或青色，朱砂痕迹明显，便于下刀。其二为"摹勒上石"，就是将图文描在纸上，再在纸背以朱砂依样勾勒图文的轮廓（称为双勾），然后覆于备刻的石面，以纸数层叠放于摹纸上，用石均匀研磨，使双勾朱砂粘于石面上，就可按形雕刻了。"摹勒上石"虽繁琐，但可保留书画原作，而碑刻工匠描绘勾勒的过程，恰好增加了对书画的了解，为下一步雕刻，作了最佳的准备。

在刻石、拓碑、调整之后，书条石碑刻工序就最后完成了。但书条石的使命才刚刚开始。

书条石只有在履行了其使命后，才能拥有碑刻的历史文化价值，碑拓就是其履行使命的结果。

碑拓，也称拓片，是指从碑刻原物直接以纸质翻印、大小和形状与原物相同的一种特殊印刷品。这种拓片，虽说都是从原碑上拓出，但它不同于普通的雕版印刷，几乎没有一张是完全相同的，所以也是一种再创造。它在传播和弘扬民族文化上的作用不可低估，中国古代文字和书法艺术能流传到现在，拓片是最重要的载体之一。

拓片技艺不仅细致、艰苦，同时又是一项艺术性极强的创造性劳动，既需要锻炼一双灵巧的手，又需要培养一双善于发现美的有鉴赏力的眼睛，还需要有极好的感觉，如上好宣纸后须等风干到什么程度上墨，就得自身的感觉去掌握。

碑刻与碑拓技艺传承，主要以传统的师傅带徒弟的形式，但这种言传身教的方式，似乎于书条石制作技艺作用不大。因为好作品的背后，是需要深厚的文化底蕴和艺术内涵来支撑的。所以，苏州没有职业的碑刻家，只有博学的雕刻家，他们大多数是吴县人，平时以刻石、雕砖以及金石为生，虽不在碑刻的传承谱系，但偶尔客串一下，其作品同样令人叹服。

例如东山镇的潘志慎，1958 年生，系雕刻世家潘氏的第四代传人。他的曾祖父潘云茂，拜香山工匠为师，从事砖雕石刻工艺，曾开办潘盛记石作；传至祖父潘惠峰时，潘盛记石作达到鼎盛，拥有能工巧匠近百人，具备承办大工程的能力，享誉江、浙、沪，后传至父亲潘学谦。1949 年后，潘盛记石作由于种种原因而中落，潘志慎从小领略的，已尽是落难的苦涩。产业可摧，但技艺可传，这也是传承潘家祖业的一种方式。穷人的孩子早当家，潘志慎从小就想帮大人分担生活的重担，读书的假期就随父亲学艺，十三岁上，他随父亲从事砖雕石刻，出手的活就很像样了。那时他主要是做小工，给父亲打下手，父亲也悉心教他，将自己的真材实学都传授给了潘志慎。父子俩在熬过种种艰难之后，终于苦尽甘来，现在，潘志慎已是一位知名的碑刻家，2007 年被评为第二届苏州市民间工艺家，2012 年被评为吴中区第一批非物质文化遗产代表性传承人，2012 年又被评为苏州市第三批非物质文化遗产代表性传承人。

再如穹窿山风景区的许永良，光福镇的钱建春，木渎镇的吴寿云、吴福云兄弟等，都是知名的石雕匠师，同时也是碑刻的好手。尤其是藏书镇的制砚大家蔡金兴，平时制砚，也刻得一手好砚铭，曾受邀碑刻中国著名书法家高二适先生的作品。

碑刻的票友很多，但专事碑刻的，目前惟有木渎镇的戈春男。他是集碑刻、碑拓两技，同时列入苏州碑刻技术传承人名录的人。

东晋太宁三年（325）张镇墓志　甪直张陵山出土

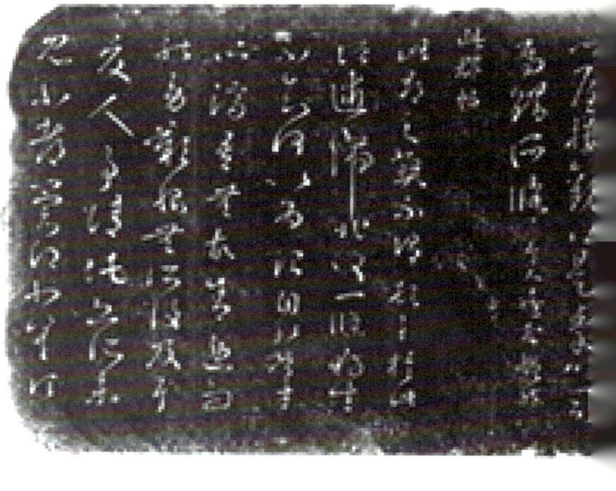

三、春暖在灵岩山麓

书条石在苏州园林，数量众多，内容丰富，不仅提供人们艺术欣赏，而且在保存和传播文化遗产方面具重要价值，但即使留下了碑刻艺人的署名，也很少有史料记述他们的生平事迹。如明代《停云馆法帖》的摹刻者章藻、《留园丛帖》的摹刻者董汉策等，相信他们一定是当时享有盛名的工匠，但他们的生平依然是空白。因此，我们只能从近现代留下记录较多的苏州碑刻名家入手，来探究其传承脉络。

清代晚期，苏州民间开始出现碑刻作坊，这一时期称得上高手的当属寿石斋的周梅谷。他的徒弟钱荣初得其真传，专工碑刻，技艺出类拔萃。1926 年，他随吴县香山帮等一批碑刻艺人一起赴宁，承制南京中山陵碑刻工程，由此崭露头角，得到同行们一致推崇，成为苏州碑刻业的代表人物。从南京返苏以后，钱荣初在朋友的帮助下，自立门户开设了一家碑帖印章作坊，取名贞石斋，成为苏州城区碑刻业的著名商号。

1950 年代，贞石斋等大部分手工业艺人都被并入合作联社，成立了艺石斋。改革开放以后企业改制，大部分回归民间，成为一个个民间碑刻作坊，他们充分发挥其技艺和资金的优势，很快脱颖而出，现已成为苏州碑刻工艺的新生力量。吴中木渎的戈氏碑刻艺术工作室和戈春男，就是当代碑刻界的重点企业和领军人物。

戈春男，1956 年出生于木渎，父母都是金山石矿的开山石工，戈春男从小就对打凿石头的基本技法无师自通。“文革”结束后恢复高考，戈春男幸运地被江苏师范学院（现苏州大学）录取，成为山里走出的第一位大学生，毕业后分配在木渎第二高中，为人师表当起了一名数学老师，同时，也兼上美术课。因为他学过书法，星期天闲来无事，就帮附近公墓写写墓碑，高兴时还帮着刻上几笔。1985 年底，他协助伯父周连生与来自京

留园二王法帖拓片

城的老技工，共同完成了许世友将军墓碑“将军碑”的镌刻。接着，戈春男又承接了寒山寺弘法堂的碑文镌刻任务。值得庆幸的是，在那次工作中，戈春男结识了苏州碑刻博物馆的碑刻大师时忠德，并拜时先生为师。1991年，他毅然停薪留职，由一名老师转型为工匠，走上了苏州碑刻技艺的传承之路。

从此，戈春男成为了苏州碑刻技艺，自吴昌硕起，传周梅谷、传钱荣初、传时忠德、至戈春男，一脉沿袭相承的新一代传人。

戈春男的作坊很乱，只有刻书条石的车间秩序井然。推门而入，窗户都拉上了帘幕，案桌前都置有一盏台灯，聚光也聚神，戈春男放下手中的法帖，右手持拍子，左手驭錾，叮叮当当，在墨黑的、冰冷的石板上耕耘，线条的语言、计黑当白的意识，在字里行间彰显着他的信仰追求。是什么魔力让他放弃舒适的学校生活，躲进山坞里弄石头？因为，刻经书、刻法帖、刻名画，现在都没人干了，甚至连书条石这个了不起的名字都被遗忘了，那么，传承是我的使命，舍我其谁？

传承，使戈春男走上了一条孤独的道路。他把形而下的材质，在一拍一錾之间，赋予形而上的灵魂观念。这一走，便是三十年，他常笑谈：自己三十年，只刻了几部法帖、经书而已。在我们看来，这句简单话语的背后，是一种敬畏、一种虔诚，也是一种可以开辟自己天地的大家所独有的特质。

晋入苏州碑刻传承谱系后，变的是名衔，不变的是碑刻工匠的职业。近年，戈春男对书条石倾注了更大的关注。经过无数次读帖、临摹和镌刻实践，他掌握了笔法和画技在刀尖上的体现，以刀代笔，通过变化多端的方向和力度，在石面上“书画”出笔墨的皴法、褶皱、顿挫。他的代表作有虎丘头山门碑廊，狮子林倪瓒《狮子林图》长卷，苏

戈春男

寒山寺诗碑　戈氏艺术雕刻制作室制

州府学碑廊，苏州寒山寺诗碑，上海嘉定陆俨少纪念馆碑廊，日本北海道北鸥碑林，苏州胥门御码头康熙、乾隆御碑修复，台湾树林海明寺悟明长老纪念碑及佛台制作，苏州吴江孔庙《论语》碑廊等，在中华大地上，留下了一处又一处的佳作。

从 1980 年代至今，三十余年的时间里，于戈春男来说，一直隐居在山里，除了技艺精湛之外，余下就是全力培育一个团队。说戈春男的团队目前在苏州规模大、技术硬、

弘一法师绘罗汉像　戈红伟制

作品精,已无人可以替代。但这些不是荣耀,相反是碑刻行业历史上的悲哀。为此戈春男自嘲说,不是春男有才,而是有才的都不愿干了。此话一针见血,面对当下的逐利世界,能够为“非遗”去付出如此的心血,守望手艺几十年,这个行为本身,就已然包含了戈春男作为一位艺术家的全部信念、情怀和态度,同时,这更是一种奢侈。因为几十年与书条石的约会,也是与历代名贤灵魂若隐若现的面对面。

2013 年 6 月 13 日,戈春男应邀为酒泉卫星发射基地镌刻了“中国梦”的巨碑,其拓片搭载“神丹十号”载人航天飞船,载着中国的梦想,以及他的传承梦,直插苍穹。

从专诸巷到南书房

一、专诸巷的制砚佳话

苏州城内有条古老的巷子，距阊门仅十米，南至石塔头，拐个弯就是金门（新阊门），这就是有名的专诸巷（又名穿珠巷）。

二千五百年前的历史故事“专诸刺王僚”，在《史记·刺客列传》里有详细描述。后人为了纪念专诸，把专诸墓所在的巷子叫作专诸巷。

专诸巷不仅是一条有着千古传奇的小街巷，也是苏州琢玉业曾经盛行的福地。凭藉这块福地，苏州以玉雕为龙头，衍繁出了一批以“苏意”著称的雕刻门类，其中就有砚雕。

砚雕，是苏州雕刻中一个特别的文化品牌。

明代中期，苏州出现了“吴门画派”，以沈周、文徵明、唐寅、仇英为代表的画家开创了有别于“院体画”的苏州文人画。文人们都热衷于经营自己的书斋，文房四宝中的砚台被空前宠爱。经文人谋划设计的砚台被赋予了画意诗情，文气浓郁；制砚工匠不但技艺精湛，且受文人风范影响，独运匠心，因材施艺，略施雕琢，真正做到为砚石锦上添花。苏州的砚雕，也就成了中国文房雅玩的上品。

清代康熙年间，专诸巷里居住着一户以制砚为业的人家，每天店铺前门庭若市，许多文人在此相约聚会，请求一位女工匠琢制砚台，这位女工匠就是闻名遐迩的制砚名家——顾二娘。

据清吴县人钱思远撰《吴门补乘》记载，顾二娘本姓邹，苏州人，顾姓是她的夫家姓，又名顾亲娘。她的公公顾圣之，字德麟，号顾道人，清初吴县人，居专诸巷，为当时琢砚名家。《江苏通志》中也有关于顾二娘善制砚，“独擅其艺者二十余年”的记载。徐珂《清稗类钞·工艺类》有“顾二娘制砚”一条，记载最详：“顺、康间，吴门有顾德麟号顾道人者，工琢砚，果出其手，端溪、龙尾之精工镌凿者固不待言，即巉村常石，随意镂刻，亦必有致，自然古雅，名重于世。德麟死，艺传于子。子不寿，媳邹氏袭其业，俗称顾二娘，又名顾亲娘者是也。”徐珂还说到乾隆末年杭州何春巢（承燕）“于金陵市上得一砚，背镌

顾二娘嵝村石砚

刘慈一绝云 :‘一寸干将切紫泥,专诸门巷日初西。如何轧轧鸣机手,割遍端州十里溪。’跋曰‘吴门顾二娘为制斯砚,赠之以诗’。”

顾二娘心灵手巧,自嫁入顾家后,耳濡目染,客观上对她的影响很大。同时明清时苏州地区工艺美术蓬勃发展,名家辈出,砚雕与书画、玉雕、砖雕及邻近的金陵竹刻和嘉定竹刻等彼此借鉴和渗透,无疑在顾二娘成长的道路上起到了相当大的作用。在主观上制砚本是养家糊口之技,成为顾氏家族制砚掌门人后,她刻苦钻研,很快掌握了制砚技艺,并且青出于蓝而胜于蓝,形成了自己的风格,扬名砚界。

顾二娘有大家风范,制砚挑剔,不是好石不肯奏刀。她用过的砚石只两种,一是广东端石,另一种便是苏州地产的山石 :灵岩山的嵝村石。

因为治砚技艺高妙,顾二娘与文人有着广泛的交往,这对她的艺术素质的提高也有很大的帮助。当时,书画家都以能获得顾二娘制作的砚台为荣。书画家黄任嗜砚成癖,罢官回老家时将仅有的二千两银子买了十方古砚,并盖了座房子珍藏,取名十砚轩,并自号十砚老人。后打听到苏州有位制砚高手顾二娘,便千里迢迢携所藏砚石料赶到苏州,顾二娘见十砚老人这样诚心,石料也的确是块好料,就高兴地为他制琢了一方精美的砚台。从此,两人结下了很深的交情。后来,顾二娘又为十砚老人琢制多方名砚。顾二娘死后，书画家们纷纷作诗凭吊纪念。十砚老人诗云："古款微凹积墨香，纤纤女手为干将；谁倾几滴梨花雨，一洒泉台顾二娘。"文学家陈星斋亦作诗云："淡淡梨花黯黯香，芳名谁遣勒词扬？明珠七字端溪史，乐府千秋顾二娘"。

黄任对顾二娘的制砚技艺崇拜得五体投地，徐康所著《前尘梦隐录》卷上记载了黄任对顾二娘技艺的高度评价："能以纤足踹机轴之绳，即知石之美恶，古人有履豨之伎，同于庖丁解牛，真神乎技矣。"相传顾二娘以鞋尖点石，即能辨识砚石之优劣，因而人们又称她为"顾小足"。

二、藏在南书房的嶳村石砚

若干年后，专诸巷的制砚中心转移至吴中藏书一带，依然在砚雕艺术家手里薪火相传，并被列为江苏省非物质文化遗产。

吴县藏书出产的嶳村石，俗称澄泥石，从古延续到今。嶳村坐落在灵岩山之西、焦山脚下，历史上以雕凿山石闻名。因"嶳"字读音 huò，与吴地方言"挖"同音，当地人又以开山挖砚石坯为生，便把"嶳村"读成了"挖村"。嶳村现属吴中区木渎镇管辖，在村里只要提及嶳村石，人们的脸上还是绽放出一脸自傲，大家知道这里祖先觅到的嶳村石，曾是皇帝、士大夫，书画家的最爱。

嶳村，这个在数据库里查找不到、地图又不标识的地方，曾经以制砚闻名，并载入了中国历史上第一部国家权威机构纂编的砚书《西清砚谱》。

由于清初几代皇帝均爱好砚台，日积月累收藏愈多，鉴赏颇为不便。清高宗在《西清砚谱序》中说："内府砚颇夥，或传自胜朝，或弆自国初，如晋玉兰堂砚，壁水暖砚，久

嶳村门牌

陈之乾清宫东西暖阁，因思物繁地博，散置多年，不有以荟综粹记，或致遗佚失传，为可惜也……”乾隆四十三年（1778），大学士于敏中奉旨开始了《西清砚谱》的纂修工程，将内府所存贮的藏砚通览一遍，反复比较，从三百余方中精选二百方，附录四十方，绘图注文，编成一书，其中就收录有巙村古砚五方。

清代《西清砚谱》之后，台北故宫博物院也编纂过台湾版“西清砚谱”。此书正谱、附录共收入藏于台北故宫博物院的九十五方古砚，巙村砚也再次列入其中。由此可见，巙村石砚在中国砚史上的显赫地位。

三、巙村石砚与澄泥砚

澄泥砚，与端砚、歙砚、洮河砚并称为四大名砚。作为中国名砚之一的澄泥砚，尽管在文献中频频出现，但我们能见到的古代物证实在稀少，偶而露脸的，又大多实为被指鹿为马的“巙村石砚”。日本的《砚台》、《百年砚谱》以及《东京精华砚谱》等书中均说，“澄泥砚”产于吴县，“巙村石砚”不是澄泥砚，而胜于澄泥砚，并被认为是中国最美的石砚。

澄泥砚始于汉代，延续到隋唐时期，陶砚发展到顶峰。从唐代开始，端砚、歙砚等石砚地位逐渐上升。宋代是砚台发展的重要转折期，各地石材纷纷开采利用（米芾记载有几十种），澄泥工艺逐渐被冷落。宋人苏易简《文房四谱》记录了澄泥砚复杂的烧制流程，却成了澄泥砚最后辉煌的回光返照。到了清代，澄泥砚的制作工艺已失传。

让人意想不到的是，三百年后，因为吴中砚雕艺人的创造，“澄泥砚”的名称在江南复苏了，模糊的“澄泥石砚”之名，甚至覆盖了“巙村石砚”的声名。

《钦定西清砚谱》书影

澄泥砚与“澄泥石砚”两者间的鉴别，除了陶与石的密度肉眼难以判断外，在其色泽和肌理上，肉眼仍是可以判断的。即便不具备专业知识，但只要看看澄泥砚的外观描述，就可洞察出真伪。例如，澄泥砚的名品特征有：

鳝鱼黄：颜色为黄色或者暗黄色；

蟹壳青：颜色似蟹壳，有青黑色和灰黑色两种；

绿豆沙：为深绿色或黄色并带有细小斑点；

朱砂红：有鲜红色、红黄色、红青色和红褐色四种；

玫瑰紫：即与玫瑰相近的暗紫色，日本人称为“虾头红”；

此外还有鱼肚白，为红白色；豆瓣沙，即黄色并带有大斑点。

其实澄泥砚的色彩，大多为灰白色，亦有红色，但不典型。鳝鱼黄、虾头红、蟹壳青等名称加之于澄泥砚，其实是对吴地文化的抄袭。

而被误称为“澄泥石砚”的“巙村石砚”，无论是工艺还是材质，都比大多数澄泥砚漂亮。但不可否认，将石制看成泥造，一方面是因为澄泥砚的泯灭，人们对已逝历史的

《西清砚谱古砚特展》书影　台北版

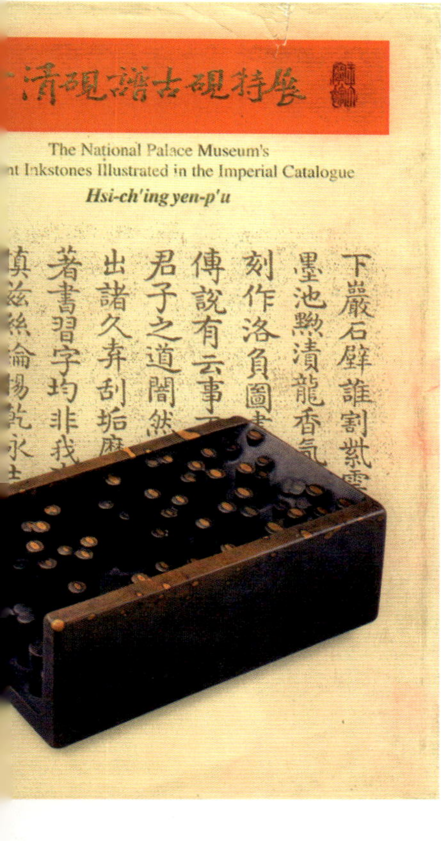

《百华砚谱》书影　日本文真堂版

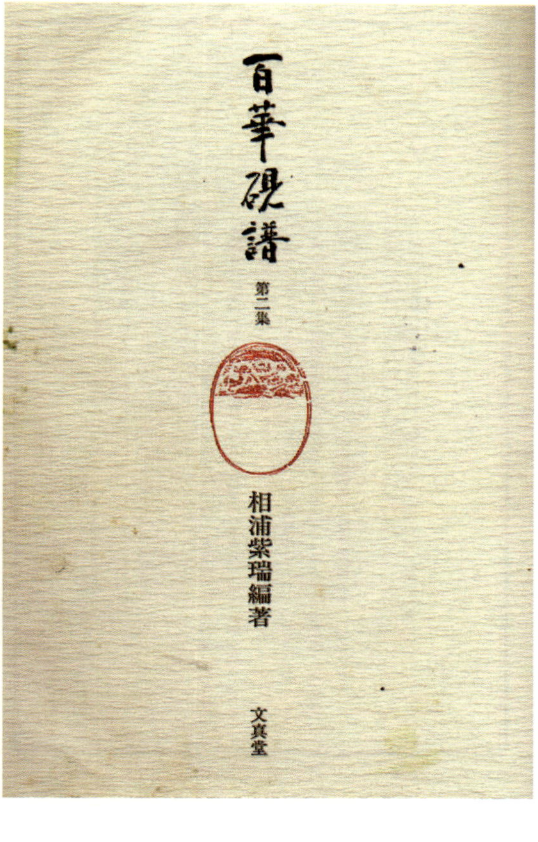

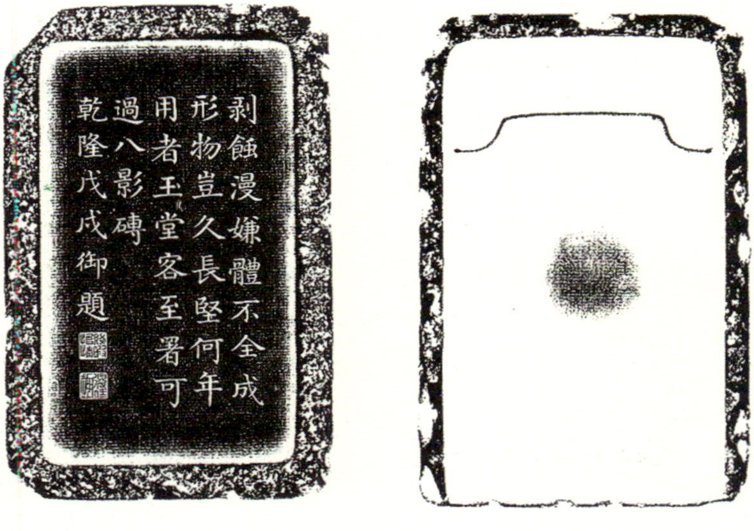

宋巙村石玉堂砚　台北故宫博物院藏

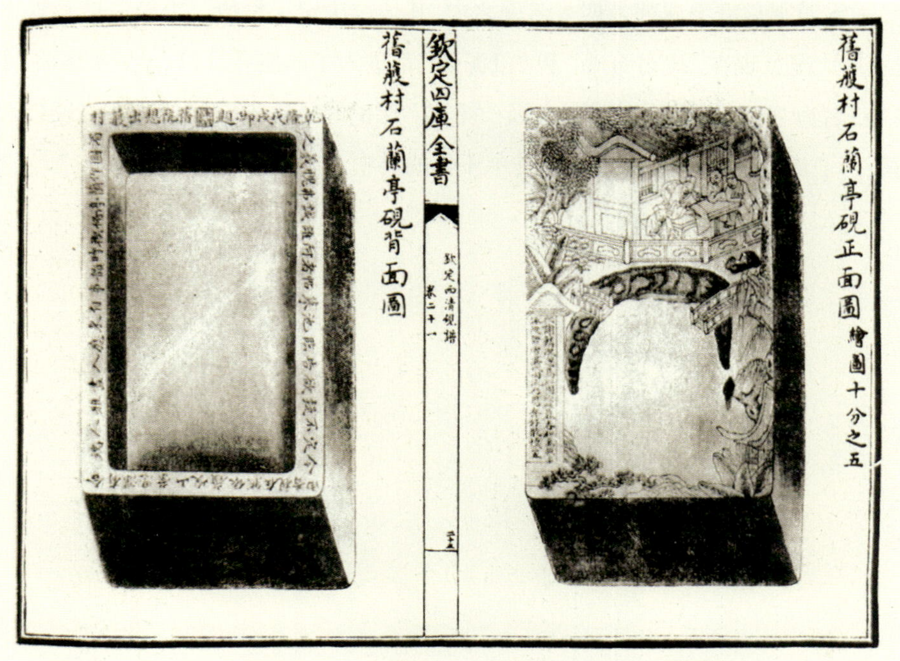

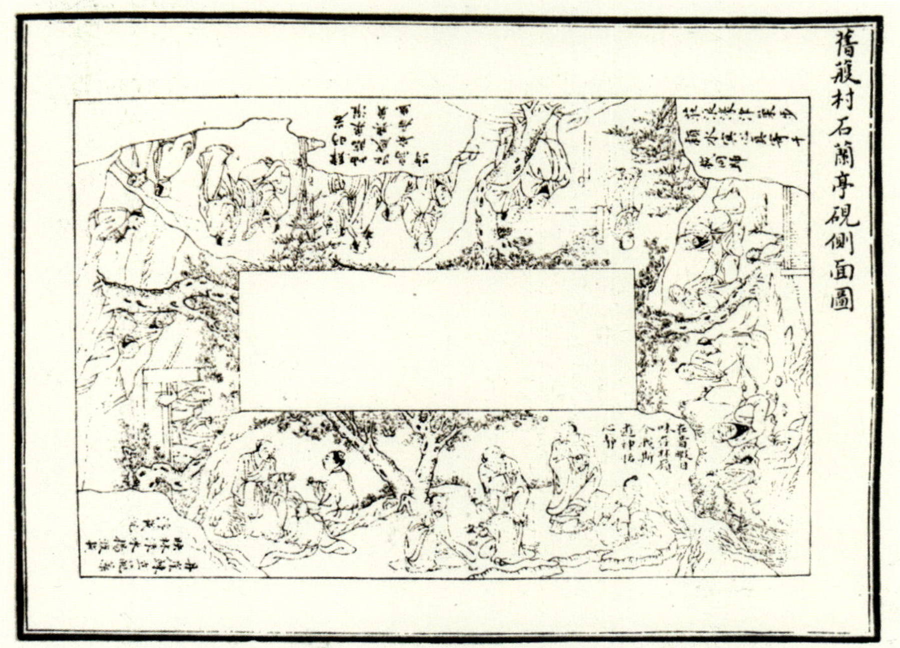

蠖村石兰亭砚 《钦定西清砚谱》

怀念；一方面则是澄泥砚列入四大名砚之中，其地位决定了价值。黑猫白猫不重要，只要能发展。况且现在“巙村石砚”和“澄泥砚”都进入了非遗名录，对于吴中区将“澄泥石砚”正名为“巙村石砚”的提议，也因“‘非遗’保护的是技艺，不关名称”之说被否决，因而硬伤了从唐至今“巙村石砚”这传承千年的吴中工艺老字号。

在藏书的地方斫砚

一、"如负薪"与"藏书"

清乾隆三年(1738),五十六岁的高凤翰应苏州藩台徐雨峰之邀,来到苏州。

这位继承了苏东坡、米芾癖好的高凤翰,此时被风痹症摧残,右手已残废。但这位痴人,仍放不下"物聚于所好",痴痴地恋着他的近千只藏砚。

爱到痴了,光藏是不够的,于是,他以左手来为砚台撰铭文、刻铭文,甚至制砚。例如:"大瓠"是他为一件造型抽象砚台的命名,"破尔拘墟,可游太虚,何忧乎瓠落之区区"。砚台一旦被赋予了庄子精神,便有了哲思而生机勃勃。这样还不够,高凤翰还将收藏的砚和砚铭,做成拓片装裱起来,汇编成《砚史例》,而且以天马行空的思维,仿司马迁《史记》本纪、世家、列传的体例来编排这些砚台。乾隆十四年(1749),贫病交加的高凤翰走过了他六十七岁的人生。令他意想不到的是,他死后会有两位铁杆粉丝,一位叫王相,一位叫王子若,他们与逝去的砚痴,"两生一死三痴子",以其对文化的执着和痴情,共同谱写了中国文化史上感人的一幕,完成了中国砚文化历史上的重要著作《砚史》。

翻开《砚史》,我们看到的不仅是收藏,还能看到一个艺术家的人生、思想和情感。

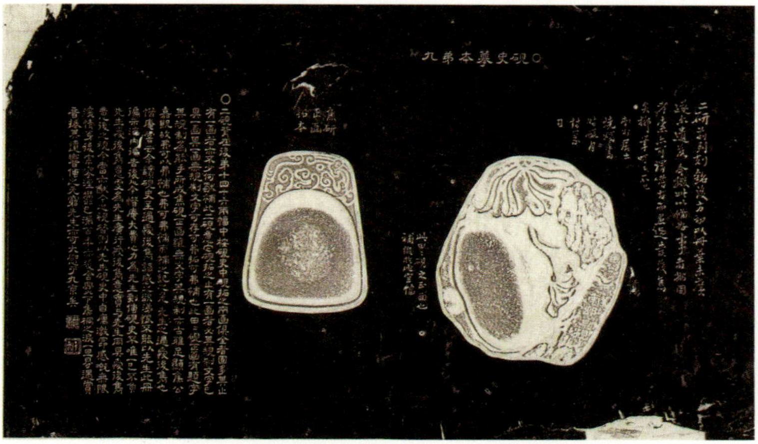

高凤翰《砚史》书影

朱买臣读书台

这绝非史学家的严谨编史，而是为了传递人间美好的情愫及朋友间“瞑目矣”式的嘱托，以至可以舍生取义。若没有这一桩浩繁的工程，高凤翰、王子若、王相或许能够健康长寿些，生活或许风平浪静，但不会在中国艺术史上留下这段传奇。

中国艺术史，正是由于这些“痴子”的存在而延续。一个个醉心其间来圆满他们的人生梦境，其意义早已超出他们的作品本身。如今，在一个叫藏书的地方，也有一位

负薪读书　选自《马骀画宝》

砚痴。

藏书是书故乡，因汉人朱买臣爱读书并由一介村夫成为会稽太守的典故，而使“藏书”这一带有书香的词在“穹窿福地”永驻。

藏书历史文化积淀深厚，从乌龟墩遗址考古中发现的泥质红陶罐和夹沙红陶釜等陶片表明，在五千多年前的新石器时期，先民们已在这里劳动、生息、繁衍。而在藏书发现的春秋古城遗址，列入了 2010 年度中国“十大考古新发现”。

“藏书”一词的读音，土生土长的藏书人蔡金兴说：“藏书的‘藏’字应该读 cáng，而不是读 zàng。不少地道的苏州人也读不准这个音。”蔡金兴自傲地告诉我：“想要弄清藏书的读音，必须得弄清藏书这个地名的来历。”

老蔡讲述朱买臣故事时，总是显得一本正经，就像弄他的砚台。对于朱买臣与藏书、藏书与砚台、砚台与蔡金兴，彼此是有关联的。一方砚台续写着藏书的故事，老蔡无疑是故事中的主人公。

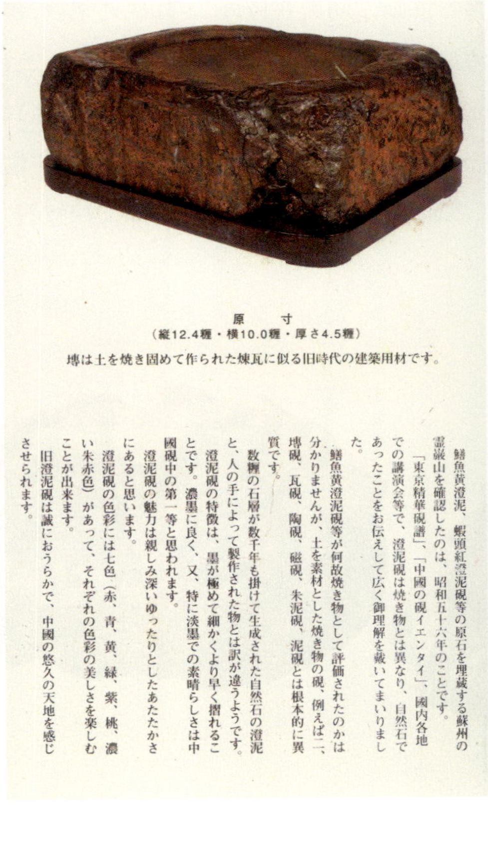

原　寸
（縦12.4糎・横10.0糎・厚さ4.5糎）

塼は土を焼き固めて作られた煉瓦に似る旧時代の建築用材です。

鱔魚黄澄泥、蝦頭紅澄泥硯等の原石を埋蔵する蘇州の霊巖山を確認したのは、昭和五十六年のことです。

「東京精華硯譜」、「中國の硯イエンタイ」、國内各地での講演会等で、澄泥硯は焼き物とは異なり、自然石であったことをお伝えして広く御理解を戴いてまいりました。

鱔魚黄澄泥硯等が何故焼き物として評価されたのかは分かりませんが、土を素材とした焼き物の硯、例えば二、塼硯、瓦硯、陶硯、磁硯、朱泥硯、泥硯とは根本的に異質です。

数糎の石層が数千年も掛けて生成された自然石の澄泥と、人の手によって製作された物とは訳が違うようです。

澄泥硯の特徴は、墨が極めて細かくより早く摺れることです。濃墨に良く、又、特に淡墨での素晴らしさは中國硯中の第一等と思われます。

澄泥硯の魅力は親しみ深いゆったりとしたあたたかさにあると思います。

澄泥硯の色彩には七色（赤、青、黄、緑、紫、桃、濃い朱赤色）があって、それぞれの色彩の美しさを楽しむことが出来ます。

旧澄泥硯は誠におうらかで、中國の悠久の天地を感じさせられます。

《东京砚谱》书影

佛手端石砚　蔡金兴刻

二、慧石居

事实上，有着"如负薪"朱买臣读书故事的藏书镇，现在很难找到"藏书"的地方。只有慧石居的主人，几十年如一日，笃行而不倦，成了藏书镇标"三羊开泰"石雕后的又一件标志性"雕塑"。

砚台这个词儿，今天对我们来说，已有些遥远而陌生。它只坚守在苏东坡的诗词里，寂寞在沈石田的书画里。它是士大夫衣袖拂动时，飘出来的隐约墨香。

老蔡告诉我们，"巙村石砚"除了中国各大博物馆有馆藏外，大部分古砚及近现代的旧砚都在日本，日本人对"巙村石砚"的收藏热度，远胜我们。所以，我要把最好的房子让"石头"住，留住"巙村石砚"。走进老蔡的慧石居，就像进入了另一个世界。墨香阵阵，那种气息不属于闹市，不属于尘世，不属于现世。给人以振衣千仞岗之感。

说起慧石居，须说蔡金兴与书画家崔护先生的情缘，以一方砚石为基石，构筑了知石、知人、知心的十年记事。

崔护（1924—2008），私淑吴湖帆，学识渊博，但为人谦和，退休后与蔡金兴成了莫逆之交。他很看重蔡金兴的砚台，并对作品中的不到之处提出自己的真知灼见，鼓励蔡金兴在雕刻之外，要多看古砚谱、多想问题、多习书画，"功夫在诗外"。几次往来后，崔先生对老蔡的为人为艺大为赞叹，欣然命笔，为其题写室名慧石居，并作跋文赞曰："云根为顽石，予曰不如不周山骨，可炼五色之石，其功能补天，举世知之。今吴县市蔡金兴先生对石尤钟，较竺道生尤胜。顽石会生公说法，惟点头称善；而石逢蔡君，可作文房供品之佳观，可作赏心怡情之石壶，一石在手，著意而成。嘱书室名，予榜其所居，曰'慧石'二字赠之。"

蘑菇巙村石砚　蔡金兴刻

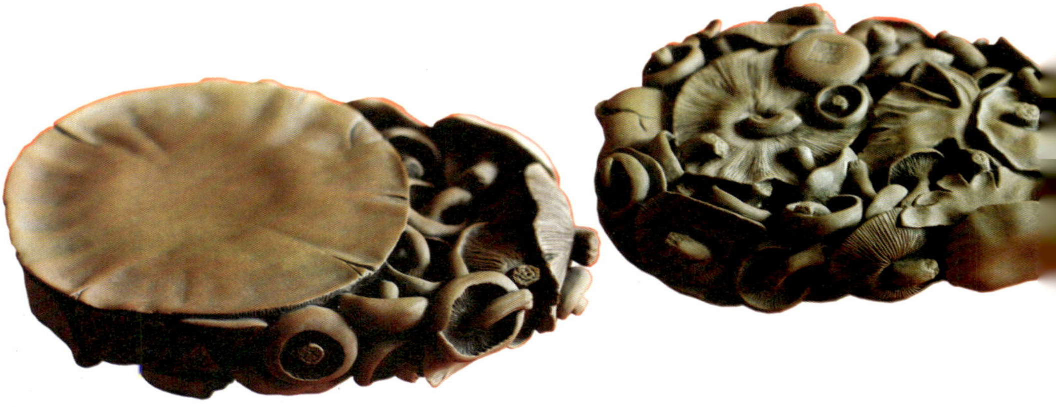

从此，惠石居就在藏书羊肉一条街上，孤傲地突兀着。

“慧者，心系于事”。这是崔先生寄予老蔡的殷切期望。

老蔡如僧人，慧石居就成了他每天修行的地方。但他每日心系之事，并不全是制砚，而是如何把砚置于文房文化乃至诗词书画中去考量比较。事与事之间是想互关联的，是相辅相成的。放在心上，就是用心去想，去思考，思考各事的规律，思考各事之间的联系与作用。当这些道理都弄懂了，慧就产生了。把制砚工作室命名为慧石居，除了契合自己与砚石的情结“慧而好我，携手同归”和以石会友外，更应该把学会感恩、回报社会放在第一。于是，慧石居主人蔡金兴决定，担当起濒临失传的巙村石砚技艺的传承使命。

2008年，崔护因病去世。同年，蔡金兴被列为苏州制砚技艺非物质文化遗产传承人。缅怀崔先生的十载教诲，人走了，但情未了。蔡金兴每一次的新作，都得恭敬地置在崔先生书写的“慧石居”下方的长桌上，请崔先生先睹为快。

三、砚台之意在磨心

说老蔡为读书人，也许大家不信。然笔者始终固执地认为蔡金兴何止是读书人，他是一个地道的真文人。说他“真”，是为人质朴厚道，说他“文人”，是他行为举止不带功利。

蔡金兴平时话很少，他是一个靠动手吃饭的人，他坐着读书的样子，虽说没有影视剧中文人那种苦读发愤的造型，但是他的确喜欢藏书、读书、临碑，居然真把不少书给翻烂了，而且熟记于心。

当一方方砚台积在一起，就成了一部部“书”，把老蔡围住，成了藏书一地现代版“如

农家米匾巙村石砚　蔡金兴刻

负薪”的一道风景线。当国内主流媒体称他为“吴中第一刀”、“江南石痴”、“中国制砚大师”时，老蔡就是靠一方方石砚磊起的围墙，抵御了喧扰。古人说，砚台之意在磨心。老蔡说，做砚时间长了，人就具有一方砚台的特征。砚台的特征，就是华夏传统文化的一个缩影，是人性与人格的载体或符号。所以，老蔡的外表与内心，如他的砚的轮廓，清清正正的。

看老蔡制砚，如读《庖丁解牛》。2013 年的盛夏，苏州电视台拍摄“苏州制砚”专题片，曾用摄影机实录老蔡的制砚过程。大约花了四十五分钟，老蔡持刀完成了一款苏式砚台，经量具测试，砚台的每角均为九十度，每边的水平面误差为零。这种不用量具校验，凭感觉做方器的本事，令全场人员惊叹不已。

蔡金兴认为，砚不是“雕”出来的，而是“寻”出来的。

灵岩山古称砚台山，山后本没有路，现在的一条被灌木覆盖的小路，是制砚人采石走出来的。这条崎岖的山道，蔡金兴时而会踏勘，沿着古人的足迹，走进这条辟幽的古径，去探密砚台山在汉、唐、宋、明、清、民国的往事。然而，即便是史料或古砚都佐证了灵岩山的砚石是如何被皇家软定为巉村石砚的，但活在“先前我家比你家阔多了”昔日辉煌的影子中，不如行动起来，去亲历传承巉村石砚的技艺。

诸如端、歙等石，记载开采的历史为唐代，史料并没记载哪种砚石是汉代开采的，苏州的巉村石不仅可追溯到汉，甚至更早，而且开采历史从未中断，在制作工艺上同

听雨端石砚　蔡金兴刻

竹节石壶　蔡金兴制

样达到了很高水准，这在中国砚史上是独一无二的。巙村石砚作为一个至今仍在生长、延续的制砚流派，不为更多的人们了解，不能不说是件憾事。从另一角度来说，巙村石砚始终没有在中国古代、近代、当代制砚史上获得应有的定位，也是中国砚史研究领域的一个不小的缺失。

几年前，蔡金兴被列为江苏省非物质文化遗产砚刻传承人，面对这份迟到的荣誉，他是喜忧参半，喜的是巙村石砚那天然卓尔不群的品质打动了更多人的心，忧的是巙村石雕现在不幸的遭遇，因为具有千年历史的巙村石砚技艺，前有古人，但后来者寥寥可数。于是，从 2000 年起，他萌发了一个愿望，要在有生之年完成“双百工程”，即：百壶工程、百砚工程。他义无返顾地踏上了收集、研究、开发、设计、生产和宣传巙村石砚的漫漫征途。当一个沉睡了千年的文化遗产和一个执著的守望人相邂逅，石便有了灵性，叩刀问石，巙村石砚就此就又甦醒了。

在砚台山，静静地坐在时间的肩头，深深地感受古径的历史，震撼和崇敬中我们愈发感到责任的重大；静静地坐在慧石居，我们可领悟苏砚艺术的沉浑奇崛、方刚雄强、厚重古拙、宏拔豪健和简淡高素、腴润清逸、幽约深婉、秀娟酣畅……从中可见吴地文脉的延续、师承的足迹、古风的影响、时代的烙印。

酥手绣情怀——约会沈寿

一、从云芝到沈寿

说沈寿，离不开两个男人，余觉与张謇。

沈寿（1874 — 1921）初名沈云芝，号雪宧，生于吴县一个古董商家庭，七岁随姐沈立学刺绣，十六岁时以“闺阁绣”盛名于县城，当年在苏州创办了同立绣校。十九岁与余觉结婚。

余觉（1868—1951）本名余兆熊，是位来自浙江的“新苏州人”。余觉少聪慧，也是在十六岁那年，在县试中一举中了秀才，可谓是少年得志。两人成婚后，夫妻恩爱，余觉能诗善画，云芝也是书画皆通。夫妻俩一个以笔代针，一个以针代笔，画绣相辅，相得益彰。天长日久，云芝绣技遂压群芳，声誉鹊起。

清光绪三十年（1904），在北京清廷工商部供职的单束笙回吴县探亲，改变了沈寿与余觉的命运。

单束笙（1876 — 1965），吴县人，与余觉同榜进士，是一双挚友。他偶见云芝作品，赞不绝口，立即向余觉提议，能否在慈禧寿庆之际，以云芝的刺绣作为献寿之礼？在单束笙联络下，云芝花了一年功夫绣成“八仙上寿图”、“无量寿佛”两幅寿屏晋京。慈禧

耶稣像　沈寿制

渔庄福寿堂

大为喜悦，立即召见云芝夫妇，并特以手书“福”、“寿”两字赐予余觉、沈寿夫妇俩。回苏后，云芝便易名为“寿”。云芝的艺术之路由此华丽转身。

易名后的沈寿，好运接踵而至，先是获赠了农工商部颁发的双龙宝星等勋章，并由尚书载振奏准设立女子绣工科，任命余觉为总理，沈寿为总教习，专门培养刺绣人才。然后是由清朝政府委派远赴日本进行考察。这是沈寿第一次的远涉重洋，使她对“闺阁绣”如何在商品化和艺术性之间的谋新发展有了打算。翌年回国后，她即在北京建校，内设国文、图画、刺绣三课程。

宣统二年（1910）初，南京举办南洋劝业会，沈寿奉命专责审查绣品。1911 年，沈寿绣成《意大利皇后爱丽娜像》，作为国礼赠送意大利，轰动该国朝野。意大利皇帝和皇后曾亲函清政府，颂扬中国苏绣艺术精湛，并赠沈寿金表一块；同时将这一幅作品送意大利都朗博览会展出，荣获“世界至大荣誉最高级卓越奖”。

辛亥革命后，绣工科停办。余觉、沈寿去天津创办自立女工传习所，办学三年。1914 年，应张謇之聘，沈寿担任南通女工传习所所长，继续传授刺绣技艺。1915 年，沈寿携所绣《耶稣像》到旧金山，获巴拿马世博会一等奖。沈寿的“仿真绣”，在中国近代刺绣史上开拓了一代新风。

二十余年间，余觉、沈寿夫妇二人为了共同的艺术追求，奔走苏州、北京、天津、上海、南通等地，画绣相辅，逐渐将我国刺绣艺术推向了顶峰。

二、知音难觅

张謇（1853 ~ 1926），字季直，号啬庵，清末状元，中国近代著名的实业家、政治家、教育家。在南京举办的南洋劝业会上，沈寿与张謇第一次相见。

1914 年，时任农林工商总长职务的张謇，因抵制袁世凯的帝制活动，辞职回到家乡南通，特邀沈寿担任南通女子师范附设女工传习所所长，余觉也被派往上海筹设绣织公司。不久，张謇获悉美国将于 1915 年举办世博会，认为这是让世界了解南通农工商产品的良机，即将女工传习所的刺绣，作为此次的参展重点项目。时间紧，任务重，沈寿为了协助张謇，率领全所师生积极投入备展，处处事必躬亲，以身作则，抱病赶制出了《耶稣像》。

凝聚着沈寿心血的《耶稣像》抵达美国旧金山“巴拿马——太平洋国际博览会”，举世瞩目，有美国人要以一点三万美元的高价收藏《耶稣像》，但张謇婉言谢绝了。他心里明白，或许《耶稣像》会成中国刺绣中的国宝，也或许是沈寿一生中最好的作品，故而特向展方提出只展不卖。《耶稣像》荣获了展会一等大奖；后应美国方面要求，《耶稣像》又被移到纽约第五大道南通办事处继续对外展出。

沈寿在南通任职期间，治校严谨，教学有方，常率学生写生，观察实物，讲述仿真绣的理论。她是第一个把西方绘画艺术融入东方绣艺的践行者。即使在病中，她也让学生围榻听讲赋色用线的道理。在沈寿的精心教诲下，培养出一大批刺绣人才，此后几十年，江南的刺绣高手，大多出自沈寿门下。

张謇

1917年，在南通办女工传习所的沈寿殚精竭虑，积劳成疾，张謇担起了对沈寿的悉心照料，引起余觉的误会。余觉孤身一人前往上海，以鬻书卖画为生，从此夫妇天各一方。

令人遗憾的是，在沈寿的艺术生涯走向顶峰的时候，她也走到了生命的尽头。在南通，沈寿整整操劳了八年。在生命的最后几年，张謇给了沈寿无微不至的关心，并以自己的豪宅谦亭作为沈寿休养康复之地。其间，病魔缠身的沈寿开始掉头发，于是她就用自己细柔的长发绣出了张謇的手迹“谦亭”。落发不够用，她就用剪刀剪下秀发。当“谦亭”交予张謇手上时，他老泪纵横，预感到这会是诀别之作，赋诗如下：

“枉道林塘适病身，累君仍费绣精神。美意直应珠论价，余光犹压黛为尘。感遇深情不可缄，自梳青发手掺掺。绣成一对谦亭字，留证雌雄宝剑看。”

每次她垂危时刻，张謇都亲力护理，并派专轮直航上海，请来一流名医为其会诊医治，但都疗效甚微。而此时的沈寿，精神却突然地抖擞了，对身边无奈的张謇说出她的一个愿望。为了“惧其艺之失传而事之无终”，张謇同意了沈寿的要求。于是，他每天抽出一定时间，沈寿口述绣谱若干则，由他笔录下来，花了三个来月时间，记述了沈寿三十多年所积累的经验和创新心得。张謇把它条分为绣备、绣引、针法、绣要、绣品、绣法、绣节、绣通八个部分，然后编写成章，题名为《雪宧绣谱》，使得这位刺绣大师的绝艺得以流传后世。这部专著的完成，倾注了两人的心血。张謇在序言中说：“积数月而成此谱，且复问，且加审，且易稿，如是者再三，无一字不自謇出，实无一语不自寿出也。”

张謇书联

1920年,《雪宧绣谱》由翰墨林书局印刷出版,圆了沈寿欲生前出版《雪宧绣谱》的愿望。

《雪宧绣谱》是我国第一部系统介绍刺绣理论和技法的传世之作,也是女工传习所刺绣科的专用教材。1920年,年逾六旬的张謇老骥伏枥,与大病初愈的沈寿再度携手,筹建了南通绣织局,由沈寿任局长,在上海、纽约、法国、瑞士、意大利设立办事处销售刺绣工艺品,其中大部分均为女工传习所学员的作品。

1921年,病魔再度袭倒沈寿。在沈寿弥留之际,为了让她再看一眼自己的心血之作,张謇派人赶赴纽约将《耶稣像》护送回南通。然而,当这件绣品还在归途之中,沈寿却于1921年6月18日在南通溘然去世。

根据沈寿生前的愿望,张謇将她安葬于南通马鞍山墓地,墓门石额上镌刻着他的楷书"世界美术家吴县沈女士之墓阙",墓后立碑,碑阳镌刻着张謇撰写的《世界美术家吴县沈女士灵表》,碑阴雕刻着沈寿遗像。若干年后,张謇的后裔遵守父辈的遗嘱,决定将沈寿的仿真绣精品《耶稣像》献归祖国。1986年4月27日,江苏省人民政府在南京隆重举行了《耶稣像》的收藏仪式。如今,《耶稣像》和其他刺绣精品长期在南京博物院艺术馆织绣厅中展出。

三、《雪宧绣谱》——中国刺绣的教科书

张謇曾说:嗟夫!莽莽中国,独缺工艺之书耳!

沈寿

所以，才有了他与沈寿的精诚之作《雪宧绣谱》。尽管《雪宧绣谱》篇幅不长，字数不过万余，但内容十分丰富，论述透彻深刻，是我国刺绣史上最完整、最全面、最实用的第一部工具书，并成为我国现代刺绣艺术发展的重要理论根据。诚如织绣文物收藏家、评论家朱启钤先生赞誉："其书集绣法之大成，折衷中外，确有心得，可俾后人奉为圭臬，且开中国工艺专书之先。"

《雪宧绣谱》除序言外，分为绣备、绣引、针法、绣要、绣品、绣德、绣节、绣通八大章，书中对刺绣工具、劈线、各种针法的操作及运用、绣线的色彩。光线的处理、刺绣艺术家应有的思想品德、艺术修养、创作方法等，都作了系统精辟的阐述。既有实践经验的总结，又有理性的分析。

全书最重要的是"针法"一章，这也是沈寿毕生从事刺绣技艺的技术总结。她首次将苏绣针法进行了科学分类并加以系统化，初步整理为十八种，其中协针、施针、旋针、散整针、虚实针等五种是沈寿独创"仿真绣"中的主要针法。此节不仅介绍了针法的线条组织形式，还介绍了刺绣的具体步骤和注意事项，这在中国刺绣史上实属首创，对传授刺绣经验与实践发展具有重要的指导作用。

对于自已的"仿真绣"刺绣艺术，沈寿在自已多年积聚的渊博学识中进行提炼、概括，总结出一套较为完备的刺绣理论。在"绣要"一章中，沈寿将仿真绣技法归纳为六个要素，

南通沈寿墓

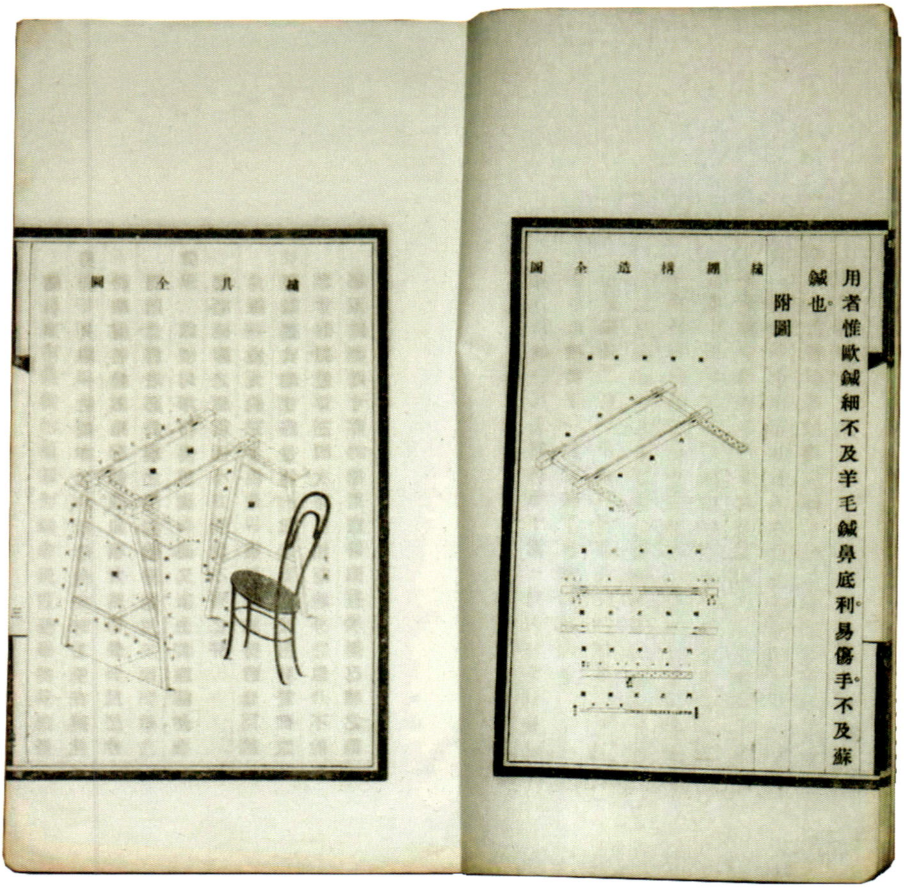

《雪宧绣谱》书影

即审势、配色、求光、肖神、妙用、慎性，而“求光”与“肖神”是仿真绣的精髓，“妙用”则是一个刺绣艺术家之所以能有杰出成就的奥秘。关于“妙用”，沈寿作了精采的论述：“色有定也，色之用无定；针法有定也，针法之用无定。有定故常，无定故不可有常，微有常弗精，微无常弗妙，以有常求无常在勤，以无常运有常在悟。”这段话说得辩证而富有哲理，可说是《绣谱》中的神来之笔。

“绣通”一章，说的是绘画与刺绣的关系。沈寿在《绣谱》中倡导刺绣者必须把书画知识运用到刺绣中去，只有反复实践，融会贯通，才能使刺绣技艺不断进步。《绣谱》中关于画、绣关系的分析，以及绣者要有高尚的道德修养的告诫，是沈寿对艺德艺风的肯定，也是对后世学绣者有益的启示。

吴地的石筑文化

一、时间与石筑

说到古代石筑，考古证明最早是地上墓室（中国东北以及浙江的“石棚墓”），这些石筑证明中国早期文明的起源不是完全独立的，“石棚墓”就是受沿海邻邦影响的佐证。

从考古学上看，大型石筑在西方出现的时间较早，如地中海的马耳他岛上有五千多年前建造的石头神庙；古埃及有四千年前构造复杂的金字塔；接近四千年的希腊克里特王宫建筑以迷宫著称，古希腊还出现无数结构严谨的神庙与宏伟的大剧院；同期的西亚有巍峨壮观的约旦佩特拉石城；古罗马出现了复杂壮观的古罗马斗兽场；即便是英国这样“年轻”的国家也有近五千年前的谜一般的天文巨石阵。

石筑属于明显的海上文化。东亚出现大型石筑是在二千多年前，中国的春秋前后，石筑由东南亚进入中国沿海地区，与内陆地区可能并未发生联系，从而与中原文明无关。但江南一带可能受石筑影响，特别是春秋时期的吴国，吴王夫差为扩容疆域，开挖运河直通江海，已经具备了海上文化传播的可能性。

就材料和技术而言，吴地建筑完全具备采取石构的条件。

吴中自古就不缺石材，盛产金山石，明人杨循吉《金山杂志》说“山高可五十丈”，“山

罗汉院正殿遗址

故多美石，巉巉高耸，皆碧绿色，或至十余丈，有壁立之势”。《木渎小志》说 :“金山，在天平东南，初名荣坞山，晋宋间凿石得金，易今名。五代隐士陆逦镌‘最胜’二大字。明杨循吉有《志》。自明季采石，旧迹多残毁，不可复考。”当地人以采石发财，便把采石喻义为开采金矿，“金山”一名就应运而生了。金山石分布在吴县木渎附近的天平山、灵岩山、焦山、开山、象山、天池山、横山等地，这类花岗石呈青灰色或青白色，晶粒细密、质地坚硬、不易风化，且耐酸耐腐蚀，抗压力强，为我国首屈一指的优质建筑石料，其中以木渎金山所产最佳，历代许多皇家建筑均用此石。

正因为有着金山石矿的资源，“香山帮”营造技艺中有了以石为业的石匠，有了源远流长的石雕手艺。

吴地人在建筑中使用石材虽晚于欧洲，但至迟在东汉，吴中工匠已经能将拱券与穹隆技术应用于石造墓穴及墓祠建筑中，如东汉末年孙坚、孙策墓的楣石 ;石构与木筑兼用亦不乏例证，如始建于唐代的罗汉院遗址，满布花纹的石雕立柱仍矗立在正殿基址上。纯石构建筑有始建于元代的天池山寂鉴寺，又如太湖上始建于唐代的宝带桥，在元代改建为多孔薄墩联拱石桥。

冈州会馆石构门宕

吴人既有石材来源，也有石造技术基础，却不用于建造房屋，仅用于逝者的陵墓、军事设施及一些礼仪性、装饰性的构筑物上。显然，因为石筑技术落后而采用了木构建筑的说法，不能让人接受 ;古代吴人对待石结构建筑的态度，应是

大觉寺桥

“非不能也，乃不为也”。

那么，是什么原因使香山工匠重木筑、轻石构呢？我们认为，是由建筑速度的快与慢决定的，影响选择的主要原因是“时间”。

木筑建筑的建筑速度快，时间成本低，所以古代中国人以其理性与智慧创造了灵活便利的木框架结构，广泛用于房舍建筑，并且早在六七千年前就开始烧制砖瓦。只有少数具有特殊象征意义的建筑类型，才会采用石构。而一旦这种选择成为习惯，成为一种文化定位，就会成为规则而固定下来。比如中国古代多将石材用于陵墓建构，阳宅里再用石材就会觉得生冷不舒服。类似的情结在文化演变中会产生许许多多限制和讲究，决定了其后对石构建筑的取舍。

当然，吴县工匠也并没有放弃石材的应用。

“香山帮”营造在避免忌讳的前提下，强调一切从实际出发，尊重木筑与石构的各自材质优点，把石材用于建筑的地基、地面、台阶、门宕等方面，石材的坚固度、耐损性远高于木材和泥砖，石质的肌理及暖灰的本色，又与粉墙黛瓦相映成趣，同样成为了世界建筑史上的典范。

二、石雕在屋基与石筑中的痕迹

吴中建筑以石构作为木筑的辅助，普遍应用于住宅、祠堂、庙宇、牌坊、亭、塔、桥、陵墓等各类建筑中，并逐渐形成了独特的石雕风格。

木筑中的石雕大体分为两类，其一是直接作为建筑局部的构件材料，如门楣、台基、石库门、石柱、柱础、栏杆、望柱等。石构件之间的连接，也都如木构件一样采用榫卯结构。其二是与建筑配套，如蹲守在大门口的石狮及抱鼓石、拴马石等。这两种石雕，香山工匠通称为“金山石雕”。

（一）金山石雕与苏式建筑

传统建筑中把石构筑物制作和安装的专业，称为石作。

宋《营造法式》中所述的石作，包括粗料加工、雕饰以及柱础、台基、坛、地面、台阶、栏杆、门砧限、水槽、上马石、夹杆石、碑碣拱门等的制作和安装等内容。清工部《工程做法》和《圆明园内工现行则例》内容基本相同，又增加了石桌、绣墩、花盆座、石狮等建筑部件的制作和安装，但不包括石拱门。

根据石作在建筑中的不同作用，与木构中的大木筑和小木作一样，也可分成两个系统，即大石筑与小石作。大石筑泛指建筑中的附件，小石作泛指建筑中的饰件（饰面）。民间俗称为粗石工和细石工。

在《营造法式》中，对石材成型加工，规定有六道工序，可理解为粗石工：

打剥——凿掉大的突出部分；搏——凿掉小的突出部分；细漉——基本凿平；棱——边棱凿整齐方正；斫砟——用斧錾平；磨——用水砂磨去斫痕。

涉及石材表面雕刻的，可理解为石料美化的细石工，表现手法有四种：

剔地起突——高浮雕；压地隐起——沿花纹四周斜着凿去一圈，但花纹不高出表面；减地平——把除花纹以外的地子均匀凿低一层；素平——在光平的表面上雕阴线花纹。

建筑中的石构件和石部件主要有——台基，台基是中国建筑中不可或缺的一部分，具有悠久的发展历史，可以说是中国建筑的一个特征，它将建筑的基础、柱础石等都包容在里面，它犹如树根扎根大地，是其上建筑部分的承托者，也是建筑物形成稳固视觉形象的重要因素。台基通常有压栏石、角柱石和石间柱等装饰件，不仅美观，而且还可起到保护台基的作用。房屋地面上还有一类重要的构件，那就是柱础。柱础下为方形或长方形的磉石，上为圆形的鼓磴，用于承接木柱。柱础主要起两个作用：一是扩大柱下承压面，有利于分散重量；二是抬高木柱底部，防止木柱受潮腐朽；三是在鼓磴上雕刻，装饰美化。

台基有如下几种类型：

带勾栏形式：带勾栏的台基是普通台基或须弥座式台基与勾栏形式的结合体，在两者中，以须弥座台基加勾栏台基形式居多。其勾栏部分以石制的栏板柱子形式较多见。

复合形式：复合型台基即其他三种台基的重叠复合型，这种台基的组合形式很多，如：双层或三层须弥座；双层普通台基；须弥座台基与普通台基的组合；带勾栏的台基与不带勾栏的台基的组合等等。这种台基用于较重要的宫殿、坛庙建筑。

须弥座形式：是一种侧面上下凸出，中间凹入的台基，由佛座逐渐演变而来。是宫殿、寺观等尊贵建筑的专用基座，造型也逐渐复杂华丽，并出现了莲瓣、卷草等花饰或几何纹样做装饰，是台基形式等级最高、技艺最精纯的形式之一。多用于中国传统建筑，如宫殿、寺庙、月台、平台、丹陛桥、塔幢、华表、碑座、坛台、兽座、神龛、陈设座、宝顶座、影壁等等。

石作除了与木构建筑物相辅相成之外，更多的则为独体存在，以全石作或局部兼容少许其他材材，来构造出石质的石塔、石堂、石井、石亭、石桥等单体建筑。如始建于唐代、元代改为石构的宝带桥；宋代西山后埠村石井、石亭；元代镇湖的万佛青石塔和天池山寂鉴寺的三座元代石屋。

还有一些石作，虽然也是独体存在，但从使用功能上附属于建筑主体，业内称为建筑小品，如阙、牌坊、华表、石幢、碑碣、石座、石兽、石灯等均属此类。如灵岩山麓宋代韩世忠墓前的石雕龟趺碑座，及两旁高大的石兽；明代上方山申时行墓前的石人、石兽；明代东山王鏊墓前的石兽；清代苏州城内织造署前的大石狮和忠王府旧址前的石狮；民国时期灵岩山后花园西侧的冰梅纹石墙。

（二）香山与金山的双赢关系

明人杜庠诗曰："阖闾城外翠微间，扬子江心白浪湾；踏破铁鞋踪迹遍，始知人世两金山。"镇江的金山因《白蛇传》"水漫金山"的故事而闻名于世，苏州的金山则为其石料和石雕技艺而名扬天下。

据《吴县志》记载，金山"初名荣坞山，晋宋间凿石得金易今名"。从民间传说来看，当地的老石匠声称，他们的祖辈曾在花岗岩中发现过金光闪耀的矿石，从此，"金山"的美名便传扬开来。但也有老人说"石炮一响，黄金万两"，看来这句名谚才是对"金山"名称的合适注释。正因为有了金山石矿的资源，于是有了以石为业的石匠，在吴县的木渎、藏书、枫桥三镇集聚，形成了以粗、细石匠为主的"金山石雕"三大产业群，是"香山帮"营造中石雕的主力军。

苏州文庙棂星门

金山石开采历史悠久，但它的雕刻技艺及名气与“香山帮”参与营造国家工程和主持各地名胜的地标建筑，有着明显的因果关系。

明代的金山名石匠陆祥，因擅长石雕和石料工程筑造，官至工部侍郎，奠定了吴县石匠在建筑雕刻中的地位。在明代，苏州城内有大石头巷，郊外有石码头，从这两处地名，可见当时“香山帮”的石作业，已形成了一个完整产业链。

三、石匠记事

（一）风起宁沪

光绪三十二年（1906）苏州石业建立公所，设立学堂兼办善举，石碑题名有吴锦山、王仁山、顾顺昌等十七户。清代至民国年间，石雕业已衰落，一般石匠只做一些石门、石附、石墙基之类。所用石料和石作工人，都出自吴县金山周边的乡村，靠城里的石作老板维系着脆弱的雇佣关系。

1926年，民国政府决定在南京紫金山兴建孙中山陵墓，中山陵工程分三期向社会公开招标。虽然“香山帮”非中标人，但是，三次间接承揽中标工程的全为金山石匠。

中山陵第一期工程由上海姚新记营造厂中标承包,恰好中标方的老板姚锡舟与姚松年是挚友,俩人便携手合作,承揽了中山陵工程,并把工程中百分之八十的石作项目全由姚新泰营造厂承建。

姚松年,是吴县西山马村人,因从小学石匠,三十几岁背就有点微驼了,业内的人都叫他“姚曲背”。民国初年,姚松年带了一批徒弟,在上海开了一个建筑公司,名叫姚新泰营造厂,以金山石雕为主营业务。由于姚松年是吴县人,乡里乡亲的关联使他拥有了工程所需的花岗岩石材和一支技艺精湛的石作大军。中山陵工程于 1926 年下半年开工,姚松年对石材挑选、毛坯加工、装船运输等琐琐碎碎都事必躬亲。当时中山陵周围没有任何道路,两位老板白天勘察,晚上栖身破庙,终于探出一条运输路径,便率领匠人披荆斩棘,开辟出一条简易道路,修通后就用卡车将几千吨的材料、工具等运抵山下,再由工人抬上山。而柱基、大石料等则需在山坡上铺设铁轨,然后绞上山去。由于山上没有水,每天还要用二百名民工从山下紫霞湖挑水上山,解决工程中的用水问题。可以说,在整个中山陵工程建造中,第一批石工是最辛苦的,他们大多来自“香山帮”。

第一期工程完毕后,第二期工程由上海新金记康号营造厂承建,变的是中标人,不变的是“香山帮”石工。

工程进入第三期时,承建方又变为了上海陶馥记营造厂,木匠出身的老板陶桂林,聪明而擅长心计,因主持过上海外白渡桥重建、二十四层的国际饭店和大新公司(今上海第一百货商店)等著名建筑,在业内享有“智多星”之称。但是,如此精明的人,在支付“香山帮”石工的工资上磨蹭拖沓,处处雁过拔毛,多赚了几万两银圆。岂料,受挫的“香山帮”石工默不作声,以“断柱接柱”绝技,赢得声名,让爱沾便宜的陶老板羞愧终身。

在整个中山陵工程营造中,前后约有六百余“香山帮”石工参与,运送金山石料逾十万块,建造了中山陵的陵门、墓室、碑亭、牌坊、侍卫室、甬道、地坪、踏步和三百九十二级台阶。之后又修复了南京灵谷寺阁楼、石塔等。

中山陵竣工后,上海不少建筑工程闻声而至,争聘“香山帮”工匠承建外滩诸多西式大厦,业务应接不暇,从此开创了吴县金山石雕大发展的美好契机,大量的金山石料运至上海。《木渎小志》有记载 :“金焦两山产区石料遍售江浙,自沪上洋商采办,销路益广。”

1930 年代,蓬勃向上的石作业在苏州成立了石业同业公会,当时入会的石作、石铺,城区有二十五家,乡镇有二十家,其中注册的细石匠有一百四十三名(不含临时工匠)。后因 1937 年淞沪抗战爆发,大发展的机会就此搁浅。抗日战争胜利后,石作生意停顿,工匠大多回乡务农，一些技高一筹的细石匠归入“香山帮”营造队伍。

（二）再赴京城

如此大批量的香山工匠进京，是明朝营造紫禁城后的第二次。

1949 年 9 月 30 日，中国人民政治协商会议第一届全体会议决定，为了纪念在人民解放战争和人民革命中牺牲的人民英雄，在首都北京建立人民英雄纪念碑。当天毛泽东主席和政协委员代表一一执锹挖土，在天安门前广场上举行了建立纪念碑的奠基典礼。

纪念碑奠基以后，在全国征集了一百多种设计方案，经有关方面通过各种方式征求各界人民的意见，归纳、修正成最后的图样，接着，就要考虑如何施工、由谁来施工了。

在人民英雄纪念碑的建造过程中，雕塑创作在纪念碑设计中占有重要的地位。当雕塑的八个题材、十块浮雕的内容经中央审定同意后，在周恩来总理的支持下，否决聘请国外艺术家的建议，同意了由新中国精选出来的雕塑家担当纪念碑雕塑的创作，他们是王临乙、刘开渠、曾竹韶、滑田友、傅天仇等。当时在天安门广场专门盖了一座临时工棚，作为雕塑家工作室，大家共同商讨，互相观摩，以求在风格上取得协调。

雕塑稿完成后，因时间紧、任务急，需有相当数量的艺匠雕成石刻。中华全国总工会积极配合，向全国石作业诚邀人才。吴县作为历史上著名的石作产业区，从香山工匠中精选出十多位年轻力壮的艺匠，赴北京集训。这拨青年人中，方海根和严异德（严阿五）成为影响“金山石雕”辉煌发展的标杆人物。

方海根，1933 年生，吴县枫桥人。1956 年初春，他与香山伙伴们抵京后，同来自全国各地拔尖艺匠汇集。这批艺匠长期从事地方民间雕刻，传统雕刻技艺很高，但对西方

方海根

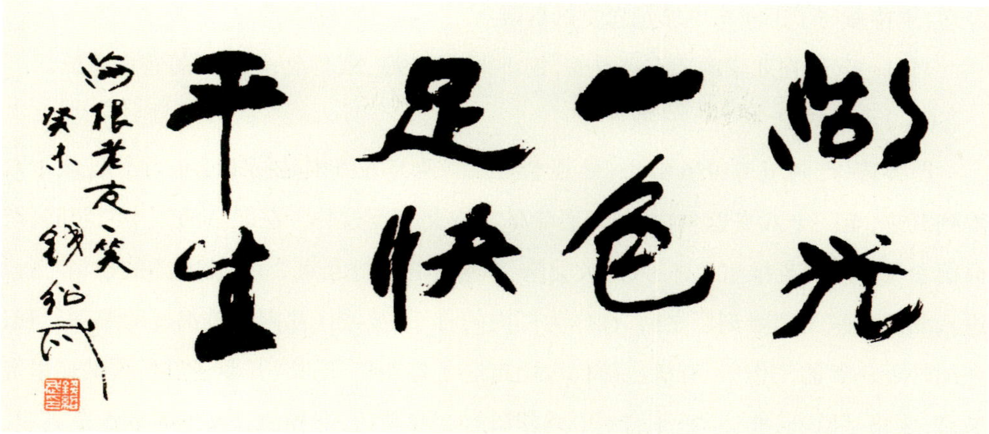

钱绍武为方海根题词

雕刻技术并不了解，也没有形成比较统一的风格。如果各人的风格不同，对人民英雄纪念碑浮雕的刻制会产生不利影响。于是，办班读书是上岗前的必由途径。这个机会圆了方海根的读书梦，开始了雕塑专业的系统学习，并由主持纪念碑雕塑创作的艺术家担任老师，雕塑家们拿出自己的人像雕塑作品，让学员练习。由于浮雕所采用的汉白玉开采于北京房山，完整的大料不容易取得，为确保石料不被损毁，学员在练习人像雕塑的基础上，再进行纪念碑人物试刻。经过一年多的练习，学员们熟悉了从粗刻到细雕的方法，有力地保证了纪念碑浮雕石刻的完成，他们也在实践中成长为新中国第一代兼通东西方雕刻技术的优秀石雕艺人。

在首都的整整二年内，方海根如鱼得水，掌握了素描技法、中外雕塑史、人体解剖知识；学会了雕塑骨架、上大泥覆盖雕塑造型、塑形、翻制模具（切片进行区块分割设计）、脱模（对石膏模进行细致修模，补磨）等专业雕塑创作系统课程；同时，还对当时国外先进的雕塑点线仪，能在各种形态的雕刻中灵活运用。由于方海根在人民英雄纪念碑雕刻工程中的出色表现，使他及吴县团队在全国几十位学员中脱颖而出。

人民英雄纪念碑雕塑完成后，对于这拨新中国培养出的首批科班石雕艺匠，是散是留，让每个学员忧心忡忡。后经中央有关部门同意，决定成立北京建筑工艺雕刻厂，从此，方海根与他的伙伴成为该厂首批职工，有幸成了新北京人，并继续参与了北京“十大建筑”的雕塑工程。更幸运的是，1964 年，方海根担任了北京建筑工艺雕刻厂厂长，为适应业务需要，他在吴县分批特招了百名艺匠，为家乡石作业的繁荣和人才培养，立下了汗马功劳。“文革”期间，功勋卓著的方海根无辜横遭批判，建厂以来许多档案资料、珍贵图纸和书籍被付之一炬。文革结束后平反，方海根再任北京建筑工艺雕刻公司总经理，主持参与了毛泽东主席纪念堂的群雕。

当时一起留在北京的还有严异德、杨小男、杨金海，顾金水、姚小男等香山艺匠。

（三）重返故里

严异德（严阿五），1936年生，吴县木渎人。他与方海根是同批学员、同事，从十六岁到北京，至三十八岁返乡，他的青春年华是在北京度过的。在北京的二十二年间，严异德参与了人民英雄纪念碑、人民大会堂、军事博物馆等北京“十大建筑”的雕刻工程。进入北京建筑工艺雕刻厂之后，他作为厂内的骨干，被派任几内亚首都援助雕刻工程，在国外近一年的工作中，有机会随代表团走遍了莫斯科、巴黎、开罗、雅典、科纳克里等城市，领略了欧洲、非洲、亚洲的不同雕塑语言。回国后，严异德又观摩了敦煌莫高窟、麦积山石窟、紫禁城、明代陵寝等地的经典石雕，在中西两类不同的文化中，探索适合中国的石雕新路，埋头潜心研究，并时有实践成果问世。1980年代改革开放，苏州作为改革开放的前沿，拟办雕刻工艺厂出口创汇，故而急需雕塑艺术人才，便由江苏省轻工业厅多次与北京建筑工艺雕刻厂联系，希望能调出技术员援助苏州筹备雕刻工艺厂。此时，严异德由于夫妻两地分居，为照顾家庭，愿意回苏，他的愿望正好吻合了苏州方面的心愿。于是，严异德带着在北京学成的满当当的成果，回到家乡。1984年他参与苏州雕塑工艺厂的筹办工作，在现狮山大桥附近圈地八亩，热火朝天地盖起车间，严异

1958年严异德参加赵州桥修复工程

德任设计室主任，授徒传艺。在开发工艺产品的同时，他还主持及参与了苏州玄妙观三清殿、寒山寺大雄宝殿、灵岩山观音洞石亭及摩崖石刻等重大文物修复工程，承揽了侵华日军南京大屠杀遇难同胞纪念馆的大型浮雕工程等。

同时返苏的还有周大男、章雪根等人。他们的回归，为苏州石雕的复兴提供了技术上和艺术上的支撑。

吴寿云是有幸参加北京建筑工艺雕刻厂培训的人之一。他 1956 年生于吴县木渎，从小学石工手艺。当时吴县虽有一定规模的石料采矿公司，但真正懂雕刻的人，仅为凤毛麟角。方海根等一拨人在北京成名的消息在家乡流传开，吴寿云感到此生不去北京学习，将永远是一名粗石匠，尽管自已的石雕技艺在本地小有名气，但与北京的同乡相比，就是井底之蛙了。此时，地方政府领导也看到了这个问题，便设法与时任北京建筑工艺雕刻厂厂长的方海根联系，经北京主管部门同意，于 1973 年初夏，在吴县木渎、枫桥择优录取十人为晋京培养对象。这次，年轻有为的吴寿云终于圆了夙愿，与木渎的柳寿根、朱福根、郁祥林、杨玉男等结伴赴京。抵京后，来到国内一流的北京建筑工艺雕刻厂，吴寿云就暗下决心，不学会，誓不回！果然，在京的一年内，他是回家及外出次数最少的，每天都是先到后走，分秒必争地学习着。冬天，在泥塑车间，以双手不停地揉搓泥巴来抗凝冻。吴寿云的刻苦耐劳精神，赢得了北京师傅的认可，大家都愿意把绝技传授给这位好学的小徒弟。由此，吴寿云学到各门技巧，1975 年回苏州后，成为工厂的中坚骨干，改变了光采石，不雕刻的现状，使厂子的经济效益迅速提升。1978 年，吴寿云创作的普贤坐像石雕小件参加了在北京举行的中国工艺美术博览会展出，被《人民画报》封面登载介绍，一时成为全国同行关注的焦点。1985 年后，吴寿云自办工厂，专攻石雕，并带出一拨徒弟，其中有胞弟吴福云。

吴福云，1962 年生，作为“金山石雕”业内的新一代领军人物，吴福云的艺术观念和实践令人敬佩。他认为源于本土“金山石雕”的传统技艺过于程式化，所谓的石狮子绝技，已不符合现代城市雕塑的审美需求，而世代相传的匠人身份对素描造型，平面、立体构成，装饰基础，雕、刻、塑基础，模型翻制工艺以及环境规划、计算机辅助设计等方面的陌生，使“金山石雕”在城市雕塑中逐渐缺位。为此，他来到了杭州的中国美术学院，奔波于石码头与西湖之间，在传统技艺与雕塑理论间潜心做着积累，补充过往的不足。在学院内，他自得其乐地秀出在美院做的“功课”，说是辅导学生实习，其实是学生辅导着他。十年间，吴福云参与创作及制作了几十座大型城市雕塑，在山东、辽宁、浙江、安徽、四川、重庆、上海及江苏南京、苏州、徐州、连云港、常熟等地留下了永久的“金山石雕”

记忆，让人们看到了“金山”男人的力量，看到了传统技艺与“学院派”衔接相洽之后浑然一体的圆满性。十年漂泊学院，他的文化修养、艺术目光、技艺水准都超越了原来的群体。

（四）三足鼎立

由于北京“十大建筑”的建设，培育出了方海根、严异德、吴寿云等一批石雕艺术家。尤其是北京建筑工艺雕刻厂在人才培养、业务支持、技术输出等方面的扶植，北上南下，也影响了一批本土石雕匠师，他们是：何根金、顾雪林、高嘉林、俞云水、胡三男、陈大男、唐盘根、王坤元、包雪根、郁祥林、包喜民、朱福林，这十二人是首批从石料转型为石雕的开拓者。二十世纪八十年代，金山石料厂雕刻车间正式从石料加工业中分离出来，成立了吴县金山石雕厂，何根金任厂长。

工厂在引进北京经营管理模式之际，同时也把人才培养放在首位，新厂创办后，随即在全县年轻的石工中考试招工，招入了吴福云、王秋根、胡文龙、何建洪、何彩英、许根林、王学明、柳素珍、唐学明、柳国平、杨建国、吴海泉等，随着新生代进厂及赴北京学员的归队，一时厂内石作雕刻人才济济，昂首阔步地跨入了工艺美术行业，成为江苏省外贸出口定点单位，业务涉及日本、美国、新加坡、澳大利亚、马来西亚等十多个国家，深受外商、华侨和香港、台港客商的青睐。

改革开放后，在吴县金山石雕厂的引领下，全县的许多石作坊争相效仿，从业工匠逾二万，

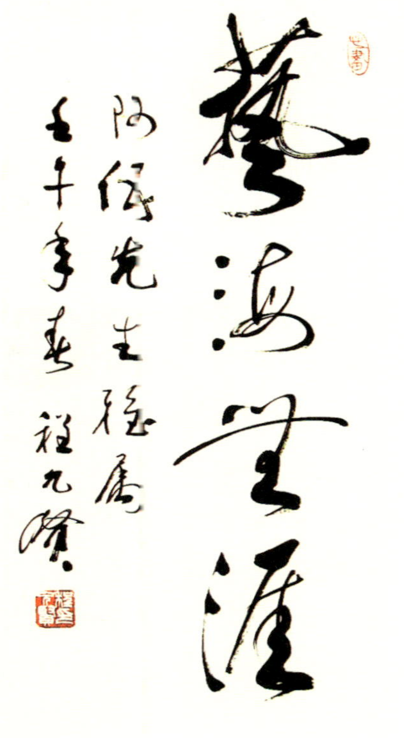

程允贤为严异德题字

雨花台烈士群像

石雕行业进入一个前所未有的辉煌时期；同时也催生了一些私营石铺重组整合，出现了几家规模工厂，在互相竞争中形成了各自的优势和特长，形成了金山、藏书、枫桥三家龙头企业三足鼎立的局面。

砖雕是屋身的衣裳

一、南方之秀

木雕，常居檐内檐外，但“足不出户”。惟有砖雕苦心孤诣于内外、上下空间，或平面或立体，在建筑区域内全方位穿梭，渗透，覆盖，成为建筑“三雕”的首席代表。

把砖雕比喻成屋身的衣裳，是因为砖雕在屋身的出现，恰如衣裳之于人体。古时上曰衣，可喻为砖雕（塑）的屋脊部分；下曰裳（古代指裙子），可喻为砖雕（塑）对各种墙体部分的装饰。

与石雕相比，石属于矿物，其密度高于砖，其硬度在没有现代科技支撑的年代，具有抵抗某种外来机械作用力（如刻划、压入或研磨）侵入的能力；所以，石材无法实现人们精雕细刻的愿望，在传统建筑中石雕只扮演配角，大部分作为基础之材，偶有雕琢，也不易精细。相对于木雕，木属于植物，在有了铁器刀具的条件下，可随心所欲地通过精雕细刻来实现人们对美的追求愿望；但木材易遭虫蚀、易腐，致命的是怕火。

砖作为人的造物，兼有石与木两者的优点。

青砖属于烧结砖，主要原料为粘土，粘土加水调和后，挤压成型，再入砖窑焙烤至1000℃，确保青砖烧制温度以及持续时间足够，可使粘土中的硅酸盐结构重组，类似钢铁高温热处理能够提升强度。在温度足够时，通过减小窑顶出气口，延长烧制时间，从而增强了青砖的硬度。因粘土中含有铁，烧制过程中完全氧化时生成三氧化二铁呈红色，砖的颜色应该是红的。但由于在烧制结束后窨水工艺的运用（其实是一种缺氧冷却），类似钢铁的淬火处理，使粘土中的铁不完全氧化，而生成低价铁（FeO），就有了青色的青砖。这种青砖具有耐风化、耐水等特性，经科研检测，砖雕的抗压大于十五兆帕，吸水率小于百分之二十。

没有万年不烂的石，只有千年不烂的砖。

这是吴中太湖一带砖雕工匠的口头禅。这句话显然是工匠为自已作的广告，有夸大其词之疑。但如果从目前苏州古代砖雕遗存分析，石雕、木雕和砖雕三者中，砖雕的生命力丝毫不逊于石雕和木雕，在完整性上甚至更胜一筹。例如南宋苏州玄妙观三清殿中的须弥座砖雕和吴中太湖各岛上的砖雕门楼，在经历了大自然的风霜雪雨和人类纷争的战火洗礼后，至今仍然与日月同辉，与我们相伴。

二、苏式砖雕的材料与技术特征

太湖流域细腻的沉积粘土，泥质较好，历来就是烧制砖瓦的好原料。

明代张问之在《造砖图说》中记载："自明永乐中，始造砖於苏州，责其役於长洲窑户六十三家。砖长二尺二寸，径一尺七寸。其土必取城东北陆墓所产乾黄作金银色者，掘而运，运而晒，晒而椎，椎而舂，舂而磨，磨而筛，凡七转而后得土。复澄以三级之池，滤以三重之罗，筑地以晾之，布瓦以晞之，勒以铁弦，踏以人足，凡六转而后成泥。揉以手，承以托版，研以石轮，椎以木掌，避风避日，置之阴室，而日日轻筑之，阅八月而后成坯。其入窑也，防骤火激烈，先以穅草薰一月，乃以片柴烧一月，又以棵柴烧一月，又以松枝柴烧四十日，凡百三十日，而后窨水出窑。"泥土在经过选、切、晒、碎、筛、淘、压、制、阴、烧、窨等繁杂的工序后，烧结而成质地坚硬细腻的青砖，才能得到适合雕刻的砖细材料。

在砖雕技术的发展过程中，从事砖雕的工匠是从泥水匠中分工细化出来的，称为"凿花匠"，也被形象地称为"砖细"。砖细匠人主要做磨砖、对缝、雕镂等细致的活，砖细

开元寺无梁殿

不施彩描金，全凭清水砖的本色，经过匠人的精雕细刻，使多种形象跃然于墙垛之上，呈现出质朴清秀、精致柔润的水乡风格，是“香山帮”建筑艺术的重要组成部分。

有关砖雕的流程，《营造法原》记载 ：“先将砖刨光，加施雕刻，然后打磨，遇有空隙则以油灰填补，随填随磨，则其色均匀，经久不变。砖料起线，以砖刨推出，其断面随刨口而异，分为劻面、亚面、文武面、木角线、合桃线等。”

诸如门楼、门宕、门罩、门景、门楣、窗宕、贴面、垛头、额枋、塞口墙、八字照墙（照壁）、神龛、砖雕围墙、大厅隔墙、砖细坐凳、栏杆等，即是把青砖当木头一样来精细地雕凿加工。所以，使用的工具与木工的工具相似，有刨、有凿、有锯、有锤，而技艺及制作流程也与木雕相近，故而在香山工匠中，许多木工也兼为砖细工。不同之处是，砖缺乏木材的韧性，细微之处的雕刻难度较大，需要工匠具备手法娴熟的“软硬劲”，香山工匠们戏称这是一种“细生活”。如开相必须有资历很深的大师傅来做，要用糯米汤来浸泡青砖，使其增加柔韧性后，才能深雕到十几皮那么精细。

砖雕工艺流程 ：一、修砖——选砖取料，磨平，四边做周正 ；二、放样——画稿 ；三、描刻 ；四、打坯——雕凿分出层次，镳出主体轮廓 ；五、出细，又称“刋光”——在打坯基础上细致雕凿、打磨 ；六、修补——填补砂眼，粘接残缺 ；七、上色揉净。

砖瓦济水转釉窑　选自《天工开物》

叶圣陶教育思想实践图砖雕　叶志明制

“香山帮”巧匠的砖细雕刻手法，包括平雕、浮雕（浅浮雕、深浮雕）、圆雕、镂雕等。

三、砖雕的主要形制

砖雕可分为“窑前雕”和“窑后雕”，即在入窑焙烧之前或之后实施雕刻。“香山帮”的砖雕装饰大多为“窑后雕”，并以雕刻手法多样，层次丰富，玲珑剔透，细致入微为特点；讲究刀工整齐有力，线条流畅，错落有致，柔和简约。

苏州的砖雕门楼，是苏派砖雕工艺的主体载体，也是苏派建筑艺术的典型代表，故有“南方之秀”的赞誉。在质地细腻的水磨青砖上，用凿子和刨子，雕凿出神奇和不朽，突显楼主的身份和意趣爱好，所谓“无雕不成屋，有刻斯为贵”就是这个道理。如果说苏州园林艺术是一本古籍的话，那么砖雕门楼就是它的扉页。

我们习惯所称的门楼，其实此“楼”非楼，它仅是大门上边的一种牌楼式的顶。造园家计成在《园冶》中说：“门上起楼，象城堞有楼以壮观也。无楼亦呼之。”砖雕门楼中的“楼”，直白地说就是对大门的一种装饰形式，代表着“门第”的等级观念。而门和楼的形式、规模，也显示着户主的身份，是对社会秩序的一种直接表露。

从现存苏州砖雕门楼中，根据其形式可归纳为门楼和门罩。古人把门楼和门罩统称为门楼，但两者间是有区别的。门楼的两旁有檐柱到地，柱间上面有横枋，出挑檐上有坡屋顶，这些构件都是建筑的支架，相当于一座完整的门楼。而门罩是贴在门四周的墙上，它是依附于墙体的一座“假门楼”。但是，苏州的砖雕门楼，却是由门罩发展而来。门楼的样式有“三飞砖门楼”、“牌科门楼”两式，前者一般为素面，比较简洁，后者则多用雕刻，精雕而华丽。

（一）砖雕门楼：

砖雕门楼的型制为仿木结构，与屋顶的结构相近，就是把大门砌成牌楼形式，飞檐翘角高出两侧墙头，门楼顶部有一面坡、人字坡等形状，檐上也覆小青瓦，具有避风、防雨和遮阳等功能。檐下复杂的各种装饰及各种雕刻表现形式，是神话传说、戏曲故事和民间习俗雕刻题材的“舞台”，都是解读幕后主角——房主身份的引子。

门楼的砖雕装饰主要有：斗拱、额枋、方框、雀替、匾额、挂落、垂花等。

斗拱：斗拱用于柱顶、额枋和屋檐或构架间。斗是斗形木垫块，拱是弓形的短木。拱架在斗上，向外挑出，拱端之上再安斗，这样逐层纵横交错叠加，形成上大下小的托架。用砖仿木的斗栱，处于柱顶、额枋、屋顶之间，似立柱与梁架的结合点。但砖雕斗拱，基本上已经没有了承重的作用，其的作用仅为增加门楼华丽壮观的气势。

额枋：额枋根据门楼的体量，可分为上枋、中枋和下枋，也是苏州砖雕门楼中最精彩的部位。每条额枋通景图就像一幅手卷式的人物山水画，通常需要五至七块水磨青砖拼成。如网师园的额枋通景图《郭子仪上寿》，描述了郭子仪一生位高权重，生育了八子八女，儿孙满堂，多福多寿。把郭子仪六十大寿，一百多位儿孙祝寿的巨大场景作为砖雕额枋的题材，首先是内容的需要，其次就是形式的需要了。因为只有在方寸之间雕刻出如此这般大场景，方能体现出雕刻作品的精致繁复，以及雕刻技艺的高超精湛。

方框、元宝、雀替、肚兜：都是门楼的附件，每件都是一幅独立画面，一般也是用整砖制作而成。除此之外，与上文门罩中的方框、元宝、雀替相同。

匾额：匾额的上方称上枋，下方称下枋，左边称左肚兜，右边称右肚兜，这些都起到了装饰、美化匾额字牌的目的。从匾额的形式来看，格式一般为：左起一排竖式小字年号，中间四字字牌为主体，文辞华美，意韵丰富，最后是落款，考究一点的还有印章。早期字牌边框无装饰，只是留出字的位置，据资料记载，乾隆时字牌边框装饰达到最繁盛的时期，而且装饰方法多样，题材也很丰富。字体的处理也力求美观，且字牌多为名人的书法题刻，或篆或楷或隶，无不呈现吴门书派秀润流丽的风格，丰富了苏州砖雕艺术的文化内涵和审美价值。精美的书法和典雅的砖雕相得益彰，使得苏州砖雕门楼更添

东山牌科门楼

几分浓厚的书卷气。

挂落、垂花：都是檐枋下的装饰构件，位于柱子与枋相交处，由边框、棂条和花牙子组成，其垂下的边部有方、圆、八角形，刻有精美花纹。

木门装饰：一般在木门外钉有砖饰，与门楼整体在颜色上及材料上保持呼应，另可防腐防火，是古代的“消防门”。

（二）砖雕门罩：

门罩，又称门头，出现的时代比门楼早。门罩其实指的就是较为简单的门楼，在结构和造型上显得较为简洁一些。门有门罩，窗户自然也有窗罩，窗罩与门罩类似，只是规模要略小一点。这种罩的造型特点是有层层出挑的檐角，两头弯起，看起来外形酷似元宝，便使罩有了“招财进宝”的寓意。

门罩，是大门的门框上部用水磨青砖砌成的向外突出的雨篷式结构，在顶部砌出仿木结构的屋檐，并镶刻砖雕作为装饰。它的装饰一般比较简单，常以浅浮雕和平面浮雕为主，做成各种吉祥图案和花卉图案。讲究的与可做成斗拱，常置屋檐，双角起翘，上檐下有瓦，除了具有装饰作用外，还可以遮挡风雨，保护檐下构件和门头上方的墙面，具有把墙面流下的雨水引向远处的实用功能。

吴县门罩的砖雕装饰与门楼相仿，只是门罩相对单薄，样式相对简洁。

门罩的砖雕、雕刻工整、线

东山三飞砖门楼

明善堂门楼砖雕

条流畅、主题突出、层次分明，令人赞叹不已。门罩的大小、高低、繁简，砖瓦材质，雕刻的内容与镶嵌的文字都非常讲究。简单的门罩只有两根贴墙的短柱，中间有一道横枋，整个门罩出檐很小，只带很少的砖雕。复杂的则有多层梁枋相叠，梁枋上全布满了雕饰，成为镶在门上的一座“门楼”。前提是必须与主人的身份相符。

（三）砖雕照壁

照壁，是渲染门庭身份和承载书香翰墨气氛的载体，明朝时在苏州开始盛行。

吴县的照壁主体为砖料砌成，分为上、中、下三部分，下为基座，中间为影壁心部分，影壁上部为墙帽部分，仿佛一间房的屋顶和檐头。照壁与门楼有互相陪衬，互相烘托的关系，二者密不可分，它虽然是一座墙壁，但由于设计巧妙，精雕细刻，造型各异，特别是在宅院入口处起着烘云托月，画龙点睛的作用。

较为考究的影壁，通体用砖细贴面，四角设有角花，中心有砖雕的图案，题材多为吉祥如意的纹饰。等级低一些的影壁，常用白石灰粉刷壁面的中心，与四面的青砖相对应，朴素而文雅。照墙的门楣上有金钱卷草纹砖雕，上施仿木斗栱，承檐脊。形似扁担式样的混水瓦脊称为“皮条脊”。磨砖对缝的影壁是极为工细的一种做法。

西山东村敬修堂

春在楼门楼

照壁在建造上有一定的形制，常用的有三种。

门内的一字照壁：

其位于大门内侧，呈一字形，故称为一字照壁。大门内的一字照壁有独立于厢房山墙或隔墙之间的，称为独立照壁；如果在厢房的山墙上直接砌出小墙帽并做出照壁形状，使照壁与山墙连为一体，则称为座山照壁。

门外的一字照壁和雁翅照壁：

指位于大门外面的照壁，这种照壁座落在建筑物的对面，正对宅门，一般有两种形状，平面呈"一"字形的，叫一字影壁，平面成"冖"形的，称雁翅照壁。这两种照壁或单独立于对面宅院墙壁之外，或倚砌于对面宅院墙壁，主要用于遮挡对面房屋和不甚整齐的房角檐头，使经大门外出的人有整齐美观愉悦的感受。

正反撇山照壁：

这种照壁，位于朝南大门的东西两侧，与大门檐口成一百二十度或一百三十五度夹角，平面呈八字形，称做"反八字照壁"或"撇山照壁"。做这种反八字照壁时，大门要向里退进二至四米，在门前形成一个小空间，可做为进出大门的缓冲之地。在反八字照壁的烘托陪衬下，门楼显得更加深邃、开阔、富丽。

四、墙垣中的框景

墙，是指砖石等砌成承架房顶或隔开内外的建筑物，主要起分隔、围护和承重等作用，其次是起隔热、保温、隔声等宜居的作用。它形式有好几种，分隔房间的为隔墙、房屋两侧的为山墙、高出屋面的为女儿墙、平坦规整的为平墙、坡地随势的为阶梯墙、波浪起伏的为云墙……这些大量出现的高高低低宽宽窄窄的白墙，都是建筑功能上的必须。

习惯上人们称苏州建筑为"粉墙黛瓦"，而不说成"白墙"，究其原委，是苏州的墙似墙非墙，似白非白，遍布城里城外的墙，一个"粉"字涵盖了"白墙"的全部。

在吴地，人稠地少，无论是私家园林还是大户人家，居住面积相对狭隘。如何把有限向无限空间拓展，白墙是香山工匠空间拓展的必备载体。当墙将院落分隔成多个空间后，大片的墙面衬托出了各处的花木、石峰，如同欣赏一幅水墨长卷。随着日照变化和阳光强弱，将花木湖石或水光树影投影于白墙上，就会出现多样的光景变化。有的庭院在一条轴线上连续有两个或两个以上的洞门，一眼望去，门内有门、景中有景、院落层层、风景互渗，造成了虚实对比、丰富生动的美妙奇景，描绘出意境尤佳的变幻莫测的画面。正是凭借这些夹杂在宅园之间白墙上的洞穴，分隔出了层层叠套、曲折回环、若断若连的空间，从而使白墙变成了“粉墙”，或松枝山石、或古梅探幽，或竹影摇曳，真是“情为主，景为宾，物为我所用”。

然而，这只是“粉墙”之美的序幕，真正的情景，藏在一个个虚位以待的“框景”中。

虚位以待，是指在白墙上开出洞穴（洞门、空窗、花窗），形成虚实对比和明暗对比，使墙面产生丰富多彩的变化。同时又使相邻的小院似隔非隔，富于层次。这种洞穴，香山工匠称为“框景”。《园冶》中说：“借以粉壁为纸，以石为绘也。理者相石皴纹，仿古人笔意，植黄山松柏、古梅、美竹，收之圆窗，宛然镜游也。”古人构景手法归有十八种，即：对景、借景、夹景、框景、隔景、障景、泄景、引景、分景、藏景、露景、影景、朦景、色景、香景、景眼、题景、天景。

《营造法原》上对在墙垣上做有门洞而不装门扇的称为“地穴”。相对地穴而言，在墙垣上做有窗洞而不装窗扇的称为“月洞”，地穴和月洞的外形四周以凸凹起线镶砌，称为“镶边”。镶上了砖饰的地穴和月洞，香山工匠称为“框景”。

框景，顾名思义，就是将如画的景植入“镜框”之中。

框景是用有限的空间框架，去采收无限空间的多变画面，并通过角度的不同，来达到步移景异的效果。框景利用“佳则收之，俗则屏之”的手法，把景象框限在从框中可看到的范围之内，有意识有目的地优化组合审美对象，达到纯真、精炼、集中展现景观的目的。在古典园林中，主要是通过“框”来读“景”，人们不是直面景物本身，而是通过“框”来进行构景认知，实现具有自然美、建筑美、意境美的艺术境界。

框景，是汇自然、造型、诗画三位一体的美丽画卷，点缀出了白墙的灵秀和意境，是文人和匠人灵魂的点睛之笔。

（一）月洞框景

月洞，是指墙体与窗的过渡层，起一个固定以及防止周围墙体坍塌的作用，除此之外，还可用使人更好地观赏景致的作用。月洞有漏窗和空窗两种。

漏窗是设在宅院内部墙上避免泄景的一种建筑艺术处理工艺。

漏窗，俗称花墙头、漏花窗、花窗，是一种满格的装饰性透空窗（注：不同于下述的“月洞”），外观为不封闭的透窗，窗洞内装饰着各种漏透图案，透过漏窗可隐约看到窗外景物。为了便于行人观看窗外景色，漏窗的下框至地面一般约在一点三米左右。

计成在《园冶》中把其称为“漏砖墙”或“漏明墙”，“凡有观眺处筑斯，似避外隐内之义”。此话详尽了漏窗的功能，但漏窗除了对院内墙垣的美化外，通过其似隔非隔、光影斑驳、人行景随，还具有“避外隐内”的安全功能。更重要的是，其虚虚实实、若隐

园林中的粉墙

粉墙黛瓦　吴冠中绘

若现创造出的空间层次，消除了白墙的闭塞感，使墙垣变得“疏朗”，以追求以小见大的意趣。

漏窗的花纹图案极为丰富多样，漏窗窗框的形式有方、横长、直长、圆、六角、扇形及其他各种不规则形状，在数量上，以方形与横长两种漏窗为多。目前从苏州园林漏窗和工程设计部门的普查，确定苏州现存漏窗各类图案达四百余例。内容多为花卉、鸟兽、山水或几何图形，也有以传奇小说、戏曲及佛、道故事的某些场面为题材。按构图可以分为几何形体与自然形体两类，但在同一庭院中，不会有雷同的漏窗出现。

几何形体图案多由直线、弧线、圆形等组成。全用直线的有万字、定胜、六角景、菱花、书条、绦环、橄榄、套方、冰裂（冰纹）等。在构图上，一般采用简洁大方的直线组成图案。曲线图案较为生动活泼，全用曲线的有鱼鳞、钱纹、球纹、秋叶、海棠、葵花、如意、波纹等。用两种或两种以上线条构成的有寿字、夔纹、万字海棠、六角穿梅花和各式灯景等。还有四边为几何图案，中间加琴棋书画等物的式样。

自然形体的图案取材范围较广，图案题材多取象征吉祥或风雅的动植物。属于花卉题材的有松、柏、牡丹、梅、竹、兰、菊、芭蕉、荷花、佛手、桃、石榴等。属于鸟兽题材的有狮、虎、云龙、蝙蝠、喜鹊、凤凰和松鹤图、柏鹿图等。物品题材有花瓶、聚宝盆、文房四宝和博古等，还有表现戏剧人物和故事、象形文字的图案。属于人物题材的多以小说传

耦园的砖雕花窗

奇、佛教和戏剧中的某些场景为题材。

漏窗的制作形式分两种。一为清水硬景漏窗,指用方砖或瓦片加工后拼砌而成的砖细漏窗,其特点是窗芯线条由直线或由若干块对称的几何图形组合,整宕花窗线条既圆润又挺拔,棱角分明。二为混水软景漏窗 :一般指用砖瓦搭砌漏窗,图形曲折迂回,整宕花窗边框圆润,没有固定的转角。

漏窗的工艺分类很复杂。

根据制作漏窗的材料不同,可以把漏窗分成砖瓦搭砌漏窗、砖细漏窗、堆塑漏窗(另见本书《彩塑与堆塑》)等。所有漏窗均有一圈以上的清水磨砖作边框,明式做法起两到三条线脚,形成的“子口”柔和幽雅。漏窗中部的窗芯弯曲变化繁多,形成了不同的图案,姿态繁复,不下数百种,从大处区分,可以把图案分成硬景、软景和硬软兼备三类。

硬景 :是指其窗芯线条都为直线,把整宕花窗分成若干块有角的几何图形。如用直线构成的万字、定胜、六角景、菱花、书条、绦环、橄榄、套方、冰裂(冰纹)等。砖细漏窗硬景较多,有的以直线条形成,也有的以大块砖细件雕刻而成。

软景 :是指窗芯呈弯曲状,由此组成的图形无明显的转角。如全用弧线塑造的有鱼鳞、钱纹、球纹、秋叶、海棠、葵花、如意、波纹等。堆塑漏窗以软景为主,图案一般以吉祥物为主题。

硬软兼备 :两者相比较,前者线条棱角分明,顺直挺拔 ;后者线条曲折迂回,体现了不同的观赏效果。但硬与软不是孤立的风格,有时根据内容的需要,硬与软可同时出现在一方漏窗中。

以月洞直接造型出各式窗的轮廓,而不设任何图形,空空如也,称为空窗。

空窗是吴地园林中比较常见的,也是运用非常广泛的窗。主要布置于园林中的隔墙或游廊等处的墙上,这种窗形式活泼多样,既能单窗自成一景,又能数窗形成组景。空窗的构图丰富多姿,其造形简约,以几何形为主,款式造型可达百种以上。

相对于墙垣中花窗,漏窗虽然造型简约,隔而不堵,漏中有续,视觉效应直接,可望而不可即,与朦胧的花窗形成对比。两种组合在一起,如同颗颗珍珠,把美景串接成篇,形成了虚虚实实的视觉差,使框景忽隐忽现,步移景换。达到了《园冶》所说的“处处虚邻,方方侧景”的境界,从而增添了无尽的生气和流动变幻感。

(二)门洞框景

“香山帮”营造的门洞,造型独特,仅有门框而没有门扇,所以叫门洞,也称洞门。

苏式传统建筑中凡走廊,庭园的墙垣间,常建有洞宕。宕,《说文》中释义为 :“洞屋者，四围无障蔽之谓。”在宅园中除了通行功能外，还有分隔的作用，使之兼容了园中借景、呼应对景、转换宅院场景、丰富景观变化的功能。

门洞，是指庭园中为联系和组织景观空间，能让人通行的、与墙结合设置的庭园建筑景观小品。由于其形象是一个洞口，又具门的作用，所以习惯上称之为洞门。洞门使两个分隔的空间相互联系和渗透，一般与园路、围墙结合布置，共同组织游览路线。同时，洞门还是创造庭园框景的一个重要手段，洞门作为景框，可以从不同的视景空间和角度，获得许多生动的风景画面。因此，通过门洞的巧妙运用，可以使庭园环境产生园中有园，景外有景，步移景异的效果框景的诸多形式中。一般在门洞上端还嵌有匾额，并雕有与景观相映成趣的文字。

香山工匠制作的门洞，充分吸纳了古代建筑艺术中的精华，通过青砖来造型出风格迥异的门的入口，如嵌镶在大自然的镜框，并对传统元素进行了不同程度的创新，形式繁多。但无论采用哪种洞的形式，都充分考虑了与框景及周围山石、植物、建筑物风格的协调。

在洞门内外，常植有翠竹芭蕉、奇石盆景等小品，通过洞门透视景物，可看到一幅幅框中之景、框中之画。“门里框来四季景、窗中迭出尺幅画、壶中辟来新天地”，就是对框景生动的写照，为营造出忽而开阔忽而幽密的空间与步移景异的“时空”幻境，获得了“别有洞天”的效果。

直线洞门和孤线洞门

门洞的形式很多，根据边框线的特点，可分为三种，即曲线式、直线式和混合式。

曲线式门洞的边框线是曲线型的。曲线式门洞，常见的有：月门、瓶门、葫芦门、海棠花、椭圆门、圈门、剑环门、莲瓣门、如意门、贝叶门等；多为拟物寓意，如月洞门寓意圆圆满满，花瓶门寓意一门平安，桃形门寓意福寿盈门，葫芦门寓意子孙连绵，是香山工匠常用的门洞形式。

直线式门洞的边框线为直线或折线，门洞为多边形。如方门、长方门、六角（方）门、八角（方）门以及其他多边形门洞等。门洞也各有寓意，如六角门寓意六六大顺，八角门寓意四通八达，均以独特的语汇，传递着天人之际的祝福与祈盼、希冀与慰藉。

混合式门洞的边框线有直线也有曲线，通常以直线为主，在转折部位加入曲线段进行连续。不管简单复杂，其造型图案，与民间传统文化中的吉祥符号有着密不可分的联系。

五、当代吴中砖雕名家

（一）潘志慎——由雕花楼走出的雕刻家。

潘志慎，1958 年出生于吴县东山。他生长在石雕世家，祖父以开设潘盛记石作闻名苏沪一带。当时凡有大建造，需要砖雕、石刻，多由潘盛记石作包揽承作，代表作是被人们誉为“江南第一楼”的东山雕花楼砖雕门楼。潘志慎自小受家庭环境的熏陶，改革开放后，他为当地文管部门刻凿文物志碑及《叶圣陶·重访甪直》诗碑，初试锋芒，得到了修复全国重点文物保护单位东山雕花楼门楼的机会。当时，因为砖雕门楼大概有三分之一的砖雕图案都已残缺，特别是门楼最下面一组全景式砖雕“郭子仪拜寿”，缺少三分之一，没有人知道那是什么内容。潘志慎专门请教了文史专家，在尊重历史的基础上，通过艺术构思，完成了这组砖雕的创作，而且做到了修旧如旧的效果。“雕花楼”砖雕门楼的成功修复，演绎了“潘盛记”祖孙两代雕刻艺人跨越时空的砖雕传承佳话。

此后，潘志慎名声大振，随即又为东山紫金庵，无锡的泰伯庙、泰伯墓，甪直陆龟蒙墓，上海龙华烈士陵园等文保单位服务，由此奠定了其业务范畴，形成了他非文化题材不为的经营模式。而许多书画名家也都“点将”东山小潘来雕刻自己的作品，如谢孝思先生的“三山文物馆”、张辛稼先生的“雕刻大楼”、亚明先生的“近水山庄”……现在，潘志慎在东山注册成立了“潘志慎雕刻艺术社”，一是为了“潘盛记石作”祖业的承袭，二是为了苏州市砖雕技艺传承人这份荣誉。

（二）钱建春——缤纷的性格绽放五彩的砖雕。

钱建春1971年出生于吴中藏书镇。藏书镇在历史上以石雕技艺著称,可谓苏州雕刻之乡;钱建春的父亲钱炳仁为雕刻圈内公认的大师傅,于石雕、木雕、砖雕无所不能,尤擅长砚台雕刻,曾获得全国工艺美术"百花杯"一等奖。由于家族祖辈都以传统雕刻工艺为生,从小耳濡目染的他早就对雕刻情有独钟,读初二时制作的砚台就在吴县(现吴中区)雕刻作品评比中荣获二等奖,以后也就自然而然地走上了职业化的砚雕道路。在父亲钱炳仁帮助下,经过十余年刻苦钻研,钱建春成长为苏式雕刻技艺一代传人,在砚台等工艺类雕刻中颇具特色。

因为一次偶尔的机遇,改变了钱建春的职业轨迹。

2000年,钱建春参与苏州大石头巷吴宅修复工程,这是沈三白《浮生六记》中的"仓米巷"原址。他进驻老宅中,满目疮痍,与往日小说描述的繁华景象已是面目全非,但其中砖雕门楼仍保留着旧时的风华。这是钱建春真正意义上第一次零距离地触摸砖雕门楼,残缺的门楼,以其精美的雕刻透露着古宅昔日的繁华与沧桑,仿佛每块青砖上仍氤氲着书香之气,浓缩着古代苏州的历史文化记忆。就这样,一座特别的砖雕门楼,让钱建春读懂了雕刻,也读懂了砖雕,并决定专攻古建,择"砖"而栖。

2005年,钱建春的砖雕技艺已达到一个新的突破,并在吴中区率先成立了砖雕作坊——苏州古艺砖雕坊。2008年后,随着砖雕技艺和生产管理各个体系逐渐完善,以及社会的认知度不断上升,业务量的持续井喷,他的小作坊升格为"苏州钱氏砖雕有限公司",告别了最初的家族模式,逐步形成了苏州砖雕的规模企业,在华东一带享有声誉,上海、北京、浙江、广州、福建、四川等地客户纷至沓来。

钱建春的砖雕作品有三大特点,其一"大",就是气势恢宏。传统砖雕面积一般在零

彩绘砖雕松鹤延年　钱建春制

山东台儿庄砖雕

可拆卸砖雕门楼

点五到十平方米，但近年来市场的需求改变了传统砖雕点缀作用的格局。如上海松江古城改造工程中的砖雕照壁达三百平方米，需要一万多块金砖组合而成，画面从历代人物，到亭台楼阁等背景都需工艺精细、形神兼备，没有非凡的技艺水平和管理能力，是很难协调好三十多位艺人，在短短八个月内完成的。其二“深”，就是深刻。一般金砖的厚度只有十厘米，其传统雕刻深度在三到五厘米，但遇到超大作品时，要想层次分明，就必须加强雕刻深度；为此钱建春发明了超深砖雕的新工艺。如他领衔创作的《百鸟朝凤》砖雕，长十二米，宽三点五米，平均雕刻深度达二十厘米，最深处有二十八厘米，最深处需要三块金砖叠起来才能雕出。砖雕的难度是随着雕刻深度加码的。他用三块金砖相叠，先在最下面一块砖上以传统“反刻”技艺打底，一块块依次雕刻好后再连接起来，在层层叠叠中，两只凤凰从九天飞翔而下，喜鹊、孔雀、鸽子等一百种鸟环绕周边，仿佛振翅就能破壁而出，让人叹为观止。其三“彩”，就是色彩斑斓。他受秦汉画像砖及苏式堆塑彩绘的启发，经十多年反复试验，研究成功了其色牢度及色饱和度适应户外建筑运用的传统苏作彩绘砖雕，在色彩上借鉴京派建筑彩绘风格，五彩缤纷，在北派的豪放中呈现出婉约的江南情调。

2013年9月，钱建春经过整整两年的探索实践，研究成功“模块式可移动苏派砖雕”，终于攻克了一直影响苏派砖雕发展的瓶颈。这年钱建春将他的长十二米、高八米多、重达六十五吨的砖雕门楼系列作品，首秀在南京文博交易会上。当这座庞然大物突然出现在南京国际博览中心广场时，震惊了全场。钱建春说，以往苏派砖雕门楼只能现场制作，工期长，价格自然就贵了，而且在制作中还会产生噪声、粉尘等污染。而通过将砖雕门楼分段设置为：砖雕本体、砖雕牌体和砖雕檐体，就可定单批量生产，也便于现场施工安装，省时省力，提高工作效率。“模块式可移动苏派砖雕”安装时通过设置铆接结构来衔接，方便快捷，牢固可靠，可装可拆。因此，这也能作为私人定制收藏的的“可移动文物”，在房屋改建或迁居时，随意移植，真正具备了“子孙永葆之”的收藏功能。

舟山核雕的三驾马车

清代张潮编的《虞初新志》，辑录了明代魏学洢著的《核舟记》一文。

这是一篇对核雕技艺的说明文，作者细致而真切地介绍了核舟的形状，描绘了舟中人物的情态，表现了刻舟者高超的雕刻技艺和独特的才华。“明有奇巧人曰王叔远……尝贻余核舟一，盖大苏泛赤壁云。舟首尾长约八分有奇，高可二黍许。中轩敞者为舱，箬篷覆之。旁开小窗，左右各四，共八扇。启窗而观，雕栏相望焉。闭之，则右刻‘山高月小，水落石出’，左刻‘清风徐来，水波不兴’”。魏学洢的这篇曾经被选入中学课本的《核舟记》，形象地再现了明代苏州微雕奇人王叔远“能以径寸之木，为宫室、器皿、人物，以至鸟兽、木石，罔不因势象形，各具情态”的核雕技艺。这是至今惟一详尽叙说有关核雕艺术水平的史料文献。“其长曾不盈寸，盖简桃核修狭者为之”，“嘻，技亦灵怪矣哉！”这句话是对核雕技艺的最高礼赞。

核雕究竟何时成为一个独立的雕刻品种，今天我们已经无从考证，但它的诞生肯定与古人随身悬挂的佩饰和把玩的物件有关，与达官显贵、豪门商绅和文人雅士有关。能够供把玩的工艺美术品，常常是那些材质贵重、工艺精湛、意蕴雅洁的玩意儿，象牙、玉器、折扇等，就是人们爱不释手的把玩品。明清之际，这股把玩之风更烈，出入行走，品茗清谈，折扇、佩玉、手珠、珍玩等如影随形，片刻不离。

然而，一种本来平常的物件，一枚原本只是弃物的小小果核，因为匠人精湛的微雕工艺，一时间身价百倍，竟成了争相把玩的新宠，成为时尚标志而风靡朝野，仍然是有些令人意外的。

既成为品赏的珍品，核雕技艺也就日臻玄妙，于方寸之间容纳飞禽走兽、舟船车马、山川物态，以至多变的故事题材，将天地乾坤、人间百态，浓缩于一握之间。

一、上海永兴斋与舟山核雕

舟山村，估计海拔在二十五米左右。舟山村依山坡而筑，面太湖而居。二千五百多年前，这里为吴王阖闾所置“造舟之所”，因在此建造舟船、训练水师而得名。

随着吴国的覆灭，“造舟之所”不复存在，但遗留下了“舟山”之名和造舟技艺，以及受“香山圈里”地域文化影响而形成的舟山人好雕善刻的传统。《香山小志》曾记载：“香山梓人，巧者居十之五六。又有雕工，专将竹根、竹节、黄杨、紫檀，以及象牙、牛角、桃核、橄榄核，刻山水人物、花卉鸟兽等玩品，精巧有致，雅俗称赏。”这些工艺门类会聚在舟山村，使舟山村成了名副其实的“雕刻之村”，在明代即以象牙雕刻闻名。然而，真正使舟山村声名鹊起的，还是橄榄核雕。

人民美术出版社《中国工艺美术》1984年第一期中记载：“史称‘康乾盛世’的清代初期，社会经济繁荣，商品经济不断发展，沿海城市的对外贸易繁盛，一些民间工艺作坊和古玩市场麇集于市。橄榄核雕遂成西人猎奇之物。清末象牙雕刻的生意清淡，一些牙雕艺人改用橄榄核雕刻念珠。从事此业的艺人，大都来自苏州的吴县舟山农村……”

当年闯荡沪上的舟山艺人有：殷氏兄弟（殷根泉、殷根福）；钟氏兄弟（钟元庆、钟二男）；钟年福、史阿小、须吟笙及殷氏兄妹（殷荣生、殷雪芸）等，其中殷根福以小小橄榄核演绎了立足上海的传奇故事。

殷根福（1885—1939），是苏州橄榄核雕名家，其刀法雄健、形简意赅，世称“殷派”。殷根福青少年时期初学竹雕，继学牙雕，再学核雕，雕刻技艺在舟山村崭露头角，脱颖而出，成年后闯荡上海，在上海老城隍庙开设永兴斋，出售竹雕、牙雕艺术品。一次偶然的机会，他从广东船工中获得一些橄榄核，精心琢磨以后，随形设计，雕成罗汉头像。为此，他曾专程去东山紫金庵罗汉堂观察罗汉形象，再创作于核雕中。他的核雕十八个罗汉个个不同，脸部表情自然形象生动，双眼传神神采各异，而且挺刀爽劲，厚朴凝重，被誉为“殷氏罗汉”。殷根福设计的“罗汉头佛珠”手串，由十八粒罗汉头加顶珠与底珠，共二十枚核雕艺术品组成一串。当时信奉佛教的人数众多，故“罗汉头佛珠手串”风行一时，求购者络绎不绝。他的单粒罗汉头像及飞鸟走兽等核雕制成挂件，其高超的技艺与精湛的作品同样博得阵阵喝彩，风行申城，成为文人雅士、善男信女手中摩挲把玩的尤物。

意想不到的是核雕作品还深受海外洋人追捧，于是这粒从广东漂来舟山的乌橄榄核雕，又由上海开始漂洋过海，走向世界。殷根福的创作带动了家乡的核雕产业，全村年耗橄榄核曾达十担左右，产品均由永兴斋收购出售。这种发展态势催生了舟山村的核雕手艺，使舟山村成了国内独一的核雕之乡。而殷根福立足的上海，也成了舟山核雕发展途程中最重要的福地。

永兴斋核雕风靡上海，殷根福常年往返于上海——苏州，在技艺辅导、质量验收、收购销售上耗尽心力，人到中年后疾病缠身，主持永兴斋的日常工作显得力不从心。于是他在 1935 年和 1938 年分别招收了同村须吟笙、钟年福为徒。这时，永兴斋里人丁兴旺，新来学徒与殷根福的子女殷荣生（小名小男）、殷雪芸（小名小妹）年龄相仿，他们朝气蓬勃，给永兴斋注入了青春活力。他们朝夕相处，取长补短，学习的气氛异常活跃，创作设计了一批或风格粗犷或精致细腻的不同类别核雕新品，丰富了殷派核雕的形式和内容，他们是殷派核雕的实践者，也是殷派核雕的组成部分。

1939 年殷根福因肺病逝世，十八岁的殷荣生携妹继承父业，率师兄弟钟年福、须吟笙克服种种困难，凭借殷派核雕品牌维系着永兴斋的正常运转，传、帮、带的工作也由殷荣生担起。在他的带领下，几个风华正茂的年轻人在核雕技艺上相互切磋、不分彼此。其实他们都是同乡、同龄人，在他们身上毫无传统上的辈份之分，他们相互学习交流，相互促进，情同手足、齐心协力，把永兴斋经营得红红火火。

1949 年后，永兴斋被公私合营。他们不得不考虑自己今后的前途。殷荣生兄妹选择留在上海，投入建设新上海的大潮中，妹妹后来也返苏务农。钟年福离别上海后应征入伍，并赴朝鲜参加了抗美援朝。须吟笙留在上海，继续从事他钟爱的雕刻艺术。

永兴斋　顾曾平绘

1970年代，昔日永兴斋的伙伴，转了一圈后都回到了家乡舟山，为了复兴“舟山核雕”这个目标，又相聚在一起，成为舟山核雕发展中的“三驾马车”，为中国工艺美术雕刻中的核雕门类，续写了浓墨重彩的一笔。

二、三驾马车

（一）一马当先殷荣生

殷荣生（1921—2014）在上海滩生活了整整五十个春秋，然而他的核雕作品没有沾染上丝毫脂粉气，依然张扬着一股豪迈阳刚之气。

他从父亲殷根福手中接过刻刀的那一瞬间，就誓言要传承好“殷派”核雕技艺。在上海的平凡日子里，核雕是他业余生活中不可或缺的内容。“刀笔粗犷，大刀铲削，形简意赅”的罗汉手串上留下了“殷派”成熟的痕迹。他不须用笔在核上描摹，而直接在核上奏刀，先五刀定位，鼻子一刀，眼睛二刀，耳朵二刀，然后在整体与局部中迂回过刀，整个核雕用刀不多，刀法果敢，刀路爽劲，而且保留着刀痕，用他自己的话解释，就是清爽。

从上海退休后，殷荣生一直没有离开过舟山，遗憾的是一次大手术使八十五岁高龄的他不得已放下了刻刀。这位长者，一生没能留下什么，只留下了“殷派”核雕这门技艺，还有就是培养出了一批“殷派”传人。

“十八罗汉串珠”是殷荣生的核雕代表作，罗汉的种种形象、表情、气质、风神逸韵，表现得十分生动，具有典型的“殷派”特质，从中再现了殷荣生当年简洁果敢、洗练概括的刀法绝技。触摸殷荣生的作品，人们会疑惑，为什么生活在繁华胜地的“新上海人”，能创作出如此澹定从容的罗汉，答案只有“一方水土育一方人”了。其一，在苏州吴中

殷荣生

十八罗汉　殷荣生制

的角直镇保圣寺和东山镇紫金庵，能看到精彩绝伦的古塑罗汉；殷荣生创造的罗汉形象，表达语汇肯定受到这中国雕塑史上的瑰宝的影响。其二，父亲的逝世、永兴斋的关闭、伙伴的分离、舟山的乡愁等，让“新上海人”的内心仍在漂泊，核雕是惟一能够解忧的托付方式。其三，父亲的遗愿，家乡的重托，接过刻刀在殷荣生是别无选择，而核雕也成为殷荣生生命的重要组成部分。

“殷派”罗汉，是对这种神秘的精神力量的呈现和弘扬。

品赏殷荣生先生所传承的“殷派”罗汉造型，感觉他其实一直在追求刀法的高度概括能力和代表性，即将繁复的雕琢技法做“减法”，力求凝炼为更加简洁的表现，使简洁的刀法有以一当十、当百的作用。而他的核雕人生，就是一个不断学习、研磨、实验的人生。他将自己完全退隐到“殷派”这个品牌之后，他的生命完全隐入刀法和线条之中，使人们只感觉罗汉的存在，而感觉不到作者的存在。可以说，殷荣生先生的一生，仿佛就是罗汉的一个侍者。

1970 年代中期开始复兴的舟山核雕，“殷派”罗汉影响了一大批后起之秀。数十年过去了，舟山核雕靠这批后起之秀建设了当今庞大的队伍。殷荣生先生无疑是“殷派”核雕的奠基人，引领中国核雕在舟山再度崛起的代表人之一。

（二）天马行空须吟笙

“舟山须吟笙，古貌古心，粥粥若无能者，然其技艺之巧，夺天工焉。

其核雕，一琢、一剔，核寸耳，勾勒数刀，价以两计。然其所以自喜者，又必用核之三楞四楞，以五刀定位为奇，则是经其手略刮磨之，而遂得重价，真不可解也。

吟笙名噪甚，得其一款，物辄腾贵。江浙沪润泽于吟笙之手者数百人焉，而吟笙赤

十八罗汉　须吟笙制

须吟生

贫自如也。”

这篇短文写于2006年5月16日，是笔者访谈须吟笙之后当晚的“急就章”。文章模仿了张岱《陶庵梦忆》中雕刻一文，希望能以此文构勒出须吟笙的一生。

须吟笙（1923—2011）原名银生，十四岁背井离乡到上海，拜师于核雕名家殷根福门下，成为了殷根福的关门弟子。1939年殷根福去世，须吟笙又随殷氏子女继续学艺。五六年后，上海人都知道永兴斋里有位小伙子，核雕“青出于蓝而胜于蓝”，人们指定要这位小伙子的核雕串珠，并且要他刻上大名。于是在须吟笙十九岁学徒正式出师之时，已经誉满上海了。然而身处繁华胜地的须吟笙开始不安于现状，他在师传的“殷派”罗汉表现技法上，不断地作添加和删减的实验。而上海的一些艺术展览成了他的知识源泉，不知不觉中他在艺术的实践中耗尽了自己的所有积蓄。桀骜不驯的须吟笙如一匹烈马，一意孤行地在艺术世界里驰骋。当时有位美国友人发现了他的艺术才华，欲安排他去美国发展，但须吟笙牵挂家乡的父母亲，放弃了出国深造的机会。

1949年后，须吟笙仍在上海继续圆着他艺术家的梦想，以至耽误了成家立业的大事，孤单一生。成为一位职业雕刻家后，他在上海闯荡了整整三十年。1968年舟山村开始筹办雕刻工艺组，村里干部知道须吟笙漂泊上海，便诚挚邀他返回家乡传授雕刻技术。须吟笙终于结束了他的异乡人生活，回到了家乡温暖的怀抱。1971年他参与创办舟山工艺雕刻厂，1973年他又参与组建吴县东山雕刻厂，期间带徒传艺，“桃李满天下”，为舟山核雕的崛起作出巨大贡献。

看他的核雕非常震撼，气度、韵味、精神、风骨、涵藏等扑面而来，令人赏心悦目。他的罗汉造型写实传神，似意大利文艺复兴时期的人物，就是追求人性化。罗汉手串十八个造型，尤如生活中睿智直率、奥妙曲直、慧心有怀的老头，可信、可爱、可敬，就像曾经沧海且乐观豁达的须吟笙老人。

2006年他摔伤骨折，由光福镇福利院迁回舟山亲戚家中养伤，随行的是工作台和一箱资料，同时带回的还有贫病交加和孤独。由于须吟笙一直没有成家，晚年茕茕孑立，只能在故乡“客居”，这种情景令人想起“君子固穷，小人穷斯滥矣”（《论语·卫灵公第十五》）。他的一生，迷漫着艺术家的气息。在舟山只有他执着如宗教般情绪一样虔诚地探索着雕刻艺术，用孤独演绎着艺术人生，终生不悔。

尽管已是年老体弱，但须吟笙仍能雕刻。他运刀准而精，能一边执刀在核体上不停的削、剔、刻，一边滔滔不绝地聊闲话给你听。说话的内容是从古到今，由舟山到上海，由木雕到核雕，更由艺术到孤独的人生……所以看他雕刻的人，常有双重享受。他成竹在胸，话由刀起，刻毕话停；刻不影响话，话也不影响雕，两种功能同样精彩，决无败笔，决不戏言，最后是一起“交卷”。

须吟笙是真正的“人民艺术家”，一身绝技无私授予别人，使其“技艺改变命运”，一生所作作品为持有人百倍增值，而自己一贫如洗。他不嫉妒富贵，他认为财富对艺术家天生是一种可怕的腐蚀。他在窄小的空间里过惯了窘迫的日子，对这种“既耕且读”的处境感到十分的满足，这其实就是耄耆老人对生活的全部奢望。因伤病回到家乡舟山，一种完美的幸福感在他脸上洋溢着，这是多么美妙的境界啊。但晚年的他，眼神和腕力已经力不从心，他雕刻，只是为了应付内心的寂寞，只是生命惯性的驱使而已。但须吟笙的地位是不可否认的，他的罗汉头雕刻，可算殷根福十八罗汉雕刻开派以来的一个里程碑。

也许须老不知，在舟山村有许多人都在吹嘘自己是须吟笙的徒弟，从这个泛滥的“谎言”中看，其实须老并不孤单。他兀然耸立在舟山村，成为“舟山橄榄核雕”品牌的风信标。

2008年后，一代核雕大家须吟笙先生一度离开魂牵梦萦的舟山，客居在广西桂林市。2011年的春季，须吟笙叶落归根，终老于舟山村。

（三）汗马功劳钟年福

钟年福生于1927年腊月三十，故名年福。“年福”的内容是“阖家欢聚”，这是中国人最重要的人生理想之一，而钟年福的出生一定是那年钟家大团圆的高潮。然而，使钟家想不到的是，他们家的“年福”还是“舟山核雕”产业发展的重要奠基人，“年福”这吉祥的名字，真的为“舟山”带来了福音。

钟年福十三岁师从殷荣生开始学习雕刻，从事过木雕和石雕等其他材质的雕刻，其艺当时无人能出其右。1970年代主持创建舟山工艺品厂、东山工艺美术厂，1980年代后，这样一位功勋卓著的“舟山橄榄核雕”创始人，却消逝在世人的视野之外。2006年我有幸拜访了这位予人“年福”的核雕大家——钟年福。

见到钟年福，我很惊讶他的体态如此矫健，七十九岁高龄的老人鹤发童颜，仍然伏案雕刻不止，几乎忘却老之将至。正是所谓老天不负苦心人，望着他的工作室及案上堆着的核雕，令人叹为观止。钟老在核雕艺术上的地位，在书中有记载：“钟年福的作品写实，刀工清隽，以重工精雕见长，时人称之‘钟派’”。然而，育人过百的钟年福却谦虚地认为：“钟派”源于“殷派”；无论是“殷派”还是“钟派”，都不能以单纯的符号概念来解释，创新发展才是核雕的流派。这句话看似简单，然而钟老为了实践它，操刀游弋整整七十四个春秋，创作作品款式达三十多种，以核舟为代表作。

福禄寿　钟年福制

历史上舟山因造船而得此名，核雕因核舟而闻名。然而，核舟在舟山的核雕历史上竟杳无音讯，这点使舟山人有愧于"造舟"的后代。读过《核舟记》的人，都会对核雕的《东坡泛舟赤壁》叹为观止。然而现在没有人见过文中的核舟，保存下来的惟有清代陈祖章的核舟（现藏于台北故宫博物院）。台湾当代诗人余光中先生曾在作品面前吟诗："谁的妙手神雕又鬼刻……剔成如此精致的小船。"然而如果我们要一睹芳容也不是件易事。1970年代钟年福应广州客商要求，携工具到南方，根据客户提供的资料，历时一周，终于创作成功了《东坡泛舟赤壁》核舟。一时名震南方。返苏后，时任舟山核雕厂厂长的钟年福，又根据记忆再一次创作出新的核舟。他是当之无愧的新中国第一核舟创作者。

1980年代后，钟年福避开名利场的喧嚣，开始关注自己在雕刻核舟时娴熟运用的微雕技艺，并对其展开纵深探索，一度沉醉于传统雕刻艺术之中，系统地研习了竹刻、玉雕和透雕技艺。他博采众家之长，兼蓄各门之韵，从而形成自己"疏可走马，密不透风"的"钟派"风格。

"核舟"的再版，是钟年福领悟微雕技艺神韵理论和实践的代表作，为传统核雕技艺如何嫁接其他艺术门类技法开辟了新天地，使"微雕艺术"这朵充满新意和神秘的泉眼再度在舟山涌现。微雕艺术贵在精致耐看耐品赏，难在精微层次的把握，因为它不仅体形微小，还必须在微小之中再现艺术神采、韵味。当年钟年福创作的每一件"钟派"微雕艺术品，无不是成功于扎实的基本功之上，所以，"钟派"技艺是以心血和汗水换来的。

"钟派"技法的形成及传播，受到了舟山雕刻手艺人的尊敬。其技先后传授予大女儿钟菊英（1989年后因为视力问题放弃雕刻）、大儿子钟耀源和二女儿钟菊仙以及孙女钟苑，徒弟有钟火元、谢才元、钟秀琴、周雪官、须培金、周建明等。在以后的日子里，钟年福的“核舟”和“十八罗汉”被舟山人无数次复制，并在复制中不断被改进，技艺精湛完美，成为舟山核雕永恒的品牌，堪称中国一绝。

钟老摆弄核雕，不仅为经济，主要是为了心中对舟山核雕依依不舍的一种情结。所以，钟老案桌上的刻刀铮亮如新，是绝对不会生锈的。我们的对话就在他的案桌旁进行，随着他不紧不慢的语调，一个大家传奇的人生经历和跌宕起伏的命运逐渐凸现。“我不是什么大师，我只是一个做生活的人，所以不大爱说，因为说多了，就不大能做活了。说得文雅一点，一粒核在没刻雕前说不清楚，而刻完了也就不用说了，我还是觉得核雕艺人的手艺应该和收藏者的把玩是一种缘分的契合，完全可以手的触摸来建立沟通语言，而不是站在人前说大话，说大话是语言艺术，不是核雕艺术。我老了，但心中牵挂着舟山，所以我只得继续刻下去。”

钟老与核雕执着相守一生，默默固执地在寂寞中心追手摹，潜思冥想，孜孜切切，将前人的嘱托和愿景渗透在自己的作品中，成了业内的引路人，使舟山村富甲一方。现在，当我们回眸梳理那些历史的印迹，会发现曾经的“钟派”像烙印一样，已自觉地深刻在当今核雕人的身上。尽管钟老没有“大师”、“传承人”的名衔，但我相信史书上的“大师”都是无冕之王。故而在此尊称其为核雕大师，我想，业内大多数人肯定是认同我的，因为这是对“舟山核雕”历史发展的尊重。

对于传承的一系列问题，归根结底在于精神。为此，我们不妨向即将被拆去的曾经的舟山工艺厂去寻根究底，想想当年创业者手植的幼苗，是如何长成参天大树的。“前人栽树，后人乘凉。”站在这些大树前，也许能启示我们：大树枝繁叶茂，是源于其最基础的根部。所以，我们应该把健在的老厂长钟年福请回舟山，听这位耄耋老人讲讲一树百获的故事，然后我们可以重拾过去的创业艰辛和艺术守望的精神，这才是核雕发展的真正根源。

内有核雕

走进舟山村，途经新筑的孙武路，还能见到尚未被现代建筑完全遮掩的孤寂山丘。如在傍晚或晨曦时分远眺，舟山，就像一艘搁浅的春秋战船。

如今，舟山虽不再“造舟”，但人们仍能看到一枚枚“核舟”，静悄悄地泊在那里，偶尔在静谧中悠荡一下。这可能来自我们对已逝岁月的感慨，于是，在心灵悸动的波澜起伏中欲解缆远航，搭乘“核舟”远离浮躁喧闹。这些虽为遐想，但意境是心境的折射，所以每当踏入舟山，就像见到一汪清泉，来到一个清澈见底的透明空间，荡涤着我们的灵魂。

不要问我从哪里来我的故乡在远方
为什么流浪流浪远方流浪
为了天空飞翔的小鸟为了山间清流的小溪为了宽阔的草原
流浪远方流浪还有还有
为了梦中的橄榄树橄榄树

听罢三毛的《橄榄树》，触摸舟山的橄榄核雕，故乡何在？

如果把橄榄的一生比作一条有着特殊轨迹的曲线，那么我们应该审视的不是它必经之路的惯性轨辙，而应解读其生命，由此我们才能在这条定势的曲线中找到生命力的解析式——流浪的心态。为什么要流浪？为什么会流浪？尽管歌曲《橄榄树》与“内有核雕”风马牛不相及，似乎不能相提并论，但我却看到两者间存在着天然的榫卯相洽。榫，为两者均是离乡背井，卯，为两者均要找到一个精神的故乡，来安身立命。

一粒离开橄榄树怀抱的“果核”，涉过千山万水，千里迢迢来到异乡，从“果核”转型升级为“内有核雕”，从此舟山成了“果核”的第二故乡，并把“户籍”更名为“中国非物质文化遗产苏州核雕”。试想如果“果核”留在故乡，其命运只能是榨油的“油橄榄”原料而已。所以，今天的舟山村对于我们，不仅是可供物质和精神产品的场所，还是个性独特与文化意义的文化遗存；今天的核雕技艺对于我们，不仅是民间手工艺，还是个承载乡村记忆的心灵家园。"内有核雕"纵向记忆着农耕的史脉与传承，横向展示着村落宽广深厚的阅历，并在这纵横之间交织出舟山村独有的个性。

北方的豪迈、雄伟，是由南方的秀丽、风雅对比而生的。宋代政权南迁后，大山大水的清朗画面变成了烟波迷蒙的婉约，使南方细腻缠绵的雕刻技艺达到史无前例的高峰。明代的"香山帮"把宋代木作技艺发挥到极致，在史无前例的高峰上再推向后无来者的巅峰。此后，由营造技艺延伸至工艺美术，并成为吴地人安身立命的"俱可上下百年保无敌手"（明代张岱《陶庵梦忆·吴中绝技》）的主产业，集散于苏州太湖的"香山圈里"。而舟山，就是"香山圈里"最为耀眼的一颗明珠。

舟山的先人以晨光与星月的殚精竭虑，点燃了雕与刻的淬火，以绝技凝结成人类文明璀璨的星河。雕刻之于吃饭，正如精神之于物质，都是舟山人生活的全部。自然的村落，雅致的核雕，细细寻味那一处处特色的作坊，让人叹为观止的不在技艺，而是绝美的生活形态。一枚核雕就是一个乡俗的故事，即使对核雕再无动于衷的人，也能发现一丝心底的惊喜。那么，如果你行走于"内有核雕"的空间之中，会有一种安全、宁静的感觉，并能乐享精神上的富足与安宁，小村落的僻远静谧，让外面的大世界显得异常喧嚣与奇诡。

凡真实的人生，都在别处。舟山，这座老村如长长的舟楫永久搁浅于太湖之畔，房前屋后写着的"内有核雕"，很有自己的个性和特点，对外彰显着传统技艺的精致，更为宝贵的是让人看到了舟山人精神层面上的那种"精致"的追求。

为什么呢？因为精致是一种方法，精致是一种力量，精致是一种艺术，精致是一种境界，精致还是一种价值。精明的舟山人，随时随地在用自己精明的眼光打量着周围的

舟山村牌楼

世界，用自己的精细寻找着发展的机遇，用自己的细腻协调着新农村发展的方方面面，用自己精益求精的技艺，去追求着财富，追求着创造，追求着完美。由此可见，在舟山过去和现在的发展中，舟山的方方面面无不蕴涵着“精致”两字。精致，是舟山历史沉淀的宝贵遗产，是舟山现状的生动写照，也应该成为舟山在今后发展中不可缺少的一种元素：舟山，应该是精致的，这种精致，是别的地方无法比拟的，正因为这种精致，才使舟山的“内有核雕”充满着活力，充满着魅力，充满着诱惑。

以雕刻技艺薪火相传的舟山“雕刻之村”已经走过了五百年，是“极少数没有被潮流毁坏的美好事物”活化石。这个还没拆迁的村落，拒绝着城市化，不属现代化的世界，也不是产业化的世界，而是农耕遗存的自然村落活态真实的稀世存在。

文明滋生了手艺，手艺滋生了文明。艺术是时代风尚和社会变迁的镜像，工艺美术则是点缀在镜像中的鲜花，任何一次经济的小小波动，都会直接反应在工艺美术的生产方式和形式风格上。改革开放以后，舟山核雕的生产模式发生了巨大的变化，原有的集体所有制的生产方式，被一家一户的作坊所取代。如今，走进舟山村，家家户户门口悬挂的，就是“内有核雕”。

舟山的“内有核雕”，基本上是以家为单元，一人会做，全家人都跟着做，有这个艺术气氛，熏着熏着就开窍了。这种“气氛”，在艺术学的角度，也可以理解为“文化”；在经济学的角度，也可以理解为“产业”。由此可见，凭藉几代舟山艺人的不离不弃，终于使祖传的“舟山核雕”品牌得以留存。舟山人在还不知“非物质文化遗产代表名录”是什么东东的时候，却自觉履行着“非物质文化遗产”的保护与传承工作，这是一种纯天然地契合。但是对于舟山艺人来说，这是生活中的常态，并非崇高或刻意。因为“核雕”的DNA因子，遗传下来便成了生命中的一个组成部分。现在的舟山村，连同周边的光福、东渚、藏书以及城区，从事核雕的已经超过千人，年耗采自广东潮汕地区的乌橄榄核即有数十吨。现在村里的小年轻，问起他做什么的，他肯定很骄傲地说：“我是做核雕的！”只要到舟山村走走，都会被家家户户墙上涂鸦的稚拙但质朴的“内有核雕”打动，到了那里你才会感受到，一粒“核雕”，也是可以惊艳世界的。

舟山“内有核雕”的作坊多是两代以上的家族传承，有一种文化氛围和底蕴的深厚积淀，在积年累月的家族熏陶中，技艺的交流逐渐积淀而成了一种文化生态，正成为每一个村民引以为豪的精神力量和商业不可复制的文化财富。作坊与作坊比邻，似店似铺，但坊间闻不到一句吆喝声，看上去每家于世无争，斯斯文文，任凭相识的或陌生商人穿梭，生意则在随性，随感、随缘中成交。这种镜像看上去很失商贸的现实感，但我认为这种镜像如苏州的老照片，从中更多地看到了久违的平和达观心态，看到了对文化传承的自觉，看到了缓和悠的真正的慢生活……其实，来舟山本身就是一种艺术体验，它是核雕不可分割的一部分，因为您的到来，赋予了核雕生命力的源源不断。

近年来，以舟山、光福两地“内有核雕”为代表的苏作核雕，越来越受到各级政府的高度重视，保护、传承与发展这一核雕民间文化艺术的扶持力度持续加大，为核雕文化产业化发展注入不竭动力。2005 年，周建明荣膺“江苏省工艺美术名人”称号和高级工艺美术师职称，成为全国业内的权威；2007 年，周建明荣膺“苏州工艺美术大师”称号；2008 年，宋水官、周建明分别荣获国家、江苏省非物质文化遗产传承人称号，为“舟山核雕”的地位奠定了第一的位置。2009 年，宋水官核雕“乘风破浪”问鼎国家最高奖——山花奖，而载入史册；2010 年，确立宋水官为代表的第三批国家级非物质文化遗产舟山核雕代表性传承人。同年，苏州市吴中区舟山核雕行业协会正式成立，一百三十三个工作室正式成为协会会员，从业人员达二千多人，吴中区工商部门通过行政指导为舟山核雕城的十九位农户颁发了营业执照，并指导核雕行业协会申请地理标志，打响“舟山核雕”品牌，提升舟山核雕的工艺水准和市场知名度，集中力量，统一宣传，进一步扩大舟山核雕的品牌影响力；2011 年，江苏省人民政府授予周建明“工艺美术大师”称号，成为省内惟一的核雕大师；2012 年，苏州市核雕艺术家协会在市文联的支持下正式注册成立，举办了首届“舟山杯”核雕作品比赛，开通了协会官方网站，从此一百二十多名核雕艺术家有了交流磋商技艺的平台，为苏作核雕发展迈出了坚实步伐。

至今，已有一百三十多年历史的非物质文化遗产——核雕技艺，在宋水官、周建明的引领下，传承谱系实现了国家、省、市、区四级“传承人”梯队的大满贯局面，开创了核

孔子讲学　钟秀琴制

十五贯　夏栋制

雕传承有序的全新篇章。“内有核雕”已作为苏州工艺美术的一枝奇葩和让农民走向富裕的朝阳产业，正以前所未有的旺盛生命力在苏州城市内外焕发出独特的魅力。舟山，作为全国核雕行业主流之一的“南工”核雕产业基地，全村六百多户农户从事核雕工作，从业人员达二千五百多人。近两年来，舟山核雕行业产值已超过几亿元，核雕从业人员平均年收入接近十万元。核雕产业已成为当地加快新农村建设和推进城乡一体化发展的有力抓手，成为当地政府和艺人共同打造的“经济文化方舟”。

再见舟山，每一个“内有核雕”的小作坊，都是人与人心灵之间真诚对接的一扇别致的窗，在高速行进的生活中，不妨慢悠悠来舟山走走，暂时抛掉喧闹的噪气，给心灵一丝喘息，享受玲珑有致的清静，找到滋养生命的力量，开启一段有能量的旅程！

让心情随着核雕游走，舟山的“内有核雕”，将让你在“芥子纳须弥，核舟泛乾坤”中大开眼界。作坊、艺人、核雕，怎么不算是一场久违的约会？

香席之器

香、茶、画、花，不是物，也不是事，当它们被文人好事后，就成了“四事”了。

明代，吴县的文震亨写了《长物志》一书，书取“长物”一词，诠释了多余之物，实际上并非多余，同样可以成为生活中的必需品。与之同期，松江陈继儒撰《太平清话》，与文震亨不约而同，成了“长物”的另行本。只不过文震亨谈的是物质的“长物”，陈继儒谈的是非物质的“长物”，殊途同归。

两本书中都谈到了焚香，焚香并非日常必需之事，器物也不可作为生活之用，故焚香一事，纯属“长物”之畴。更有甚者，冒辟疆和屠隆，专门为焚香写了《品香》和《焚香之趣》，为焚香容纳生活，或者生活需要焚香，提供了理论依据。

焚香自有了文人们的不断煽情，就由简至繁，玄之又玄。在明清以后，香文化逐渐式微，于是就有了香席。

香席，是一种程序化的仪式。

它不再是单纯嗅觉上品评香味的焚香，而是通过香作媒介，升华为“燃我一生之忧伤，换你一丝之感悟”的美感，是一种心灵飨宴。所以，在人品闻之时，一次最多闻三下。

闻香有三品，闻香，也叫品香，古人也叫听香，这三个词看似具有相同的意思，但是，

《维摩演教图》
传宋李公麟绘

其境界却是大大的不同。越往后，境界越高，不只是用鼻子去识别香气，还要凝神、静气、专注、用心，深深的吸进去，引导香气到丹田，稍作停顿，再徐徐呼出，这种专注，不仅仅是吸一口有香味的空气那么简单的事，而是给人带来了不同凡响的“净”的境界。“净”是心净、身净、具净（香具），三净之间，香具是其他两净表现的载体。

香具是焚香时所需要的一些器皿用具。严格地说，用香时的工具称为香具，制香时使用的工具称为香器。香具有：香盒、香夹、香箸、香铲、香匙、羽尘、香席、香盘等；香器就是各式香炉，除了最常见的香炉之外，还有手炉、香斗、香筒（即香笼）、卧炉、香插、香囊等。香器不但造型多变、品种丰富，而且材质不同，常见的有瓷、陶、木、竹、玉、铜等品。

一、杜康盛器的变异

铜香炉的前世是铜炉子，是一种盛火的器具。把铜与炉子拆开，它的前世就是春秋时期吴国的“铸造高科技”。在风箱的作用下，吴国的炉子炼造了青铜时代、黑铁时代，木筑时代。可以说，铸造业一直是吴县的骄傲，由春秋发轫，历经了宋、元、明、清，吴县的铜炉，形成了两大系列，一为铸模、二为锤炼；并在两者之间，再兼而有之，又生出一种叫焊接的新工艺，代表作为银作酒具。

这种银作酒具的制作工艺，曾是铜作香炉的孵化器。

酒具，是酒文化最原始的载体。酒具包括盛酒的容器和饮酒的饮具，甚至包括早期制酒的工具。有了酒具，便有了“茂林修竹”和“曲水流觞”的兰亭雅事，更有了“玉碗盛来琥珀光”和“金樽美酒斗十千”的别样情致，也演绎了“李白斗酒诗百篇，天子呼来不上船”的传世风流。

元代金银器的制作，主要流行在江南一带，其中以吴县的银制酒具闻名遐迩。

1959 年，在吴县藏书公社社光大队发现的元墓中，出土了大量的金银器，其中以一件朱碧山制的“银槎杯”最为精美。

该“银槎杯”用白银制成，高十一点四厘米，长二十二厘米，宽七点五厘米、重六百一十六克。“银槎杯”以仙人乘槎凌空飞越到达银河的神话故事为题材，将银酒杯巧制成树槎形的一叶扁舟，槎上一位老人仰坐着，仰首束发，颔下长须髯髯，身着宽袖长袍，腰束飘带，背靠槎尾，神态安逸怡然，双目注视远方，作乘舟凌空行游状。老人澹然放达的情态，童颜长须的容貌，透露出一股道骨仙风。槎舟枯枝杈枒，瘿节错落，舟尾斜翘，枯峰四起；舟身四周镂刻出缠绕的云气纹。整器设计精巧，造型奇特，錾刻精细，是一件罕见的银制珍品，1994 年被鉴定为国家一级文物。

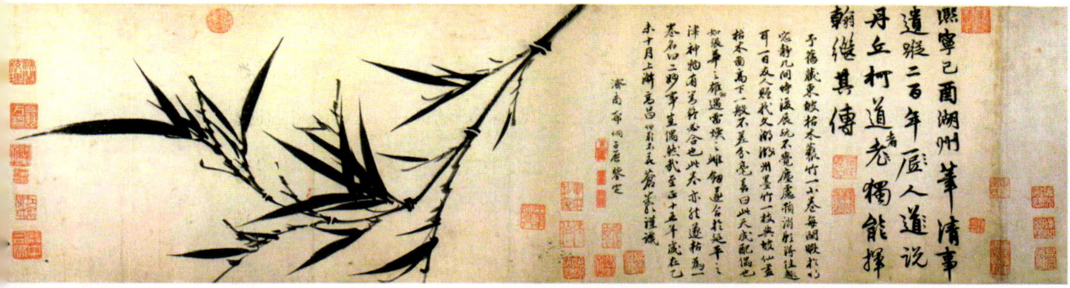

《墨竹图》 元柯九思绘

值得注意的是“银槎杯”的后背部刻有“元至正乙酉朱碧山造”阴文款铭。这行款铭，让我们知道，这件“银槎杯”的作者，正是在元代中晚期以制作银酒具驰名天下的吴县人朱碧山。

朱碧山，名华玉，生卒年不详，原籍嘉兴，长期寓居吴县木渎。元人陶宗仪《辍耕录》记：“银工之精于手艺，表表有声者，有朱碧山、谢君余、谢君和。”谢氏兄弟均为吴县木渎人，与朱碧山为好友。清人王士禛《香祖笔记》载：“元人所制银槎最奇古，腹有文，曰至正壬寅，吴门朱华玉甫制。华玉号碧山。”明王鏊《姑苏志》记：“银作出木渎，元朱碧山蟹杯甚奇，其法不传。”乾隆《吴县志》载：“朱碧山，木渎银工，制蟹杯，甚奇。”从以上这些史料中，我们可以知道朱碧山生前的声名和身后的影响。

朱碧山善于制作精妙的银器，工艺高超而且样式创新，当时的文人墨客都以拥有“槎杯”为时尚，他也愿意游走于文士之间，耳濡目染，心境渐高。如流寓吴县的收藏家柯九思，就非常喜欢朱碧山制作的灵芝款酒杯。柯九思一生出入朝野，饱览公私收藏，尤其偏好工艺精致的织锦丝绸、瓷器和金银器皿，在当时可算是一个重量级的文化人。两人在吴县相逢成知己，柯九思将自已多年在蒙元宫廷的鉴藏经验以及对游牧文化和吴地文化的研究心得，一并传授于朱碧山。因而朱碧山能将江南传统雕刻与元人金银器制作技艺的特点有机融汇于自己的作品，创作出独具特色的蟹杯、灵芝杯、田瓜觥、银槎杯等银器，“一时绝技”风靡江南。而他也如书画家一样，在每件作品上都会留下长长一串落款文字。

北京故宫博物院珍藏的朱碧山另一件银器“龙槎”，造型与吴中发现的“朱碧山银槎杯”相仿，不同的是铭刻的文字更多，槎尾刻“龙槎”两字，槎下腹刻“百杯狂李白，一醉老刘伶，知得酒中味，方留世上名”五言诗一首；杯口下刻“贮玉液而自畅，泛银汉以凌虚”，并署名“杜本题”。“杜本题”这三个字，再次印证了朱碧山与文人之间的交往。1988 年上海文化出版社出版的《国宝欣赏 100 种》一书中，选录了全国博物馆（包括台

朱碧山银槎杯　苏州市吴中区文管会藏

朱碧山银槎杯　北京故宫博物院藏

朱碧山银槎杯　台北故宫博物院藏

北故宫博物院）从新石器时代至清末的馆藏珍品一百件，其中就有“龙槎”。其之所以被定为国宝，除制作出自朱碧山之手外，另有“点睛之笔”，是因为有了“杜本题”这三个字——元代学者杜本在龙槎上留有题款。

从文献记载看，朱碧山的作品主要有酒具和陈设品两种，只可惜由于他擅长用白银制作，这些硬通货随着几百年来朝代更替、战乱频仍，大多已经湮灭无闻，推测多数都已经进了熔炉。幸存的三件带有乙酉年款的朱碧山“银槎”，在清代乾隆年间被相继收入宫内，分别藏于圆明园、热河行宫和紫禁城内的重华宫。但这三件“银槎”并未因入藏皇宫而太平无忧，相反命途多舛，颠沛流离。后来，圆明园藏的那件被英法联军带到了英国；热河行宫的那件随着故宫文物南迁到了台湾，另一件侥幸留在紫禁城，现藏于故宫博物院。

而在吴县发现的这一件，是朱碧山留在家乡的惟一一件作品，现由吴中文物部门保管。

二、行走的铜炉

“绿蚁新醅酒，红泥小火炉。晚来天欲雪，能饮一杯无？”

这首诗是苏州刺史白居易写的，描绘了先人们冬日团坐，围炉夜话的美景。对他们来说，冬日萧瑟，便催化人对围炉的念想。闭门煮茶，心里怀想大雪天降，方外皆寒，惟一炉一屋温暖。这种尽情享受着器物予人温暖的情景，曾是苏州寒夜的温暖记忆。

手炉起于何时？一种说法是，它起源于春秋时的楚国。楚地湿度大，楚人喜欢把香草放入带孔的熏炉中焚烧散气，继而发明散热取暖的手炉；还有一个说法是，相传隋炀帝沿运河南巡至苏州，时值隆冬时节，苏州府急命民间铜匠精制一小铜炉，内置火炭，呈送给隋炀帝取暖，隋炀帝即兴命名为“手炉”。两种说法，似乎都有些渊源，但又不确定，后一种说法，似乎更可信一些。至少，从上文的“朱碧山银槎杯”可以证明，苏州金属工艺在元代已发展到那样的高峰，势必经历过长期的传承。精致生活对精致器具的需求，孵化了苏州金属工艺行业，明清时期，无论是产业规模还是技术含量，均领军于全国。

据说中唐时期，手炉已成为官宦人家的室中用物。北宋年间，手炉已飞入寻常百姓家，成为民间普遍使用的取暖器具。当时手炉多为青铜材质，偶有银、铁、瓷，器型以方圆二式为主，里面放火炭或尚有余热的灶灰。手炉大都有提梁，且小巧玲珑，高、长和宽度不过几厘米到十几厘米，与精巧的紫砂壶略有类似，也算是盈盈可握了。古人的衣着为宽袖大袍，小型手炉可置于袖中或怀中“熏衣炙衣”，所以又有“袖炉”、“捧炉”、“手熏”、“火笼’的雅称。

手炉的结构很简单，由炉身、炉底、炉盖（炉罩）、提梁（提柄）组成。炉身有两层，分外壳和内胆。内胆多为铜制，内放燃炭，以产生热气，而外壳包裹内胆，既能保存内胆的热量，又能通过内外两层之间的空气传导，将热量由内胆口沿上的镂空炉盖（炉罩）散发出来；炉火不会一盖即灭，又不会太旺、抚之烫手，还能透过盖子的空隙侍弄炭火，设计原理相当高明。

过去的读书人，冬天在私塾或书房里读书，手脚会很冷，以致妨碍书写绘画；官宦贵人，冬天上衙门办公或出门访友，乘车坐轿也不能烤火取暖。于是有人设计了一种专门捧在手上取暖、却不会烧坏周遭物品的手炉，在后来成为文房、民间乃至宫廷广泛使用的取暖用具。有了随手提带的手炉后，读书人就能抵御江南严冬的湿冷，琴棋书画就不误了。

当铜手炉成为“袖炉”，能够随人行动时，手炉的制作工艺就趋向于精妙雅致，使这原本冬日暖手的用具，渐成被人赏玩的艺术品。

于是，在圆形和椭圆形的常用器型外，又出现了六角形、八角形、方形、腰形、花篮形、瓜棱形、梅花形、海棠形、龟背形等形状。而作为散热区的炉盖，也常常是手艺人穷极工巧的发挥区域，他们将各种精美的几何图形，雕琢得犹如古典园林中的花墙漏窗一般雅致，使漏孔与透气孔完美结合在一起；而炉身，手艺人也不会“浪费”，常雕镂錾刻着山水人物与花鸟奇珍的图画，其制作工艺日趋复杂，融雕、镂、刻、镶、磨等工艺于一身；有的手炉，甚至还使用了错金、错银、烧蓝及镶嵌等特种工艺，使手炉炉身上的图画更具立体感，更加光彩照人；还有将诗书画印刻于一器，手炉遂成为文人必备的案头清玩。

在存世的古代实物以及文学、书画作品中，不时能寻觅到手炉的踪影。例如，清雍正年间宫廷画家陈枚在十二幅《月曼清游图》中，就有两幅描绘了手炉，“寒夜探梅”图中有一位贵妇人怀抱铜质镀金手炉缓步而行，清高宗非常喜欢这画的意境，赋诗道：“眷信侵寻槛外梅，倚吟秉烛共徘徊。轻寒不进深庭院，女伴携炉得得来。”清代宫廷常将手炉当成礼品，《皇太后六旬庆典》里记载，慈禧太后六十大寿时，准备了一大批赐赠品，其中便有铜手炉一千五百个。

手炉的制作，在明清时期达到炉火纯青的境界。早期的银、铁、瓷材质大为减少，而广泛用铜。一来因铜的传热性较好，捧在手上更为暖和；二来铜材细致光滑，色泽晶莹，且柔中带刚，富有延展性，于制造工艺上有着更大的发挥余地，制成的手炉也不易锈蚀和裂坏。

晚明时期制炉名家张鸣岐，所制铜质匀净、光泽古雅的水磨红铜手炉，人称“张炉”。据《鉴物广识》、《新溪杂咏小集》、《梵天庐丛录》记载，张鸣岐制作的手炉厚薄均匀，花纹精细，整炉不用镶嵌或焊接，全用榔头手工敲打出来，炉盖上雕镂很细，脚踏不瘪；炉身与盖严丝合缝，长久使用也不松动；炉中炭火虽旺，但不烫手。

民国年间，手炉的制作又趋于简单，形状和纹饰开始单一化，为了减少成本，连铜料也薄了起来。之后随着新的取暖工具的出现，手炉也渐渐退出了人们的生活。

在苏州，在“张炉”的金属手工艺基础上，取长补短，又形成一种新的工艺，称为“抬凿”。

常有人将金属手工艺中“抬凿”与“凿刻”混为一谈。所谓金属凿刻，即在抬凿和錾刻中各取一个字，合起来的一个称谓。而抬凿是在金属薄皮子反面抬凿子，抬使正面凸起来，然后在正面凿，反复作业，使金属表面图案越来越清晰。如果说雕是做减法，塑是做加法，那么，抬凿工艺就是不加不减。

对铜板做到不加不减，其实就是对坚硬的铜板进行如雕塑般的自由拿捏。首先要退火，即把一块铜板放在火上烧，烧到铜板表面变蓝，待有氧化表层出现脱落时，再浸到冷水里，铜板就立刻变得又软又光亮。接下来，就可以在铜板上描图，然后就是抬、凿的千锤百炼过程。

苏州擅长抬凿的艺人屈指可数，姚士荣是抬凿工艺当今的守望者。姚士荣出生于金属工艺世家，师从父亲学得一手好本领，但真正专事抬凿，是在五十岁以后。近年来，定居吴中越溪镇的姚士荣，在吴中开发区旺山景区设立了工作室，开始了他抬凿技艺的

晚清孩儿拎着铜手炉

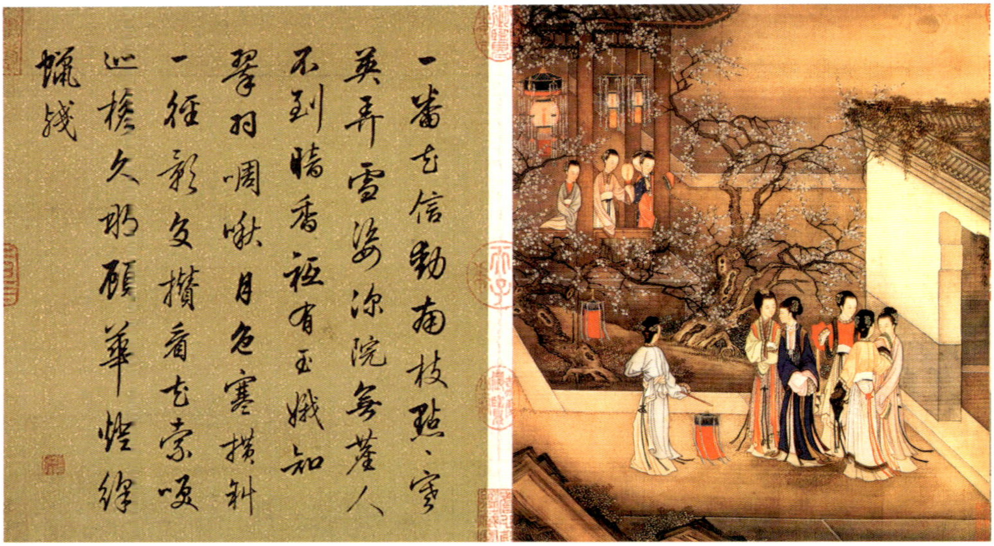

《月曼清游图册》选一　清陈枚绘

传承之路，目前已有传人多名。

抬凿工具较为怪异，有金属的凿子、锤子、垫子，也有木质、胶质、纸质，甚至要用上干枯稻草、树技；硬中有软，软中有硬、软硬兼施。比抬凿工具还要复杂繁琐的是其工艺，如经退火后铜板在外力作用下延伸成了铜片，但毕竟还是金属，在制作过程中材质会变硬，需要持续退火处理，才能达到预期效果；而在“凿”上，随着“抬”的面积不断精细，“凿”的工具就得更换为小凿子，在金属表面上行走出现凹线条。线条分为“錾”与“刻”两种，錾的风格为“錾无锋”，刻的风格为“刻有锋”。完成一件精美作品，要经过设计、描图、锤鍱成型、退火、反抬、錾刻、砂底（雕镂）、焊接、抛光、上色、封色、养色等多道工序。整个过程中，每一寸铜皮都能得到充分运用，不会留下多余的材料。

三、桌上之物，供养之器

文玩之器中，由于古代文人雅士把香席列为“四事”之首，所以便有了“七弦为益友，两耳是知音”之说，香炉自然而然地成了“文房首器”。

铜炉，为何历代都被人所器重呢？因为铜炉具有“正、坚、妙、雅”四德。形态端正为铜炉之根本。优良之炉中规中矩，不妖不媚，似君子端坐，凛然大度，具浩然之正气；若炉型不正，则如人之无骨，萎靡不振。铜炉之坚因其取天地之精华，历熔炉之烈火，千锤百炼，坚密无比。炉型好比人之外貌身形，铜质恰似人之内在品行。为人不可虚假浮夸、华而不实，作炉亦然。炉中精品，入手沉稳凝重，手感细密光洁，素净温润，反之为劣品。铜炉之妙在于其色，有的恰似寿桃，淡雅纯净；有的色如栗枣，晶莹映彻；最上品者，貌似黯淡无奇，但暗中透出珍珠美玉之萤光，犹如皓月朗星之清辉，光华微微，淡淡穆穆，令人遐想，回味无穷。铜炉之雅在于其刻工，常见题材有松月寄情、琴书相伴、高士云游、岁寒三友等，其意深远隽永，令人流连忘返。

明宣德年间铸制的宣德炉，从《宣和博古图录》、《考古图》诸书所绘的古铜器及宫内所藏宋代的柴、汝、官、哥、钧、定等窑瓷器中优选造型，以精铜制作，空前绝后，无以伦比，但世人难得一见，于是不断有人仿制。其中以原工部侍郎吴邦佐仿铸的宣德炉最为著名，署款“琴书侣”。参与“琴书侣”铜炉作业的工匠，主要来自于吴县，即甘文堂、蔡家、徐守素、周文甫等名重江南的铸炉高手。

明高濂在《遵生八笺·燕闲清赏笺》上卷中，评论当时的铜炉名家徐守素所制的拟古铜器：“近日吴中伪造细腰小觚、敞口大觚、方圆大尊、花素短觯、雨雪金点戟耳彝炉、细嵌金银碧瑱鼎炉、香奁、牺尊、团螭镇纸、细嵌天鹿辟邪象罐、水银青绿古镜、二寸高小汉壶、方瓶、鎏金观音弥勒，种种色样，规式可观，自多雅致。若出自徐守素者，精致无让，价与古值相半。其质料之精，摩弄之密，功夫所到，继以岁月，亦非常品忽忽成者。置之高斋，可足清赏。不得于古具，此亦可以想见上古风神，孰云不足取也？此与恶品非同日语者，鉴家当共赏之。”

据《茶余客话》记载和故宫博物院院刊《明清工艺美术名匠》中介绍，明清时铸铜炉名匠有周文甫、蔡家、蒋抱云、徐守素、王吉等，“皆名闻朝野，信令传后无疑”。又据明人周晖《金陵琐事（续）》：“良工徐守素、蒋彻、李信修（补古铜器如神）、邹英（学于蒋彻，亦次之）、李昭、李赞、蒋诚（制扇骨极精工）、刘敬之（小木高手）。”而在《木渎小志》中，

手炉　张鸣岐制

也有铸铜业的记载："铜作木渎王家桥所制称最，今则精其业者多矣。"

自明代后期开始，全国就有许多专仿宣炉的工场，在京师的为"北铸"；在金陵（今南京）称为"南铸"；在苏州称为"苏铸"。而今，苏铸一脉在吴中仍然艰难地持续着，以木渎、光福、胥塘（原属吴县）三地为集散地。

衡量铜炉的艺术价值，取决于造型、工艺、皮壳、材质四个方面。在文玩圈内，"宣炉"的仿制有一粗一精两种工艺。其一是由黄杂铜翻砂模铸造而成，较为粗劣简陋，手感较轻，铜眼砂眼较多；其二则是传统的失蜡法浇铸技术，所铸器物既无范痕又无垫片的痕迹。要想做出造型逼真的宣德炉，惟有采用失蜡法。

失蜡法的流程，就是先用蜡制成模，再外敷焙烧材料，做成整体铸型，然后，通过加热将蜡化去，形成空腔铸范，再浇入铜汁等液体金属，冷却后将多余的部分锯掉，经打磨处理，得到成型铸件。

铜炉制作中，有黄铜和紫铜两品种，在工艺上两种相仿，依次为雕模、翻模、灌蜡、修蜡、挂料、失蜡、焙烧、浇铜、喷砂、切浇口、打磨、做色，其中前三道工序需要反复进行三次。但紫铜炉的成品率要远低于黄铜炉，这是因为黄铜熔点只有 800℃，而紫铜则需要 1200℃以上的炉温反复冶炼，这样得到的炉水相比黄铜密度高出许多，更符合宣德炉的取材和冶炼技法。但温度越高，技术的要求也高，故而即便是现在，能以紫铜来铸造铜炉，只有苏铸保留着此绝技。

四、当代吴中香器

考古发掘证明，六七千年前吴县已有玉雕制品。

春秋时期，吴国玉工独造了鹦鹉首拱形玉饰和双系拱形起脊玉饰，显示了高超的技艺水平。在中华玉文化绵延八千年中，苏州玉雕技艺至明清达到顶峰，明人宋应星《天工开物》中便有"良玉虽集京师，工巧则推苏郡"之说；而苏州又是明清皇家玉器的主产区，堪称中国玉雕界的翘楚，明代陆子冈与清代痕都斯坦两大皇家绝技最负盛名，所琢玉雕皆为匡宝。

明嘉靖十八年（1539），陆子冈学艺出师后，在吴县开办了自己的琢玉作坊，关于陆子冈的生平事迹，史籍虽有记载，但被传奇的故事渲染得神乎其神；若要认识真正的陆子冈，只有从他的作品来了解。陆子冈作品上几乎都留有铭文、署款、印章，倍受士大夫们所推崇和敬重。例如，现藏于故宫博物院的合卺杯，分别刻有"万寿"、"湿湿楚璞，既用既琢。玉液琼浆，钧其广乐"、"祝允明"、"合卺杯"、"子刚制"、"九陌祥烟合，千香瑞日明。愿君万年寿，长醉凤凰城”等文字。而他的代表作玉牌，一面为画、一面为文，并以印章形式将“子冈”落款其中的腰佩，被世人誉为“子冈牌”。

光阴荏苒，几百年过去了，陆子冈，一位在顽石中讨生活的玉工，却让自己的名字与精美的玉石一起，成为博物馆永久的收藏，也成了家乡琢玉人的骄傲。

在陆子冈的故乡吴中，“子冈”荫庇众生，成为了苏州琢玉界的大品牌。他给家乡留下的荣誉，与其说是琢玉的延续，不如说是一种文化的传承，一个玉雕人修身养性的过程。

如今，在吴中的光福、东渚（原属吴县）、古城区及相王弄一带，大大小小分布着几百家玉器作坊；其中以光福镇最为集中，全镇三万人，从事雕刻艺人超过了一半，且发展趋势日盛，是目前苏州最大的玉雕产业区。

抬凿香席作品

光福，这座镶嵌在太湖中的古镇，在数千年的波光琢饰中，剔透了清、奇、古、怪的灵巧；在精雕细琢的造物过程中，不经意就将自己打磨成了秀外慧中的能工巧匠。当下，又有一大批玉雕新锐脱颖而出，他们自诩是“子冈”后人，马洪伟是其中的代表性人物。他早年经历了玉雕机前传统功夫的历练，现在又受到现代玉雕思维的引领，于是作品继承了前辈的端正严谨，又有飞扬的灵气和创新的精神。所以，他创意制作的香席之器，自然就不同凡响了。

几十年来，马洪伟习惯了朴素的玉雕状态，习惯了平和与谦卑。在大家眼中，玉雕与任何其他工作一样，并无丝毫荣耀与光环。这是一种手艺人的踏实，他只是默不做声地劳作，将手头功夫磨练得愈发纯熟。他管这叫“深刻”。

马洪伟的香席之器，比较特殊。

触摸他的作品，总是想到《淮南子·兵略训》中的一句话：“若乃人尽其才，悉用其力。”这句话理出了只有人尽其才，方能让每个人都充分发挥自己的才能；唯有物尽其用，才可使各种东西尽量得到利用。

人尽其才，物尽其用，是立国之本，也是工艺美术立业之本。

在中国传统文化里，人仅是生态系统的一部分，而不是像今天一样，把自然视作人类经济系统里的“自然资源”。所以，古人特别

玉子刚款合卺杯

青玉雕宣德铜香炉　马洪伟制

青玉雕青铜香熏炉　马洪伟制

喜欢把人与自然的关系说成“天人合一”。“天人合一”是中国哲学的基本精神，巧合的是在中国先秦时期的《考工记》中，也提出了“材美工巧”这一基本审美观点。书中说，天有时，地有气，材有美，工有巧，合此四者，然后可以为良。可以说，“天时、地气、材美、工巧”这种思想与“天人合一”是相契的，长期以来影响了工艺美术的美的历程。

“天人合一”和“材美工巧”都告诫我们，从艺者只有尊重自然，懂得天生万物对人的恩赐，对天地万物怀有感恩之心，真诚对待生命中的每一件物品，才能达到求其至真、臻于至美、止于至善的境界。说到底，从艺者必须学会物尽其用，懂得敬天惜物，才有进入工艺美术行业的资格。

事实上，这种符合天地自然生态和文化生态的环保绿色可持续发展的循环系统，在拥有高科技的今天，虽显得苍白无力，但似乎人们都知道，物尽其用，敬天惜物，是祖上的训诫，仍是每个艺人心中的理想目标。

对于“苏作”解释，总是长篇累牍，讲的都是其精于造材的技艺，很少讲物尽其用的“惜物”。

“惜物”用今天的眼光看，无疑是一种极为前沿的生态伦理。庆幸的是在马洪伟玉雕艺术馆中却是比比皆是。一进门，一件件香席之器弥漫着一缕缕“惜物”的生态气蕴。

在马洪伟工坊的窗外,各种青玉石堆码成了一条几十米的崎岖通道,几乎是马洪伟天天要翻越坎坷的必走之路。这些玉石料,大部分含混着颗粒、斑驳,且色泽混淆,是玉料中的"鸡肋"。因不适宜制作把玩性器物,习惯于被剔出为废料,归属于"朽木不可雕"之列。但是,被视作不可雕的废料,只是那个"惜物"之人还在彼岸,那双发现美的眼睛还没看到。

由古至今,苏作玉雕一直代表着中国玉石雕刻工艺的最高水平,从来都不乏名家和精品。如何在能人辈出、佳作纷呈的大环境里另辟蹊径,走出一条新的创作之路,是当代苏作玉雕艺人要面对的一个新挑战。马洪伟就是这样一位挑战者,他在几十米的乱石堆上,硬是踏平坎坷成了大道。他将那些青玉料雕琢出商周青铜熏香炉与大明宣德炉的样子,尝试让浑沌材质表现高古金属斑斑驳驳的沧桑感。

通过近十年的琢磨,马洪伟持玉与在不同的传统文化元素中相互碰撞,赋予了青玉新的文化价值,物尽其用,让其真正独具了"天生我才必有用"的禀性,终现天惊之笔,于无声处响了惊雷。目前,他已攒下了一批香席之器,并形成了青铜香熏、铜香炉系列,无论是审美还是技巧,都让人为之一振。作品也因此荣膺了国家级"山花奖"、"子冈杯"金奖、"天工杯"金奖,马洪伟成为了业内屈指可数的大满冠赢家。

"苏作"的"惜物"标识,体现在工艺上的因材施雕,物尽其用,化腐朽为神奇,这是一种高境界,就是艺人对"若乃人尽其才,悉用其力"的修行心路。要雕好一件作品的前提,慧眼、手艺、材料缺一不可,而慧眼和手艺的前提,是人修行的因,有了这个因,才会有神奇的果。因此,好作品与材质的贵贱无关,无论其是丑是美,是杂是纯,是光是皱、是大是小,关键是雕刻人对敬天惜物、取法自然的解读是否"深刻",但凡足够深刻,作品也会非常"深刻"的。

希望年轻的马洪伟远离浮华,永远"深刻"下去。

跋：大美不言寓于器

吴语说得好，靠山吃山、靠水吃水。

这不仅是一种因地制宜的变通，更是顺应自然的中国式生存之道。从古到今，吴中这个最早诞生稻作文化的地方，讲究精耕细作脚下的每一寸土地，使物质与精神无处不在。

甲骨文“艺”字，是个神奇的汉字，赋予了未来无限的可能性。形而上，形而下，在中国文化里，对于“艺”的感知和定义，既起自于生活，又超越了生活。也就是说，能够真真切切地感觉到“艺”的东西，往往是即物质，又精神的。就如造园过日，没有园子的只是房子，没有房子的只能为荒野。房子加上园子才是完整的家园，公元前六世纪春秋时吴王的宫苑，就是苏州园林的发轫。

园林是通过艺术的手法，架构起一个生活的空间，使人与自然的融洽在衣食住行中得以实现。而这些很早就由吴中的先人做到了，道在器中，器道合一。

万年历史，千年文化，形成了吴中特有的氛围和格局。生活于其中的吴中人，常如在画册中，天长日长，审美形成创造，借助于诗、书、画、绣、织、编、雕、塑、刻、凿各种艺术……自然而自觉地走出了美的历程。

在如梭的日子里，农闲如一盏清冽的碧螺春，让美滋润出了手艺。吴中人自有了手艺的陪伴，再清苦的日子，仿佛也会变得温暖、富足而且诗情画意。吴中人自有了手艺的陪伴，再清苦的日子，仿佛也会变得温暖、富足，不乏诗情画意。吴中人对于艺术和匠心那种特殊的感触，让我们几乎分不清哪一种是手艺，哪一种是情怀了。

太湖水浸淫出的所有技艺，都是美的转化，令人叹为观止，并且升华成了一种叫做文化的成分，而载誉入编国家非物质文化遗产名录。

在农耕已被城市覆盖的今天，那种美的生活方式，有些已变成了文字描述的对象，只能保留在书籍里了，但那些美的物化，依然珍藏在博物馆的一偶，召唤着人们的乡思乡愁。

近二十年里，我经常离开喧嚣的城市，去拜谒吴中的太湖，有幸结识了一批美的创造者。诸多熟悉或不相识的手艺人，他们宁可静静地潜藏在市井深处，以青春、心血以至生命，呵护着各自的独门绝技。尽管他们的性别、年龄、工艺品类不同，但手艺和手艺之间，却是息息相通的。时代可以喧嚣，但手艺永远属于沉静。大美不言寓于器，正是他们的共同奉献，演绎出了本色的太湖美。

《艺夺天工》中的许多章节，原是为期刊专栏而准备的，在随意中竟也写了不少，现在整理成书，则完全是无心插柳的结果。

在此，特别感谢王稼句先生、江苏省摄影家协会张炎龙副主席、苏州东吴博物馆张文献先生，以及吴中区文联对我工作的支持和关怀，使我能将吴中“夺天工”的手艺书写出来，为现代“长物志”保存更多的信息。

最后感谢苏州工艺美术博物馆马建庭先生，为苏州的传统工艺传承，铁肩担道义。

乙未年端午，叶志明于城南古西塘若水斋

参考书目

苏州园林营造技艺，苏州园林发展股份有限公司等编著，中国建筑工业出版社2011年版。

苏州文艺评论，朱栋霖主编，江苏教育出版社2014年版。

江苏读本，叶兆言著，江苏人民出版社2009年版。

浮生六记，沈复著，中国青年出版社2009年版。

大紫禁城王者的轴线，赵广超著，香港三联书店2005年版。

不只中国木建筑，赵广超著，香港三联书店2006年版。

中国人的闲情逸致，黄卓越等主编，广西师范大学出版社2007年版。

苏州古典园林，罗哲文等主编，古吴轩出版社1999年版。

苏州古典园林，衣学领主编，长城出版社2006年版。

中国传统图形与现代视觉设计，杭间等主编，山东画报出版社2005年版。

文明寻踪——太湖地区早期文明及其演变，叶陶君主编，古吴轩出版社2009年版。

吴国历史与吴文化探秘，叶文宪著，文物出版社2007版。

岩中花树——16至18世纪的江南文人，赵柏田著，中华书局2007年版。

建筑的意境，萧默著，中华书局2014年版。

看书琐记二集，王稼句著，山东画报出版社2008年版。

采桑小集，王稼句著，山东画报出版2013年版。

有味的传统文化课，端木赐香著，凤凰出版社2011年版。

苏州工艺美术，汤钰林主编，文汇出版社2012年版。

吴史漫考，张志新著，古吴轩出版社2006年版。

吴地谜踪，李嘉球主编，古吴轩出版社2009年版。

仙骨佛心，严克勤著，三联书店2009年版。

天工开物，宋应星著，中国社会出版社2004年版。

鲁班经匠家镜研究，陈耀东著，中国建筑工业出版社2010年版。

张孝友精品画集,张孝友著,香港文汇出版社 2010 年版。

吴越斋闲话,张文献著,上海文艺出版社 2012 年版。

苏州园林文化,苏州市园林局主办,2005 年、2006 年合订本。

“吴王夫差剑”八问,程义撰,大众考古 2014 年第十一期。

新发现——吴中区第三次全国文物普查,吴中区文体局等编,2013 年版。

虎丘——国家自然与文化双遗产预备名录申报文本,苏州市世界遗产暨古典园林保护办公室编,2006 年版。

图书在版编目（CIP）数据
艺夺天工 / 叶志明著 .-- 南京 ：凤凰出版社，
2015.12
（吴中文库）
ISBN 978-7-5506-2335-4
Ⅰ．①艺… Ⅱ．①叶… Ⅲ．①散文集－中国－当代
Ⅳ．①I267
中国版本图书馆 CIP 数据核字（2015）第 301947 号

摄　　影　（按姓氏笔划为序）
卢德平　叶志明　李宝虎　张　平　张炎龙
陆　斌
篆　　刻　张炎龙

书　　名　艺夺天工
著　　者　叶志明
责任编辑　陈晓清
装帧设计　周　晨
出版发行　凤凰出版传媒股份有限公司
凤凰出版社（原江苏古籍出版社）
发行部电话 025-83223462
出版社地址　南京市中央路165号，邮编：210009
出版社网址　http://www.fhcbs.com
经　　销　凤凰出版传媒股份有限公司
印　　刷　苏州市越洋印刷有限公司
苏州市吴中区南官渡路20号，邮编：215104
开　　本　718×1005毫米 1/16
印　　张　15
字　　数　266千字
版　　次　2015年12月第1版 2015年12月第1次印刷
标准书号　ISBN 978-7-5506-2335-4
定　　价　80.00元
（本书凡印装错误可向承印厂调换，电话： 0512-68180638）